U0091218

巧女出頭天

上

風 文創
634

織夢者 著

目錄

序言……005
第一章……007
第二章……017
第三章……027
第四章……037
第五章……047
第六章……057
第七章……067
第八章……077
第九章……087
第十章……097
第十一章……107
第十二章……117
第十三章……127
第十四章……137
第十五章……147
第十六章……157
第十七章……167
第十八章……177
第十九章……187
第二十章……197
第二十一章……207
第二十二章……217
第二十三章……227
第二十四章……237
第二十五章……247
第二十六章……257
第二十七章……267
第二十八章……277
第二十九章……287
第三十章……297

序言

這是筆者在自己的作家生涯裡，書寫的第一部言情小說，若要說初衷，其實並沒有什麼特別高尚或者雅致的理由。

只是偶然間翻閱雜籍，看到漢文帝劉恆與其皇后「親事農桑」這四個字，覺得樸實而長情，溫馨也浪漫。於是得到這點靈感，想要寫個有趣的故事，供大家一樂罷了。

《巧女出頭天》是一部十分簡單輕快的田園小說，沒有搔頭摸耳的勾心鬥角，也沒有特別討厭的家長裡短。

一切源於對美好生活的祝福和嚮往，無論是被親人賤賣壓榨的明玉秀，還是被父母忽略冷落的慕汀嵐，他們都是無數個在逆境中堅韌不拔，在順境裡心懷仁善的小人物縮影。

雖無大起大落的刻骨銘心，也無驚濤駭浪的轉折起伏，然而這般細水長流的相濡以沫，不離不棄的兩無猜疑，卻是我們在各自平凡的人生中，對愛情最深切的一抹嚮往。

僅以此文，祝願黎明前、黃昏下，你與你所喜歡的人，相顧攜手，一路前行。

織夢者

第一章

天南地北，大雪紛飛。這場鋪天蓋地的暴雪已經下了一天一夜，目之所及，天地間皆是一片刺眼的純白。

青城山下的明家小院子裡，一個三十來歲的布衣婦人正跪在婆婆婁氏的屋門前，朝屋裡面色陰沈的婆母苦苦哀求。「娘，您到底把秀兒弄到哪裡去了？求求您告訴媳婦吧！」

婦人的嘴唇已經凍得有些發紫，聲音裡帶著一絲抑制不住的顫抖，可是，屋裡那人就是不願出聲。

見婆婆如此狠心，婦人絕望地轉身看向自己身後的丈夫。「大牛，你倒是快跟你娘說句話呀！你到底還想不想要閨女了？」

婦人身後站著一個身材高大的方臉漢子，此時正滿臉焦急，不停地搓著自己的衣角。「芸娘，妳、妳別擔心，秀兒不會有事的，我娘不會真的傷害她。」聽見妻子焦急的催促，明大牛反覆糾結了好一會兒，最終只吐出這麼一句話來。

「祖母，哇……我姊姊在哪裡啊？外面好冷，我姊姊會凍壞的呀！」見祖母壓根兒就不理他們，四歲的明小山跪縮在娘親身旁，急得嚎啕大哭。

漫天的白雪紛紛揚揚地落滿三人的頭臉，不一會兒就在他們身上堆滿了厚厚一層白。

正屋裡的婁氏端坐在熱氣騰騰的暖炕上，一邊剝著簸箕裡的大白菜，一邊豎起耳朵聽著屋外的動靜。末了，她不屑地翻了個白眼，心道：哭什麼哭？誰叫秀姊兒不聽話，我這是在調教自己的晚輩，誰也沒資格求情！

婁氏從窗縫往外瞄了瞄，看見大媳婦跪在院子裡一動不動，心頭劃過一抹奇異的快感。

「大哥、大嫂，你們這是做什麼呀？負荊請罪呢，還是在上演苦肉計啊？」西屋的門簷下，不知何時站了個俏生生的美貌婦人。

那婦人一襲布裙荊釵，雖未穿金戴銀，舉止間卻有幾分大家夫人的做派，說起話來也是文謅謅的，正是明家二房的媳婦文氏。文氏曾經是大戶人家的家生子，爹娘都是主子跟前得臉的管事。

後來主家落魄，欠了巨債，不得已發賣了家僕，文家就是那個時候自贖自身，跑到臨山村來安家落戶的。文氏從小就跟在她家小姐身旁，天長日久，耳濡目染，也學了幾分大家小姐的氣韻。

只可惜，文氏和丈夫明二牛的感情並不好，平日明二牛也不怎麼回家，他常年在鎮上的書院裡苦讀，對家中瑣事，包括女兒的親事，都不怎麼放在心上。

丈夫的心不在自己身上，頭上又頂了個刻薄小氣的婆婆，文氏這些年自然也沒有落到多少好，平時，也就只能在憨厚的大房面前找點存在感了。

「弟妹，妳怎麼能這麼說話呢？這次都是妳家彩兒惹的禍，難道妳不知道？」陸氏心中憤慨，一改往日的好脾氣質問著。

若不是文氏的閨女在外面招惹了王二少，她家閨女怎麼會被連累上？這妯娌倒好，不僅不覺得心虛，還在這裡詆她的心，實在是可惡！要是那王二少是個正直善良、品行端正之人也就罷了，可臨山村裡誰不知道，那人最是驕奢跋扈，好色風流，根本不是個好東西！

「哎，大嫂，妳說這話我可就不愛聽了，那王家可是大戶人家，秀兒嫁過去是吃香喝辣，穿金戴銀的，村裡多少人盼都盼不來呢！」

文氏站在房檐下，伸手拈了拈襖子上起的小球，聲音清麗婉轉繞了好幾個彎彎，卻聽得陸氏更加生氣。

「既然這麼好，妳自己女兒怎麼不去？」陸氏氣堵，壓根兒不願再給文氏好臉色，看見文氏那一臉虛偽的假笑，她真想從溝渠裡抓把臭泥將她那張臉給糊上。

「妳！」文氏被陸氏一噎，竟是沒想到，素來溫婉賢淑只知道埋頭幹活的陸氏，嘴巴也會有這麼索利的一天。

「我真是懶得跟妳說了！」文氏梗著脖子瞪了陸氏好半晌，最後只得一聲冷哼，氣鼓鼓地踢了一下門檻，心中暗罵鄉下村婦沒有教養！

青城山上，及膝的大雪已經掩蓋進村的山路，明玉秀摔了好幾個跟頭，狼狽地從地上站起身來。

「天啊！凍死了！」她拍了拍落在身上的冰渣子，循著這具身體的記憶，深一腳、淺一腳地朝山下的村子走去。

她的前身，已經在昨夜那場鋪天蓋地的暴雪中，香消玉殞了，如今，這具身體裡住著的靈魂是她，一個前世並不怎麼受老天爺待見的普通女孩。

看著自己眼前的處境，想著原主這些天的經歷，明玉秀不由得撇了撇嘴。原主真是夠悲酸的啊！自己是因為意外身亡，可原主卻是被自己的親祖母給謀殺的。

大約半個月前，原主的堂妹明彩兒與村裡大地主王家的二少爺王斂，私訂了終身。王家人知道後十分高興，主動上門替兒子提親，要納明彩兒為妾，可是明彩兒卻臨時反悔不願嫁，當時就奪門而出，跑到她外祖家去躲起來了。

這件事情惹得王家夫人覺得十分沒面子，在明家發了好大一通脾氣，還揚言兩家親事就此作罷。

但明家老婆子婁氏眼饞王家許諾的那三十兩聘銀，捨不得這門賺錢的好親事就這樣作廢，去了趟文家抓人不成之後，就想了個姊替妹嫁的餿主意，要逼著原主替那逃跑的小堂妹揹鍋。

誰知，一向老實的原主，這一次說什麼都不肯聽從，在家裡絕食表態，堅決不肯妥協。僵持了三、四日以後，婁氏終於忍無可忍，一氣之下將原主給藥倒了。

原主一倒下，婁氏就用一捆繩子五花大綁把她丟到了青城山上，要讓她長教訓。誰知道，昨夜天降暴雪，原主餓了多天的一縷芳魂沒撐過半夜，就在這風雪裡香銷玉沈了。

唉！明玉秀在心裡默默嘆了口氣。這清酒紅人臉，錢帛動人心本是人之天性，可是為了三十兩銀子就謀財害命，這也太喪心病狂了吧？害得還是自己的親孫女呢！

她伸手摸了摸抱在懷裡取暖的小土狗。幸虧這小傢伙找到她，不然，恐怕她剛穿過來不久，就得立刻再死一次。

「救命啊！救命啊！有沒有人啊？」

一人一犬正往山下走，忽然，一道細微的呼救聲，隱隱傳入了明玉秀耳中。這漫地風雪的，莫不是產生幻覺了吧？明玉秀循著聲音的來源，茫然地朝四周望去。天蒼蒼，野茫茫，只有愛犬在身旁。

「哎喲喂，有沒有人啊？跌死小爺了！」

不對，不是幻聽！難道真的有倒楣鬼掉進坑裡了？明玉秀眨了眨眼睛。這大山裡經常有獵人挖陷阱捕獵，冬天大雪一蓋，什麼也看不見，一不留神就可能被埋。

她朝聲音的來源走了幾步，果然就看見一個井口大小的陷阱。

「汪汪！」黑虎搖著尾巴率先跳到了洞口邊。

「哎喲，真的有人啊！太好了，我有救了！」陷阱裡傳來一個委屈兮兮的聲音。

明玉秀將頭探過去看了一眼，一個灰頭土臉的錦衣小公子，正苦兮兮地趴在陷阱邊緣。

「喂，你沒事吧？」明玉秀朝底下那人揚了揚下巴。

「我有事啊，我上不來！」少年癟了癟嘴，一臉慘相。

明玉秀一時無語。沒想到居然還有人和自己一樣倒楣，也不知是哪裡來的小屁孩，大雪天裡不在家高床暖枕地養著，居然跑到山上來了。

「你等著啊！」明玉秀站起身來左右看看，想在地上找根粗點的樹枝什麼的，丟下去好讓他順著往上爬，可是這大雪天裡到處都是一片白，什麼也找不到。

沒辦法，明玉秀只好就近找了棵不粗不細的野樹，身體靠在那剛長出點小身板的樹幹上，使出全身的力氣將它折斷，然後拖著樹幹丟進陷阱裡。

小屁孩猴子爬樹般，順著丟進來的樹幹，索利地爬上來。他站起身拍了拍身上的泥土，兩隻大眼睛泛著歡喜的光，笑咪咪地說：「哈哈，小姊姊，真是多謝妳啦！」

明玉秀又累又餓，沒多餘的力氣再與這小屁孩寒暄，她懶洋洋地掃了他一眼道：「不用客氣，這就下山吧！」

「那個，小姊姊，我叫慕汀珏，我大哥是西營的大將軍，妳以後要是遇到困難，隨時可以來找我們哦！」慕汀珏熱情地朝著明玉秀的背影揮手嚷嚷。

明玉秀腳下一頓。西營這個地方原主是知道的，西營慕將軍慕汀嵐這個人她也聽說過。

慕汀嵐據說是位少年英才，十四歲就已經練就一身好功夫，跟隨他的祖父慕老將軍入了慕家軍。十五歲那年，他隻身率兵攻打飛沙關，一路於白刃裡穿梭，紅塵中殺敵，不到一年時間，就將失守了近二十載的邊境大城鳴沙城收了回來。

陳國元帥首級被斬，陳國兵敗，戰事終於停歇。聖上龍心大悅，體恤慕汀嵐年紀輕輕就在風沙之地飽受摧殘，於是封了他一個四品的崇武將軍，又將他調到了條件稍好些的渝南郡，駐守在寧國與南詔的邊界，至今已有四年。

渝南郡地處寧國西南角，與南詔東南邊的摩梭族只有一湖之隔，這片湖便是青城山背後的天青湖。

天青湖的面積足有七萬五千多畝，湖裡的水產物資十分的豐富。俗話說，靠山吃山、靠水吃水。因為天青湖一半在大寧，一半在南詔，分界線實在難以劃分，所以兩國居民經常為了這座湖裡的利益發生大規模的衝突，甚至還上升到國與國間的政治問題。

聖上不勝其擾，特地在這裡加固了一道防線，既是鎮守國之邊界，也是為了必要時，用武力協助郡守，鎮壓那些未知的動亂。這道防線，就是駐守在渝南郡青城山三十里外的西營；駐軍的首領，就是這位慕汀嵐慕將軍。

眼前這個小屁孩，大概也是那慕家軍的一份子吧？明玉秀想著，卻沒有將他的話放在心上，因為她現在更上心的，是自己接下來將要面對的事情。

山路上坑坑窪窪，她這一路走得並不是很順利，進村時，天已經半黑。

當明玉秀匆匆趕回明家小院時，就為眼前的畫面紅了眼眶。

她的娘親和幼弟為了得知她的下落，齊齊跪在婁氏的屋門前；還有她的父親，也焦慮地在院子裡走來走去，可是屋裡人卻根本不出來搭理。

明玉秀的鼻頭一酸，眼淚差點就要落下來。前世她是個孤兒，在福利院裡磕磕絆絆長到十八歲，雖然學了一手好廚藝，還在一家業內有名的私房菜館裡做了廚娘，但是孤身一人的她，在世間漂泊的辛酸和委屈自是不必說了。

這次和朋友去海上衝浪，她不小心被大浪捲進了海底溺水而亡。在她漫長又短暫的二十年人生裡，她從來沒有體會過親情是什麼感覺，原來這種感覺竟然這麼甜、這麼暖，還微微帶著一點讓人悸動的心酸。

見明玉秀站著不動，已經一整天沒有歸家的黑虎思家心切，興奮地從她懷中跳下地，搖著自己的小尾巴衝進院子裡，衝那背對著牠的幾人狂叫。

「汪汪！汪汪汪！」

三人被黑虎的動靜驚擾，連忙下意識地回過頭朝牠看去。見到滿身風雪，但是精神看起來還不錯的明玉秀，陸氏的心頭頓時一鬆。老天爺保佑，她的秀兒沒事了！

明小山看見明玉秀回來，第一個站起身，甩著小胳膊、邁著小腿像一顆小炮彈似地衝進了明玉秀的懷裡，一下子將她撞了個趔趄。「嗚嗚嗚，姊姊壞蛋！妳去哪裡了？人家好擔心妳……嗚哇！」

懷裡的小人兒哭得暢快，豆大的身子縮成一團，一抖一抖，半晌了還抽噎不止，真正是傷心至極。

明玉秀心中微暖，俯下身來，扯出懷裡的帕子，輕輕替他擦拭著臉上的淚珠。「可別再哭了，姊姊這不是回來了嗎？天這麼冷，你再把臉哭皺了，可就一點都不可愛嘍。」

明小山一愣，立刻捋起袖子，將自己小臉上的淚漬擦了個乾乾淨淨，又嘟著嘴，眼巴巴地看著明玉秀，好像在說：人家不哭，人家可愛著呢！

明玉秀寵溺一笑，摸摸他的小腦袋，牽著他的手走到父母跟前，跪在地上朝明大牛夫婦倆磕了個頭道：「爹、娘，女兒不孝，叫你們擔心了！」

這一跪，她跪的是今生的父母初見，也是為故去的前身拜別，替亡靈盡完最後一點孝道。從此以後，他們便也是她的家人了。

陸氏見女兒跪到自己跟前，連忙一把抓起了她的小手，掌心裡踏踏實實地包裹著愛女熟悉的溫度，她懸在半空中的一顆心，這才真正地放了下來。「回來就好、回來就好。」

「娘上山找了妳幾趟都不見人影，可嚇死我了！」陸氏說著就拉著明玉秀一同起身，但因為跪得實在太久，雙腿痲木，她一個趔趄險些跌倒在地，幸虧身旁的明玉秀眼疾手快，穩穩扶住了她。

「青城山那麼大，娘找不到也是正常，這回多虧黑虎我才脫險，娘就別擔心了，我已經沒事了。」明玉秀大致跟父母交代情況，又伸手撣了撣陸氏髮髻上的雪花，輕聲細語道：「咱們先進屋吧！外面冷，可別把您凍著了。」

她那個討人厭的祖母，說不定正在屋裡偷偷瞧著他們，要告狀也得等她看不到時才告，現在她還不想直接跟婁氏起衝突。

「誒！我們趕緊回去，我閨女怕是凍壞了！」陸氏依言，忍住鼻尖泛起的酸意，將明玉秀攬到自己懷裡。她的女兒這些天受了太多罪，都怪她這個當娘的沒用！

第二章

「姊姊，咱家虎子可真厲害！牠比爹娘還先找到姊姊，牠是咱們家最厲害的人！」明小山天真爛漫，見姊姊回來，不一會兒就忘記之前的傷心憂愁。

幾人被明小山的童言童語逗得開懷，心中的鬱悶也散了幾分，明大牛訕訕地開口笑道：「芸娘，我就說嘛，娘是不會真的傷害秀兒的。」

明玉秀腳下一頓。她爹這是什麼意思？什麼叫不會真的傷害她？她前身都已經死了好嗎？

正想要開口說些什麼，又見明大牛滿面愧色地看著她。「不過到底也是受了場驚嚇，姑娘家身子嬌弱，也不知道會不會留下什麼病根？都怪爹沒有護好妳！」

見此，明玉秀剛想講出口的責怪頓時吞了回去，無奈地看了自己父親一眼。「黑虎吃的是爹娘種的糧，這回也算是為爹娘出力，爹就別自責了。」

她的話裡雖有安慰之意，但語氣卻是十分冷淡，顯然心裡並不怎麼舒坦。她爹雖然有一顆慈父的心，可無奈被祖母吃得太死，一味愚孝，老讓自己的妻兒受欺負。

平時吃喝穿戴，祖母偏心點無所謂，可這回關乎生死，做父親的竟然因為孝道罔顧自己的女兒，這點，她真的很不認同，即使她爹心裡確實是真心疼愛她。

明大牛平日話本就不多，這時候聽了女兒的安慰，心下稍安，卻也不免生出了幾分歉疚，只默不作聲地將妻兒護在自己懷裡，動作溫柔且小心翼翼，一家四口互相攙扶著，朝東邊的明家大房走去。

「呸！」正房裡，婁氏站在紙糊的窗後，冷臉看著院裡相偕遠去的幾個人，朝地上狠狠吐了口唾沫。

這不聽話的小妮子竟然被條狗救回來了，看樣子還毫髮無損，進院竟然連聲招呼都不跟她打，真是越發沒教養了！

婁氏渾濁的眼珠子轉了又轉，目光最終落在院子裡自顧自地刨雪玩的黑虎身上。她氣不順，衝出去就是一腳，狠狠踹在黑虎身上。這個吃裡扒外的小畜生倒是真通了人性啊，山坳裡那麼隱蔽的地方牠都能找到！

黑虎被婁氏踹得嗷嗷直叫，一溜煙就跑進了大房，在明玉秀腳邊找了個地方哼幾聲，才趴下來閉目養神。

大房裡，明玉秀坐在炕桌旁喝著熱水，明小山一直緊緊地抓著自家姊姊的手，乖巧地坐在她懷裡一動不動。

陸氏從衣箱裡找出幾套乾淨的衣服，麻利地拿給一家人換上。明大牛去廚房燒了熱水，端進來給陸氏和一雙兒女泡腳，然後自己也就著溫水洗了洗，又將水都端出去倒。

陸氏看著丈夫殷勤地伺候著自己和兒女，心裡微微嘆了口氣。明大牛這人話不多，對自己和孩子倒是十分體貼，只是……陸氏不知又想到了什麼，挑起秀氣的眉毛，狠狠地瞪了明大牛一眼。

明大牛倒完水轉身回來，就接到了媳婦兒射來的眼刀，一時間有些不明所以。他抓著後腦勺想了半天才想起媳婦大約是在氣什麼，想到自己剛才在娘屋前的一言不發，明大牛也有些氣餒，把求助的目光投向了自己的女兒。

明玉秀抿嘴一笑。不用問她也知道，她爹剛才在祖母屋前是什麼樣子。她沒有看明大牛，只是輕輕朝陸氏道：「娘，您就別為難我爹了，爹從小就沒跟祖母忤逆過，您要他跟祖母唱反調，怕是比要他命還難。」

陸氏一愣。女兒這番話說得夾槍帶棒毫不客氣，可以說是對明大牛這個當爹的有些不敬了。她心下微微發疼，知道婆婆這回是真的傷了女兒的心，一向乖巧溫順的女兒心裡有了怨氣，才會連自己親爹也記恨上。

一旁的明大牛臉色也是一白。女兒嘴裡的諷刺、心裡的怨懟，他怎麼聽不出來？只是，那人是他娘啊！是生他、養他的親娘，他能拿她如何？

見女兒臉上笑著，說出的話語卻暗含指責，明大牛心口微澀，又有些心虛，踟躕了半晌，弱弱地開口問道：「秀兒，妳幾天沒好好吃飯了，想吃什麼，爹現在就去給妳做。」

「好呀、好呀！爹做的飯最好吃，我想吃！」明玉秀還沒有開口，懷裡懵懂的明小山就已經興奮地拍起了手，一雙亮晶晶的眼眸笑成了兩彎月牙兒。

屋裡沈悶的氣氛被明小山這麼一打斷，倒是緩解了不少，明玉秀見狀，笑著摸了摸明小山的小腦袋，也沒有再多說什麼。

「你這沒良心的小東西！」陸氏嗔怒，伸出食指戳了戳明小山光潔的額頭。「是誰前兒夜裡纏著娘要吃醃菜蛋餅，還流了老長的口水來著？」

說完又幽幽一嘆。「唉，原本還從隔壁劉嬸嬸家借了個雞蛋來呢，看來是用不上了，得，我還是趕緊拿回去還給人家吧！」

陸氏說完，作勢就要起身，她眼角的餘光偷偷瞥了眼丈夫和女兒的神色，不著痕跡地替這父女倆打著圓場。

「不要呀，不要還！是山兒流口水，是山兒要吃醃菜蛋餅，娘做的飯菜最最最好吃了！」明小山連忙抓住陸氏的袖子，嘟著小嘴連連出聲，生怕他娘真的出門。

陸氏好笑地低頭，看著自己的兒子不說話。

看到母親臉上促狹的笑，明小山一愣，立刻知道自己被娘親給捉弄了，一張小臉羞得通紅，趕緊回身緊緊抱著明玉秀的脖子，將頭埋進她懷裡蹭了又蹭。「姊姊，娘親好壞！」

明玉秀摟著懷裡扭扭捏捏的明小山，格格地笑出聲來，剛才那股鬱悶也消散了許多。罷了，冰凍三尺非一日之寒，她爹也有她爹的不得已，有些事情以後慢慢改吧！

陸氏沒病沒災，自然不會真的在這當口讓明大牛去做飯，若是叫她婆婆知道，還不得借題發揮又生出一場事來？

因為天氣太冷，加上婁氏剛鬧了這麼一齣，家裡氣氛正僵，一家人就沒在同一張桌上吃飯。

晚飯做好後，婁氏到廚房裡檢查了下菜色，並沒發現陸氏有什麼踰矩的地方，她冷哼了一聲，拿了個碩大的大碗公，將最好的一盤紅燒馬鈴薯撥了一大半到自己碗裡，又挾了幾筷子醬黃瓜和雪裡紅，這才扭著身子回去正房的暖炕上。

文氏緊接著婁氏的步伐慢悠悠地進來，不多不少地將剩下的菜又分走了一半。她才被陸氏毫不客氣地懟了一頓，這時候可不願在吃食上再落人口實，只是心裡到底還是氣不過，陰陽怪氣地瞥了陸氏幾眼，也轉身出了廚房。

陸氏心裡惦記著給兩個孩子開小灶，當然不會將這兩人的態度放在眼裡。見婆婆和弟媳婦都走遠了，她才從懷裡偷偷摸摸掏出一個捂得溫熱的土雞蛋，麻利地將蛋殼敲破、蛋液打散，又細心地將蛋殼捏碎丟進了灶膛深處。

廚房的角落裡，放的是陸氏平時醃製的一小罈雪裡紅，陸氏從罈子裡取了一小把，細細切碎，又從灶邊的灰麵罐子裡舀了一勺灰麵。

正準備往碗裡倒，看了看，又斟酌著往回抖了抖，然後拿了根筷子在灰麵罐裡攪了攪，直到感覺看不出有少了，才將勺子裡的灰麵倒進碗裡。

在碗裡加了點清水，陸氏將蛋液和醃菜一起攪拌均勻，直到碗裡的餅液看不見浮泡和麵疙瘩，才就著灶膛裡的餘火和燒完馬鈴薯的油鍋，沿著鐵鍋邊緣慢慢倒了下去。將鍋子上下左右晃動一會兒，一張圓圓薄薄、香香軟軟的醃菜蛋餅就成形。

陸氏將蛋餅翻了個面，炕到兩面金黃，然後警覺地探頭朝窗外看了看，再迅速起鍋，放到盤子裡切成一塊塊三角，端起剩下的幾盤菜，高高興興地回大房。

一家人和和樂樂地吃完了晚飯，天已過戌時。陸氏去廚房收拾碗筷，明玉秀陪著明小山，在他小房間的炕上才翻了會兒花繩，明小山便睏了。小傢伙白日裡受了驚嚇，又狠狠哭了一場，不一會兒便依在明玉秀懷裡睡著了。

明玉秀替明小山蓋好被子，來到父母的房間裡，陸氏和明大牛見女兒一臉嚴肅，又想到白天發生的事情，兩人臉上的神情也凝重了幾分。

「爹、娘，昨天傍晚，祖母到我房裡來送了一碗糖水，我喝完以後就暈了過去，怕是裡頭放了迷藥，我醒來便發現自己被綁在仙女峰下。」

明玉秀聲音沈靜，卻聽得陸氏和明大牛心如擂鼓，難以置信。迷藥？這麼陰毒的東西，婁氏是從哪裡弄來的？

「昨天夜裡的風雪有多大，爹娘知道吧？要不是黑虎找著我，替我咬斷繩子，還給我暖著身子，我早就被凍死了。」

明玉秀秀氣的眉眼裡，全是對婁氏毫不隱藏的厭惡和鄙夷。前世今生，她就沒有見過這樣狠心對待自己親孫女的老太太！

「妳祖母真是魔障了！為了三十兩銀子，她竟然連人命都敢害！」陸氏聽到這裡，心裡又疼又氣，再也沒顧得上照顧丈夫的情緒，將心中的不滿脫口而出。自己這麼多年驢前馬後、任勞任怨，沒在婆婆心裡留下一星半點的好也罷，到頭來還讓她如此狠心欺負自己的女兒！

明大牛無聲地嘆了口氣，心裡既是無奈矛盾，又是心痛自責，甚至還隱隱期盼著女兒所說並不是事實，可是他的直覺告訴他，女兒講的都是真的。

他總認為，百善孝為先，不論母親如何做，做兒子的都應該孝順包容才是。只是現在，他娘居然對他的孩子下了這樣的毒手，這叫他以後還有何顏面再去面對妻兒？明大牛無力地閉了閉眼，心中滿是悽苦。

「娘，祖母這次下了這麼大的決心，寧可把我弄死也要讓我點頭，這件事情一時半刻肯定沒完，咱們還是得想想辦法先發制人才是。」

「先發制人？」那王家可是村裡的大戶，財大勢大的，要怎麼先發制人？陸氏睜著一雙大眼緊張地看著明玉秀。「要不，咱們逃吧？」

明玉秀抽了抽嘴角。她沒想到，原來她娘還有這麼單純可愛的一面。「娘，逃什麼呀？咱們又沒做壞事，做什麼要逃？」

「可是不逃又能怎麼辦？咱們鬥不過妳祖母，更鬥不過王家。」陸氏滿臉擔憂，一時間根本不知該如何是好？

「祖母就是想要銀子罷了，能替她拿到銀子的人又不只我一個。」明玉秀想到那個惹了禍事就跑，還要丟黑鍋給她的明彩兒，冷冷一笑。「這件事情就交給我來解決吧！你們別操心了。」

大家都是快要及笄的成年人了，誰做的事情就該由誰來承擔後果，真以為一走了之就能沒事嗎？

明大牛和陸氏，眼睛一眨不眨地看著明玉秀。閨女自幼就出落得水靈，在這臨山村裡可算得上是最出挑的。此時她那張精緻白皙的小臉上，寫滿了他們從未見過的沈穩和自信，似乎她小小的身體中，有著一股讓人信服的力量在無形中滋長。

陸氏和明大牛看著眼前風華初綻的女兒，還沒來得及細思，她僅憑自己一己之力到底能不能行？便都被胸腔裡那股吾家有女初長成的自豪感感動，不由自主地點了頭。

自從經歷了這齣鬧劇，閨女好像一夜之間長大了，變得比從前更加懂事，也更加堅強。陸氏心裡備感欣慰，又難免有幾分心酸。

作為母親，她多麼希望女兒能在自己的掌心裡，無憂無慮地任性、懵懂一輩子；如果可以，她一點都不願意孩子這麼早就學會成長，因為成長不一定能有收穫，但是一定會伴隨著失去。

想到這裡，陸氏正了神色，回頭看向丈夫，語氣平靜不帶一絲火氣。「大牛，你可知道，都是我們做爹娘的沒法護著孩子，孩子才不得不學會自己保護自己。」

陸氏輕描淡寫的陳述並無太多指責，卻也沒有絲毫包庇。她知道明大牛自小就孝順，孝順的人，心地肯定也是善良的，這也是她愛他的原因。她不阻止他孝順，甚至還能委屈自己去配合他的孝順，這是她為人妻子和兒媳的本分；可是這樣的孝順，萬不能建立在欺負和苛待她的孩子上，這也是她為人母親最後的底線！

成親十多年，明大牛頭一次被妻子用這樣冷淡的目光盯著，他的心裡也隱約有些慌張，心慌含糊地應了一聲，羞愧地低頭，再也不好意思抬頭說一句話。

翌日清晨，連下一天兩夜的暴雪終於停了，村裡已經有幾戶早起的人家在門口堆起了雪人。

吃過早飯，明玉秀領著明小山在外面玩了會兒雪，跟陸氏打了聲招呼，就帶著黑虎準備去王家。

陸氏經過昨晚一番深思熟慮，覺得這件事情交給女兒去處理也好，畢竟她還小，又是受害的一方，就算去了王家有什麼不周到的地方，王家人也不能跟個孩子計較。

而且婆婆在這事上算是理虧，如果秀兒堅持要把事情鬧大，謀財害命可不是小罪，就算是親祖母，被告到官府去，不被流放個幾千里，至少得結結實實挨一頓板子！思來想去覺得並無危險，陸氏便放心地將事情交給了女兒。

婁氏在屋裡聽見明玉秀要出門，心中警鈴大作。這死丫頭，剛撿回一條命這是要去哪兒？不會是想跑吧？

擔心明玉秀壞了自己好事，婁氏立刻從屋子裡躥了出來，一張老臉要笑不笑地朝明玉秀道：「秀兒，這是要去哪兒呢？」

「祖母。」明玉秀見婁氏急急忙忙地跑出來，心中暗忖，老婆子這番匆匆忙忙的模樣，不會是怕自己跑了吧？真是小人之心！

心中不屑，臉上卻是帶著笑，明玉秀笑咪咪地走到婁氏跟前挽住她的胳膊。「祖母，我有份大禮要送給您，不知道您想不想要？」

第三章

婁氏被明玉秀這突如其來的熱情弄得一愣。她還以為這次大孫女一定會對自己心存怨懟，從此要跟她離心了呢，沒想到這孩子……嘿！還真是跟自己那大兒子一樣的傻！

「啥大禮？妳有幾斤幾兩我還能不知道？妳能給我送啥大禮？」

明玉秀的臉上掛著甜甜的笑，眉眼彎彎似月牙。「祖母，我這是要去王家給您要那三十兩聘禮呢！」

反正婁氏從始至終想要的就是那三十兩銀子，送哪個孫女去王家，其實對她而言並沒有什麼區別，明玉秀想到這裡，臉上的表情越發誠懇了。

「去王家？喲！妳終於想通了？」婁氏聽了明玉秀的話是又驚又喜，一把抓住她膚如凝脂的小手，高興得聲音都拔高了一個調。「好孩子啊！祖母就知道妳是個聽話的，比彩兒那個上不得檯面的賠錢貨強多了！」

賠錢貨？哼！妳自己不也是妳娘家的賠錢貨嗎？明玉秀雖然不喜歡明彩兒，但她同樣也不喜歡這個祖母。

還是不太適應與婁氏的親熱，明玉秀鬆開挽著她胳膊的手，伸進自己袖子裡暖著。「我不會嫁去王家，但那三十兩銀子一定讓您如願。」這還是看在她爹左右為難，做夾心餅乾很痛苦的分上。

婁氏聞言，臉上的笑意瞬間垮了下去，她不滿地看著明玉秀，一張老臉皺成了一朵凋零的菊花。「妳什麼意思？妳還是不願意？」

「祖母想要的是三十兩銀子，又不是我的人，我保證說到做到就是。」明玉秀冷笑，從袖子裡伸出三根手指，煞有介事地舉在頭頂晃了晃。

「不行！我不同意！妳要麼就去大街上自賣自身，把這三十兩銀子給我補齊了，要麼就給我乖乖嫁過去！」婁氏的回答斬釘截鐵，不容置疑。

「既然祖母的想法和我無法達成一致，那不如咱們去請縣太爺給斷斷，看看這事到底該怎麼辦？」明玉秀見軟的行不通，態度也強硬起來。「就算縣太爺沒有意見，王家人可能也不大願意花三十兩銀子領一具屍體回去。」

「妳！」婁氏見明玉秀居然敢拿縣太爺來威脅她，一時被氣了個倒仰。她將手握成拳頭不停地捶打著自己的胸口。「作孽啊！列祖列宗們都快睜開眼看看，看看這個忤逆不孝的孫女吧！」

明玉秀看著她微微一笑。「祖母要是沒有別的事，我就先走了。」

婁氏生怕明玉秀跑到王家去壞了她的事，連忙一把扯住她。「妳到底要怎麼樣？」連綁到山上去凍了一夜都不怕，婁氏是真的不知道該怎麼對付這個孫女了？

明玉秀被她纏得煩了，轉過身掙脫她的拉拽。「我說您呀，現在既不用您去操心做那惡人，又有銀子可拿，您還有什麼不樂意的？難不成真想我去報官？」

婁氏被明玉秀噎了一下。報官是萬萬不能的，她雖然是個沒什麼大見識，只跟著明繼祖認過幾個字的粗野農婦，卻也隱約知道自己做的那些事情，送去官府是要吃板子的。

聽了明玉秀這話，婁氏只得退讓一步。「好好好，妳好得很，這是妳自己承諾的，要是不成，我打折妳的腿也得把妳送進王家！」

自古婚姻大事都是父母之命，媒妁之言，哪有十幾歲的小姑娘自己做主說不嫁就不嫁的？都是陸氏教出來的好女兒！

明玉秀絲毫不理婁氏放出的狠話，帶著黑虎去了王家。臨山村裡風水最好的那塊地上，修葺了一座充滿暴發戶氣息的「豪宅」，那就是地主王守財家。

王家在渝南郡乃至漢中府都有些小生意，年中的時候，八十高齡的王老太爺過世了，聽說王家早已經準備過完年就舉家搬遷，搬去府城生活。

廳堂裡，王家老爺王守財一身橫肉、大腹便便地坐在寬大的樟木椅上，夫人李氏端坐在他身旁，一身上好的綿綢剪裁合身，頭上插了七、八根點翠金簪，看起來甚是「富貴」。

王家的小兒子王斂，規規矩矩地站在兩人身後，那唯唯諾諾的模樣，跟平日裡在外面看到的囂張跋扈簡直判若兩人。看得出來，這王斂對他的父母親還是心存幾分敬畏的，只是這分敬畏，在看清坐在下首的明玉秀時，瞬間就被拋到了九霄雲外。

嘖嘖嘖，明家大房這小妮子，長得竟然比她那俊俏的小堂妹還要好，他在村裡橫行了這麼多年，竟然沒有發現這般絕色，藏得可真夠深的啊！

想到那天夜裡，明彩兒白花花、水嫩嫩的身子，王斂頓時感覺渾身一熱，身體裡某處沈寂的隱秘也開始漸漸覺醒，看向明玉秀的目光更加熾熱了幾分。要不是爹娘還在場，真想現在就將明玉秀撲倒在地，好好地疼愛一番！

感覺到王斂投射在自己身上那兩道灼烈而又猥褻的目光，明玉秀厭惡地皺了皺眉，嚥下心中的反感，淡淡朝王守財道：「王老爺，我今天來，是想跟您商量一下令郎王斂跟我家堂妹彩兒的婚事。」

沈浸在意淫中的王斂冷不丁聽到這話，陡然清醒過來，立刻從原地跳了起來。「都跟妳家裡說好了是妳，怎麼又要換妳堂妹？不行！」

王守財掃了一旁反應過大的王斂一眼，不解地看向明玉秀。「上次妳祖母來，說妳堂妹得到急病，要將新娘子換成妳，我們雖然覺得不太妥當，但是到底顧念著妳堂妹的身子，也就同意了。現在妳和斂兒的八字都已經合過，怎麼又要反悔？」

王守財的語氣還算平和，但一旁的王夫人李氏說話就很難聽了。「是啊！一會兒是妳堂妹，一會兒是妳，一會兒又是妳堂妹，你們明家的女兒就這麼不值錢？換來換去的，以後名聲還要不要了？」

明玉秀暗暗地翻了個白眼。這王夫人穿得雍容華貴，怎麼一開口就露了餡？滿身的市井氣息，裝什麼貴夫人？

明玉秀淺淺一笑。「夫人，我聽說您家大少爺早年傷了身子，子嗣艱難，這兩年，您兩老這般不挑不揀，不辭辛勞地替二少爺納妾，為的就是多給王家開枝散葉，好延續香火吧？」

王家這兩年對王斂抬通房、睡丫鬟的這些事，可謂都是睜隻眼、閉隻眼，說她家的女兒換來換去不值錢，王家的兒子也不見得有多麼矜貴。只要是長得漂亮、洗得乾淨，哪怕是個叫花子都能近王斂的身，大家就誰也別說誰了。

李氏沒聽明白明玉秀的話外之音，但是大兒子幼時下河游泳，被水草割傷了命根子，一直都是她心底最不能觸碰的傷痛，見明玉秀如此大剌剌提起自己的傷心事，不由得面色一沈。「不識好歹的小妮子！妳說這話是什麼意思？」

明玉秀見李夫人竟然是個一點就燃的爆竹，跟那看似綿軟，卻穩如泰山的王地主還真不像一家人，可能這就是傳說中的互補吧？她無奈地嘆了口氣。「王夫人，我沒有惡意，也不是上門來挑事的，只是想把這件事情和平解決，對大家都好。」

「哦？和平解決？這倒是稀奇，妳一個還沒及笄的小姑娘，口氣倒是不小，我倒是想聽聽，妳要怎麼和平解決！」

見明玉秀的話裡有了幾分服軟的意思，李氏端起手中的茶盞輕輕抿了一口，不屑地冷笑，覺得這丫頭到底是個外強中乾的，懶得再與她爭吵。

「各位可知，前天夜裡，我祖母為了逼我替妹出嫁，將我綁到山上去凍了一天一夜？」明玉秀的嘴角勾起一抹諷刺的笑，將當晚的事情經過，包括婁氏給自己下藥，害得自己九死一生，險些喪命的過程，一一講述給眾人聽。

「要是再來一次，我不見得還能有同樣的運氣能夠死裡逃生。我爹娘素來疼我、愛我，要是見我身死一定不依，到時候，你們王家也是落不著好的。」

「我家怎麼就落不著好了！」李氏心裡微驚，但面上卻不動聲色，只是將茶盞重重擱到桌上，兩眼厭惡地盯著明玉秀。「是妳祖母要害妳，跟我們有什麼關係！」

婁氏害人又不是他們指使的，這事落不到他們頭上，只是，她著實沒有想到，明家的老婆子竟然會如此大膽。明家姑娘可都是正經良籍，良民是受官府保護的，不是她家那些任打任罵的奴才，要是這丫頭真的因為自家的事情出了好歹，那傳出去得多難聽！

李氏越想越覺得不妥，一旁的王守財倒是對婁氏有些刮目相看。這老婦確實有幾分魄力，這般的心狠手辣，認錢不認人，要是個男兒身，說不定還真能幹出點什麼大事。

人為財死，鳥為食亡，王守財的想法也沒有錯，只是，君子愛財取之有道，婁氏錯就錯在她實在是太貪了，貪得不擇手段也就算了，她還貪得罔顧人命。

人和動物之所以不同，是因為人除了擁有智慧，還擁有自制能力。心底有慾望是人之常情，但一個人若是連自己的行為都無法控制，那這個人基本就與畜生沒有區別了。

王守財捋了捋嘴邊兩撇八字鬍，撫著自己的大肚腩，稍微坐直了身子。「我王某經營半生，處處與人結善，沒想到到了兒女姻緣上，竟叫一個晚輩如此嫌棄王家？」

王守財能把生意做到府城去，自然不是什麼簡單的人物，他瞧著明玉秀氣度沈穩，說話做事有條有理，打從心底不太想與這丫頭結仇。

倒是王守財身後的王斂聽到這裡有些站不住，他氣紅了眼眶朝著明玉秀大聲吼道：「妳就那麼看不上我？寧願死也不願意跟我？」

王夫人的面色也有些不豫。明家這丫頭可不就是在她面前，直白地嫌棄她的兒子嗎？

明玉秀沒有理會王斂的怒火，她的目光緊緊盯著王家唯一擁有決定權的王守財，冷靜地分析。「我聽說王老爺素來賢明，要是為了給兒子納個小妾而鬧出人命，對您素來行善積德的美名是大大一個污點；再說，您家大少爺還在府城讀書，將來是要考科舉、當官老爺的，我這條小命不值什麼錢，但是真出了事，卻是能實實在在地擋住大少爺的前程。」

這時候的舉子出仕為官十分艱難，朝廷除了注重他們的才學，更注重他們的人品。畢竟空缺就那麼幾個，每三年都有一批人去候選，本就是僧多粥少，萬人共擠獨木橋的活，篩選的條件便尤為苛刻，如果一個家庭出過什麼醜事，那這個家庭的兒郎們基本就告別官場了。

李氏聽得明玉秀此言，縱使心中不快，也覺得有幾分道理。幸好這小妮子沒事，不然他們羊肉吃不到，還得落得一身騷！

王斂見明玉秀壓根兒不理自己，又看到李氏臉上不太愉快的神色，也覺得有些敗興。他只是想納個妾而已，怎麼就能有這麼多事？

「這只是其一，還有其二。」明玉秀看了眼幾人的神色，正欲開口。

王斂不耐煩地揮揮手。「妳怎麼那麼多話？要說就一次說完！」

見王斂這副態度，明玉秀冷冷一笑，也很配合。「這件事情本就是彩兒和王斂兩人的私事，禍不及家人，事不累無辜，牽連到不相干的旁人已是不應該；況且，如果我真的懷恨在心怎麼辦？你們讓我賠上自己的一生嫁進來，那……」

明玉秀說到最後，一改之前的端莊有禮，聲音迅速冷了幾分。「那我定要拉著王斂跟著我一起去死！」

反正她都已經是死過一次的人了，說出這話比旁人更多了幾分可信。「到時候，大少爺子嗣艱難，二少爺又一命嗚呼，你們王家，可就真的要後繼無人了。」

明玉秀說完，一副完全不怕死的模樣看向上首的王守財夫婦倆。要知道，日防夜防，枕邊人最是防不勝防，王斂又素來好色，壓根兒禁不住美人誘惑。要人還是要命？就自己選吧！

話說到這個分上，若王斂還敢娶她，她也敬他是條漢子。明玉秀話畢再不出聲，直直地看著上座的王守財，脊背筆直，目光凜冽，不躲不閃。

「妳這丫頭！咱們兩家是結親又不是結仇，瞧妳說的這都是些什麼話？」王守財也被明玉秀方才乍然顯露的氣勢給一下子鎮住了，他愣了半晌，好氣又好笑。

自己也是在外頭見過幾分世面的，沒想到，今天竟然會在自家被個十四、五歲的小丫頭給嚇了一跳。看了眼明玉秀無比認真的臉色，王守財只擔心這小丫頭恐怕真的會說到做到。

王斂也是被明玉秀這突如其來的一番「威脅」給嚇得臉色發白。「爹，這蛇蠍毒婦，還沒成親就敢跟我喊打喊殺，我、我不要她了！」

一想到在某個夜深人靜的夜晚，自己倒在血泊中的模樣，王斂心中那點旖旎的念頭頓時消散得一乾二淨。

「那妳現在打算怎麼辦？妳堂妹玩弄了我兒子，現在卻跑得無影無蹤，咱們不可能就這樣算了吧，不然我王家的面子往哪裡擱？」

李氏一時放不下顏面，她梗著脖子怒瞪著明玉秀，不願意示弱服軟。這小妮子剛才是在威脅他們嗎？說要殺她兒子，沒開玩笑吧？要不是看明家的兩個姑娘長得確實水靈，自家兒子又長得差強人意，為了她未來孫兒的相貌著想，她才不會要這兩個不識好歹的破爛貨！

明玉秀也沒去計較到底是誰玩弄了誰，只是點點頭朝李氏道：「這個簡單，我堂妹在村裡除了她外家也沒別的親戚，我見我二嬸丟了閨女卻絲毫不心急，想必我堂妹十有八九是躲到她外祖家去了。我這裡有個法子，只需要兩位點頭，我能保證讓二少爺得償所願。」

第四章

「哦？妳有什麼好辦法，說來聽聽？」王守財畢竟是見過大場面的人，又已經到了這個歲數，商場半生閱人無數，很快就決定放棄讓明玉秀進門。

這姑娘看起來太強勢，當真不是什麼好拿捏的主兒，要是真的讓她進門，恐怕連夫人都不是她的對手，到時候他家哪裡還有安寧的日子過？

見王守財終於鬆口，明玉秀心裡也鬆了一口氣，面上帶了幾分笑意。「說起來也不怕兩位笑話，我祖母就是看中了您家那三十兩聘銀，你們不好去文家要人，但我祖母卻能；若是讓我祖母知道，王家準備去文家迎親，連聘禮也會一起交給文家的話，不用你們請，我祖母定會第一時間就去將我堂妹帶回來成親。」

王守財略一思索，臉色的神色也緩和許多。「哼！妳倒是有些小聰明，如此便依妳吧。我們只配合妳，對這件事點頭默認便是。」

長子無嗣可繼，等到他和夫人百年之後，偌大的家業最終都會落到幼子一人身上；若兒子身邊真能有個傾心相護的賢內助倒也是樁美事，只可惜這丫頭根本看不上他的兒子，強買強賣都不行。

領著黑虎神清氣爽地離開王家大院，明玉秀心情頗好。明彩兒啊明彩兒，自己打下的馬蜂窩，還想白白蜇別人一頭包？

明彩兒為什麼要跑她不知道，不過想來總跟那王斂脫不了關係；而且她知道，村裡嫁娶的行情一般都是五兩紋銀，王家為什麼會給三十兩？整整六倍啊！與其說這銀子是聘禮，她覺得倒更像是封口費。吃人嘴軟、拿人手短就是這個道理。

明彩兒拍拍屁股跑了，婁氏那樣貪財的人，怎麼會輕易放過這門賺錢的好親事？順理成章地，這鍋可不就甩到自己身上了嗎？

明彩兒也是十四歲的大姑娘，自己能想到的，她未必想不到，不過是覺得人不為己，天誅地滅罷了，這樣自私自利的人，根本不值得她同情。

明玉秀回家後，到婁氏房裡跟她半真半假地交代了一番。婁氏聽說王家竟然改變了主意，要從文家納娶彩兒，還要把聘禮給文家時，嚇得大驚失色，當天下午就親自上門去明彩兒的外祖家，死拉硬拽地將二孫女給捉了回來。

文家給的那二兩銀子的費用，跟王家的三十兩聘銀相比，根本算不得什麼，她絕不可因小失大。

西屋裡，明彩兒一改之前將將傍上高枝時的竊喜得意，死活都不願意嫁去王家與那王斂再做夫妻，在屋子裡湖打海摔、大呼小叫好一番鬧騰。

「娘，我不嫁！我不嫁！那王斂……他根本不是個好人，您看呀！」

明彩兒鬧了半晌，見她娘只是看著她嘆氣，終於忍不住，憤怒地將自己的衣襟扒開，露出裡面傷痕累累的肌膚。摳的咬的、抓的擰的，她渾身上下青青紫紫、坑坑窪窪，竟沒有一處完好。

天啊！這是怎麼回事？文氏被眼前難以置信的一幕驚呆了。她原還誤以為女兒支支吾吾不願嫁，是因為王斂小小年紀縱慾過度廢了身子，沒有想到，竟然會讓她看到這樣駭人聽聞的一幕。

早年在大戶人家做婢女時，她曾聽說過，有些貴人主子有那些個特殊的癖好，愛在房裡折騰女人。她家三姑奶奶的大伯的表弟房裡就曾經出過這等齷齪事，聽說還死過人，莫不是這王斂，也是個變態？

「彩兒啊！我的彩兒，妳怎麼這麼命苦啊！」文氏頭腦發懵，一通呼天搶地撲到了榻上，抱緊自己的女兒涕淚漣漣，就連平時骨子裡慣常端著的矜持和高人一等的姿態，也早丟得沒影了。

「娘，不是說好了讓秀姊兒替我嫁的嗎，怎地又不讓她去了？娘，您快去跟祖母說說，讓秀姊兒去啊！她比我長得美，王斂一定會樂意的！」明彩兒緊緊攥著自己的衣襟，眼眶通紅卻沒有淚流下，一副急得快噴出火來。

「沒用了，今兒早上，也不知道秀姊兒去王家說了什麼，現在那邊點名就要妳，這可怎麼辦啊？」文氏心中痛疾，恨鐵不成鋼地一巴掌拍到明彩兒的頭上。「妳這個不省心的丫頭！讓娘以後的臉該往哪裡擱才是？婚前失貞不說，還找了這樣一個人，妳到底都是為了什麼呀！」

「為什麼、為什麼？還不是因為我有妳這麼個自命不凡的親娘！」明彩兒被文氏輕輕的一巴掌拍出了滔天的怒火，心裡暗自咬牙咒罵：小姐的八字，丫鬟的命，自己做不成貴夫人，就成天把希望都寄託在我的身上！

文氏是個心比天高的，從前做婢女時，也想過爬上主子的床去當姨娘，可惜一直沒找著機會。後來落戶到臨山村嫁給了明二牛，又生了明彩兒，成天愛在閨女耳邊念叨，說閨女是這臨山村裡最俊俏的丫頭，以後是要去大戶人家做少奶奶的。

天長日久，明彩兒聽得多了，自己潛意識裡也跟著她娘做起了白日夢。後來見到村裡最為風流倜儻、財大氣粗的王斂，一時鬼迷心竅，招來了這艘賊船。

「妳！妳怎麼能這樣跟娘說話?!」文氏氣極了。這孩子怎麼變成這樣了？

「什麼怎麼說話，我說得不對嗎？我現在做的，不就是妳年輕時想做又沒做成的？只是我運氣不好，遇到了個變態罷了！」明彩兒瞪著眼睛，不遺餘力地頂撞文氏。

文氏被女兒刺得心尖都疼了。這孩子……這孩子真是要氣死她了，又不是她讓她去勾引那王斂的，她怎麼能把氣撒到自己頭上?!

明彩兒原本見文氏都這時候了，不僅不心疼自己，還在想著什麼裡子、面子，心裡有火才會那樣口不擇言，頂了她幾句之後，又狠狠地捶打著身下的被褥，怪起了明玉秀。「明玉秀，都怪妳、都怪妳！妳要是好好聽祖母的話，我不就沒事了！」

事情發展到這個地步，明彩兒著實不知道自己還能如何設法轉圜？畢竟她只是一個尚未及笄又無權無勢的農家女而已，逃到外祖家去已經是她唯一能想到的辦法，只可惜這一切都被明玉秀給破壞了。

二房乒乒乓乓的一番鬧騰自是不用明玉秀去管，砧板上已經釘了釘子的事情，任誰也無法再更改，鬧也沒有用。

而且明彩兒畢竟已經失身於王斂，在民風淳樸的臨山村來說，可是件大事，再往大了鬧下去，最後吃虧的還是她自己。再鬧，到時候她不僅要嫁，名聲也盡毀，還會惹得王家人不高興，那她嫁進王家就更沒好日子過了。

作為父親的明二牛在鎮上的書院裡，兩耳不聞窗外事，做母親的文氏又顧念著自己和女兒的聲譽不敢發聲。雖然文氏心疼女兒，但她斟酌再三，到底沒有再多說什麼，王斂和明彩兒的親事很快就定了下來。

因為是納妾，並不是娶妻，再加上訂親的過程不太舒心，所以李氏做主，把三媒六聘都省了，只拿三十兩銀子交給婁氏，說年後挑個吉日將明彩兒送過去即可。

日子定在新年的二月初一，宜祭祀、嫁娶。滿打滿算，明彩兒在家最多也只能再待四十多天，就要準備出門了。

臘月二十四這天，民俗要除舊布新，大江南北家家戶戶都要打掃房子，拆洗被褥，撣拂塵，乾乾淨淨地迎接新的一年。

明玉秀卯時晨起後，就到父母房裡把睡得迷迷糊糊的明小山打扮好，牽著他的小手去院裡洗漱。

明小山今年四歲，跟明玉秀整整相差十歲。陸氏當年生明玉秀時也是在冬天，月子裡被婆婆使喚著去河邊洗衣，不小心滑進水裡傷了身子，因而中間多年不曾再有孕，為此還受了婁氏不少的氣。

直到後來有了明小山，夫妻倆才算揚眉吐氣，不過兩人雖然對晚來的幼子十分疼愛，卻也不怎麼愛慣他、黏他；加上夫妻倆平時大部分時間都在幹活，明小山可以說是明玉秀這個姊姊揹在背上一點點帶大的，姊弟倆的感情十分地要好。

明玉秀將熱帕子擰乾，蹲在地上細細地替明小山擦著臉，明小山乖乖站在一旁任由姊姊擺布。

除夕快到了，鎮上許多鋪子正是缺人打下手的時候，明大牛一早起來就趕去鎮上打零工。他有個熟悉的糕點鋪子，每年這幾天都會過去幫掌櫃的打包糕點，辛苦幾天也能賺點過年費。

天氣很不錯，陸氏在院子中央拿著個碩大的簸箕翻曬著一堆大豆，見姊弟倆起來，笑咪咪地去廚房端來一碟子炒黃豆和兩碗黍米粥，招呼兩個孩子吃早飯。

明玉秀吃完後在屋裡、屋外轉了一圈，發現沒什麼事情可做，就準備去廚房拿灶衣，開始大掃除。

剛走到，明玉秀就看見明彩兒也在裡面，正和婁氏圍坐在爐火邊炸南瓜丸子。見明玉秀進來，明彩兒與她對視了一眼，便率先轉過臉去，避開了她的視線。

婁氏的心願已經達成，最近心情十分不錯，見明玉秀進來，竟然破天荒地給了個笑臉，驚得明玉秀掉了一地的雞皮疙瘩。

妻氏沒有多注意明玉秀的神色，只想著以後明彩兒嫁去了王地主家，自己這個當祖母的，日子自然也是美孜孜，看向二孫女這顆「金疙瘩」的目光，也就更加地「慈愛」了。

見明彩兒和妻氏這兩個冤家相處得正是「溫馨和諧」，明玉秀很有自知之明地決定不做兩人的「電燈泡」，拿了灶衣就出廚房找明小山和陸氏去了。

「祖母，咱們家今年過年也吃點肉吧？」明彩兒目送著明玉秀的背影，古怪地笑了笑，朝妻氏開口道。

妻氏聞言，臉上原本慈祥和藹的笑意頓時垮下了三分。「這不是有南瓜丸子嗎？這玩意兒可費油了，我可是特地給妳弄的，那肉吃了有啥好？沒得長膘，到時候妳肥頭大耳的，孫女婿就不喜歡妳了！」

妳才肥頭大耳！明彩兒氣結。就算她再怎麼不願意，今年也是她作為閨女在娘家過的最後一個年，可是看看她祖母置辦的這都是些什麼菜色？

醬黃瓜、灰麵餅子、大白菜、紅菜苔、南瓜丸子……她又不是從尼姑庵裡出嫁，用得著這麼寒磣嗎？攥著那點銀子買棺材好了！

明彩兒低下頭，掩去眸中對妻氏的厭惡，調整了下情緒又低聲湊到妻氏耳邊。「祖母，咱們家吃肉又不需要花錢，不吃白不吃。」

妻氏素來愛財，更愛貪小便宜，她又不是真不愛吃肉，只是想省錢罷了，此時一聽說有免費的肉，哪能不動心？立刻眼睛一亮。「不花錢？呵呵呵，妳是在哄祖母開心吧？」

「怎麼會？那豬肉騷咱不吃，咱可以吃別的啊，這院裡不就有現成的？」明彩兒努著嫣紅的小嘴，朝小院裡擠擠眼。

「現成的，妳是說……」婁氏朝院子裡看去，看見正在梔子樹下追著尾巴繞圈的黑虎，眼睛一亮。是啊！她怎麼沒想到，這黑虎可不就是那現成的狗肉？又想起之前這小崽子幫著大孫女忤逆自己的事情，婁氏心裡頓時有了主意。

明彩兒望著祖母閃著精光的小眼睛，迅速低下頭去，在沒人看到的角落裡，露出陰狠的微笑。小畜生，我治不了你主子，難道還收拾不了你？

院子裡，明玉秀將明小山抱在自己懷裡坐到一旁的小板凳上，朝曬著豆子的陸氏撇嘴。

「娘，怎麼又曬豆子啊？這七、八天都吃了好幾餐炒豆子了。」

陸氏笑著睇了她一眼。「娘知道你們不愛吃豆子，可是這些再不吃完，開春就該生蟲了。」

明玉秀不以為然。「家裡的黃豆已經多到吃不完的地步了？」

「這不是去年村長從其他地方弄回來的種子嗎，說是產量高，又好打理，咱村才一窩蜂地全種了，家家戶戶都有，這麼多，吃也吃不完，賣也賣不掉，隔壁劉嬸子家都拿來餵豬了呢！」

不是吧，黃豆這麼好的東西竟然拿來餵豬？真是暴殄天物！

「娘，黃豆吃不完可以做豆腐啊！還能做豆漿、豆花、榨豆油，這麼好的東西幹麼要餵豬？」

「豆腐？」陸氏奇怪地看了明玉秀一眼。「妳說的這個娘知道，不過這東西少，只有鎮上的大戶人家桌上才有，咱村又沒人會做這個，而且人家豆腐作坊裡生財的本事，是不會輕易教人的。」

至於女兒說的什麼豆花、豆油的，她聽都沒聽過，她只知道肥豬肉可以榨油，可沒聽說過植物也能榨油。

陸氏的一番話，聽得明玉秀心頭一股熱血上湧。別人不會可是她會呀！

按照她娘的說法，這個時代很多東西並沒有她想像中發展得那麼成熟，至少在食品加工這一塊，還是有很大的發展空間，這就意味著，她可以占點先機。

明玉秀心中竊喜，正要跟陸氏進行深入的探討時，後院裡傳來一聲淒厲的嗷嗷慘叫。

「汪汪汪！嗷嗚嗷嗚！」

是黑虎！明玉秀心裡一驚，立刻站起身來將懷裡的明小山放在地上。「娘，好像是黑虎的聲音，我過去看看！」

「姊姊等等我！」

見兩個孩子相繼狂奔而去，陸氏擔憂地看著後院的方向。黑虎雖然只是隻畜生，卻是個有情有義的，還懂得救自家女兒，可千萬別出什麼事才好。

一大一小匆匆跑進後院，只見愛犬黑虎正血淋淋、軟趴趴地躺在院子中央瑟瑟發抖。牠的右前腿以一種詭異的姿勢扭曲著，喉嚨發出一聲聲痛苦的呻吟，就連總是活潑跳躍，炯炯有神的一雙大眼，此刻也是暗淡無光，毫無生氣。

第五章

見明玉秀和明小山進來，黑虎朝他們痛苦地低聲嗚咽，顫抖著身子站起來想要走到兩個小主人身邊去，可是掙扎了半天後，又無力地垂下身子，跌回地上，只能用一雙大眼睛直勾勾地望著他們，眼裡似乎還有淚，只恨不能開口說話，說出自己的委屈。

婁氏凶神惡煞地拿著一根手腕粗的木棍站在一旁氣喘吁吁，棍子末端還沾了殷紅的血跡，顯然這就是傷了黑虎的凶器。

這一幕看得明玉秀氣血上湧，她咬了咬牙走進院子裡看著婁氏，努力保持鎮定問：「祖母，這是怎麼了？」

婁氏不理會明玉秀，怒氣衝衝地朝黑虎罵道：「狗崽子竟然還敢咬我！養不熟的小畜生，看老娘今天不打斷你的狗腿！」

婁氏正在氣頭上，猝不及防又掄起棍子，朝黑虎身上招呼，黑虎當即又痛得嗷嗷直叫。

明玉秀心口猛跳，太陽穴跳個不停，她捏緊拳頭，移步擋到黑虎身前。「祖母您這是怎麼了，黑虎做什麼壞事惹您不高興了？打幾下就算了吧，牠又不是人，您說什麼牠也聽不懂呀！」

「算了？這狗東西，吃了迷藥還想咬人！今天不給牠個教訓，牠改天是不是還要吃人？」小畜生，無法無天了！要不是怕迷藥下多了，肉吃下去對身體不好，她怎麼會只下了那麼點分量，還讓這個狗崽子在半途中醒過來，差點咬了她一口？

「小虎子！你怎麼了？」一旁的明小山哪裡見過這麼血腥的場面，看見自己心愛的小夥伴倒在血泊裡瑟瑟發抖，他都要心疼死了。邁著小短腿衝到黑虎面前，明小山用手將黑虎的頭攬進自己懷裡，委屈地看著婁氏。「祖母，您不要再打小虎子了。」

「山哥兒讓開！我今天非要打死這個狗畜生。吃我家的、喝我家的，讓牠長這麼大已經是牠的造化，現在就是牠報恩的時候，今天必須把這身狗肉給老娘貢獻出來！」

婁氏話說完，一個箭步衝到明小山面前，大力將他推了開來。明小山跌在一旁委屈地大哭，婁氏卻沒看他，伸手一把就扯住了黑虎的那隻斷腿。

「嗷嗚、嗷嗚！」黑虎尖銳的痛呼聲變了一個調，劇烈的疼痛從腿骨直擊牠的大腦，使牠本能地奮力掙扎起來；又因為中了迷藥的緣故，渾身癱軟，即使再不甘心，此時也只能像砧板上的魚肉一般，任由婁氏宰割。

明玉秀氣得渾身發抖，全身上下的血液都衝上了頭頂。原來婁氏鬧了這麼殘忍的一齣，竟然是為了吃黑虎的肉。怎麼不饞死這個不要臉的老東西？黑虎可是她的救命恩人啊！居然給牠下迷藥，還把牠腿打斷！

再說迷藥，這些亂七八糟的東西到底都是哪裡來的？上次害她，這次害黑虎。顧不得多想，明玉秀已經七竅生煙，上前去，一把拽住了婁氏的手腕，厲聲喝道：「放手！」

明玉秀雖然才十五不到，但鄉野裡長大的孩子本身就不嬌弱，加上婁氏根本沒有料到明玉秀敢這麼對自己，一時間沒反應過來，竟叫她成功將黑虎給搶了過去。

「秀姊兒！妳幹麼？妳要造反啦！」這死妮子竟然敢跟自己動手，真是不要命了！婁氏回過神來，心頭大怒，不由分說，抄起手中的棍子，狠狠地朝明玉秀身上掄去。

「啊！」

明玉秀要閃躲，可為時已晚，只感覺眼前一花，然而預料中的疼痛卻沒有落在自己身上，定睛一看，原來是陸氏竟不知何時進了院子，在婁氏舉起木棍的一瞬間衝過來擋在了自己身前。

「娘！」明玉秀和明小山見母親挨打，頓時嚇得臉色發白，齊齊上前抱住她。

「娘沒事……」陸氏忍著背後鑽心的劇痛，轉過身來，慘白著臉看向婁氏。「娘，您這是做什麼呀？秀兒還是個孩子呢！她哪裡做錯了您跟媳婦說，媳婦回去一定好好教她。」

之前的衝突，陸氏其實在院外已經看得清清楚楚，秀兒只是一時心切，語氣衝了點而已；可是婁氏身為祖母，若她非要懲治女兒，自己根本無法辯駁，只能以身代罰。

「哼！」婁氏見陸氏替明玉秀擋下一棍子，冷笑連連。「都是妳教的好女兒，翅膀還沒長硬呢，就敢對著祖母吆五喝六，還敢往我身上瞎招呼，如此忤逆不孝的丫頭，明兒就去找婆家趕緊給我送走！」

陸氏大驚，見婁氏竟然拿明玉秀婚事來說嘴，她緊張地直起身子，背上的傷處疼得她冷汗淋漓。「娘！秀兒的夫家我和大牛哥正在相看呢，娘就別為這個操心了。」

「妳給我閉嘴！陸芸，妳再多說一句話，老娘現在就做主休了妳。在我明家待得不耐煩了是不是？那就趁早帶著妳的賠錢貨給老娘滾蛋！」

「娘，我——」

見陸氏還欲多說，身旁的明玉秀扯住她的衣袖，向她搖頭示意不要再開口了。

明小山也乖乖地抱著陸氏的大腿，將腦袋靠在娘親的腿上，一雙澄澈的大眼睛直直地看著婁氏，又看了看躺在地上的黑虎，黯然地低下了頭。祖母，好像是真的一點都不喜歡他們。

「祖母，剛才是我不對，只是您知道，黑虎對我意義非凡，我一時救牠心切，冒犯了您，還請您大人有大量原諒孫女吧！」明玉秀說著，咬咬牙，「撲通」一聲跪到地上，心裡卻恨得牙癢癢。

如果婁氏是個正常的、慈祥的老太太，做孫女的跟老祖母動手，跪下認錯自然是理所當然；可是婁氏……算了，要不是為了她爹娘、為了這個家，從她醒來後得知是婁氏害死她前身的那一天開始，她就不會忍她了。天大地大，自己在哪裡活不了，幹麼要在這裡受這老婆子的欺負？

見明玉秀跪在地上，婁氏冷哼一聲，轉過臉去，無動於衷。

「祖母，我知道您殺黑虎是想讓咱家過年有肉吃，孫女答應您，一定在除夕那天讓家裡吃上肉，您就放過黑虎一命吧！」

明玉秀說完，朝婁氏重重地磕了個頭。大丈夫能屈能伸，小女子也能忍一時之氣，為了救下黑虎，她忍！

婁氏見明玉秀下跪磕頭，認錯的態度還算誠懇，加上剛才那一棍已經將大半的怒氣給出了，臉色也就緩了緩。「哼！妳？妳有些什麼本事我還不知道？妳要真能給家裡弄來肉，山哥兒還不早被妳養得白白胖胖了？」

明玉秀在心底暗暗翻了個白眼，面上卻不動聲色。「祖母，我一定會說到做到，黑虎在這兒也跑不了，若孫女食言，我和黑虎都任憑您處置，絕無二話。」

明玉秀看著孤零零躺在地上疼得不停抽搐的黑虎，又看向婁氏。「況且這狗都是通人性的，黑虎又尤其聰明，吃牠就跟吃人一樣啊！若是牠死後魂靈不滅，說不定還會為我們家裡帶來災禍！」

鄉下人家多少都有些信奉鬼神，婁氏也不例外，聽到這裡她皺了皺眉，半信半疑地斜眼瞟了癱在地上的黑虎一眼。

正巧，黑虎一雙黑漆漆的大眼也死死地盯著她。牠的眸子暗淡無光又深不見底，看起來陰森又恐怖，好像牠真的是個人，什麼都懂。婁氏心中一跳，真的生出了幾分懼意。

「行啊！妳喜歡逞能是吧？那我就給妳機會，要是妳敢騙我，到時候就算是不吃狗肉，我也一定要把這狗雜種給弄死！我還不信了，這狗東西活著都不能把我怎麼樣，死了還真能回來報復？」婁氏丟下一串狠話，扔下棍子，扭著屁股就出了後院。

「娘，回去吧！」明玉秀見婁氏走遠，連忙一手從地上小心地抱起黑虎，另一手攙扶著陸氏，慢慢走回大房。

明小山輕抓著黑虎耷拉在身後的尾巴，緊緊跟在明玉秀身旁，輕聲地安慰著牠。「小虎子，你不要怕，姊姊很快給你找大夫。」

明彩兒趴在後屋的窗戶後，將院子裡發生的一切盡收眼底，見黑虎最終逃過一劫，她忍不住低聲暗罵婁氏沒用。「連條狗都收拾不了，妳還能幹啥？」

好在大伯娘挨了一棍子，讓明玉秀心痛了，她的心裡自然也舒坦許多。想起明玉秀臨走前說的大話，明彩兒不由嗤笑。「看妳怎麼收場！」

家裡所有的進項都是祖母收著的，不管是大房還是二房，他們根本沒有自己的零花。想買肉？我看妳不如去賣肉吧！

大房裡，陸氏脫了上衣，只著肚兜趴在炕上，一條手臂粗的瘀痕突兀地出現在左肩上，明小山趴在炕上看著娘親，心疼得眼淚汪汪。

「娘，您忍著點，我給您擦點紅花油，會有點疼。」明玉秀黑著臉，小心翼翼地替陸氏上藥。婁氏下手可真狠，幸好是冬天，衣服穿得厚，可隔了幾層襖子都能把人打成這樣，要是夏天，還不得骨折？

她在心裡感動娘親為她擋災之餘，又有些後悔自己衝動連累了母親，聲音也不由自主地帶了幾分心疼和自責。

「嘶……哎喲，娘不疼，辣辣的，還怪舒服的。」陸氏笑呵呵地安慰明玉秀。其實背上的傷真不是太嚴重，沒傷筋、沒動骨的，痛過那一會兒，現在已經好很多了。

只是，想起婆婆今天提起秀兒的婚事，陸氏就有種危機感。有了明彩兒的前車之鑒，她還真怕婆婆嚐到甜頭，如法炮製將自己的女兒也給「賣」了。冬末秀兒就要及笄，她的婚事，自己得盡快定下來才是。

幫陸氏穿好衣服，明玉秀去柴房裡拿了個廢棄的竹籃，輕輕抱起一旁蔫頭耷腦的黑虎，放了進去，又跟陸氏打了聲招呼。「娘，我帶虎子去陶大夫家看看，牠的腿怕是折了。」

「欸，妳先等等。」陸氏見明玉秀要出門，連忙從枕頭套裡翻出一個小布包，湊到她耳邊低聲說著。「娘這裡偷偷存了一百多個銅板，都是做了帕子託妳劉嬸子去鎮上賣的，妳拿去買肉，再給虎子看病吧！」

陸氏說完，還偷偷地衝明玉秀笑了笑，就像是背著大人做了壞事偷偷竊喜的小孩子。

明玉秀眼眶一熱。相比起她那個一味愚孝的爹來說，這個柔弱，卻總是不遺餘力替兒女遮風擋雨的娘親，更讓她覺得溫暖。

明玉秀也沒有矯情，雖然對婁氏的承諾她心裡已有打算，可是給虎子看大夫需要現錢，虎子是她的救命恩人，不可不顧。

接過陸氏手裡的小布包，明玉秀暗自在心裡許下承諾，自己以後一定會讓娘親和弟弟過上好日子，再也不要他們為了一塊蛋餅、幾個銅板這樣的小心翼翼。

臨山村裡有一條小河，連接著青城山後的天青湖，清澈的河流從村子中央橫穿而過，將臨山村一分為二。小河上架了一座獨木橋，因為河兩岸都有楓樹，深秋時常有火紅的楓葉飄落到橋上，這座橋便叫做落楓橋。

陶家的老大夫約莫五十來歲，是臨山村裡的村醫，就住在落楓橋旁，跟文氏娘家一樣，也是多年前從別處遷過來的，只是他們家來得比文家更早，細細算來，大概也有二、三十年了，平時村裡人有個小病小災不願意去鎮上的，都會就近來找他看。

明玉秀家住在村東，陶大夫家住在村西，兩家都離河岸不遠，過了落楓橋，又走了差不多半盞茶的工夫，便到陶家院門前。

明玉秀叩了叩院門，朝裡面喊了兩聲，見沒人應聲，便提著籃子自己進去。她剛推開陶家大門，迎面就撞上一個正匆匆忙忙往外走的身影。

「哎喲！你他媽沒長眼睛啊！」

兩人一個進、一個出，互相撞了個趔趄，險些將明玉秀手裡的黑虎也給撞到地上。

明玉秀急忙攬住籃子正要開口，那陶大夫已經站直了身子，看清眼前是個眉清目秀的小姑娘，還要發作的怒氣倒是先減了三分。「喲，這不是明家的大丫頭嗎？怎麼了這是，閉著眼睛橫衝直撞的！」

明玉秀聽陶大夫說話的口氣，心中十分不喜，又感覺籃子裡的黑虎因為剛剛那一撞，顫抖得更加厲害，不再和陶大夫多費唇舌，還是先找他給虎子看傷要緊。

「陶大夫，我家黑虎腿受了點傷，可能是折了，請您幫忙看看吧。」

明玉秀話畢，陶大夫眼裡立時閃過一道精光。咦？這就是壞了翠屏好事的那條傻狗？掀起竹籃上的破棉布隨意地看了兩眼，陶大夫笑咪咪地捋了捋鬍子。「可以看，兩百個銅板，一文錢都不能少！」

「這麼貴！」明玉秀咋舌。村裡土狗不值錢，兩百個銅板再買十隻黑虎都夠，何況只是給黑虎接腿，而且她身上的錢也不夠數啊！

「妳可以不治啊，反正疼得又不是妳，只是條狗而已，這條腿廢了，不是還有其他三條嗎？」

陶大夫冷笑著哼哼幾聲，明玉秀隱下心頭的幾分不悅，心裡暗忖，這大夫怎麼這副德行？

「妳到底治不治？我還急著出門呢！」

「我治！只是陶大夫，我身上的錢不太夠，能不能請您先幫我家黑虎接好腿？餘下的錢，我盡快給您送過來。」明玉秀別無他法，要不是心疼黑虎疼痛難忍，她寧願捨近求遠，去鎮上找別的大夫看去。

「拿來吧！」陶大夫挑了挑眉，兩撇山羊胡翹起。

「什麼？」明玉秀一怔。

「錢啊！給我，剩下的三天之內送過來。」

明玉秀臉一黑，咬咬牙，忍著怒氣將懷裡的小布包遞過去。

「嗯，不多不少，一百零五個大錢，妳還差我九十五個銅板，就寫個欠條吧！」將小布包裡的銅板倒出來數了數，陶大夫滿意地點點頭。

他平時給人接骨加上抓藥，一趟也才賺百來個銅板，沒想到，這年頭狗比人還值錢；不過，這小丫頭手裡竟然有私房錢？嘖嘖嘖，不得了。

第六章

陶大夫咂咂嘴，他看了眼明玉秀的臉色，又看了眼她籃子裡的黑虎，心裡有了主意。匆匆幫黑虎接好了腿，陶大夫就出門去了，明玉秀把黑虎抱到籃子裡，蓋上棉布，也出了陶家小院。想起那個憋屈的欠條，明玉秀面沈如水。她總算知道什麼叫做有求於人了，真是氣死她！

都是一個村的，竟然為了九十五個銅板要她寫欠條？這種絲毫不被人信任的感覺著實讓她憋屈。

「哎呀，小姊姊！」剛走到落楓橋上，明玉秀就聽見一道熟悉的聲音在耳邊響起，抬頭一看，不正是那天在青城山上落進陷阱的少年嗎？

只見那少年今日照樣是一襲天藍色錦衣，站在橋頭傻兮兮地衝她揮著手。他的身後還站了一個二十來歲，青衫玉帶，眉目如畫的俊逸男子，兩人正笑盈盈地看著她這邊。

「你怎麼跑到我們村裡來了？」明玉秀眨了眨眼，朝那兩人走了過去。

「我們是特地來找妳的，大老遠就看見妳在河這邊。」慕汀珏性子跳脫，見到明玉秀十分高興，又道：「對了，這是我大哥慕汀嵐，妳知道的吧？」

明玉秀抬頭打量了慕汀嵐一眼，隨即低頭，落落大方地朝他行禮。「原來是慕將軍，慕將軍好。」

眼前的男子比她足足高了一個頭，自己站在他面前，就像個小孩似的；不過，這人長得確實挺好看，劍眉星眼、薄唇高鼻，烏黑的墨髮被青色的玉冠高高束起，看起來氣質溫和，清俊非凡，比起她前世在電視劇裡見到的那些男明星們也不遑多讓。

「姑娘不必多禮，我是作為汀珏兄長來謝謝姑娘的，多謝姑娘那日對舍弟的救命之恩！」慕汀嵐說著，當真彎下腰去朝明玉秀行了一禮。

「咳！」明玉秀連忙退後一步將身子錯開。「將軍不用客氣。」這慕大將軍還真有禮貌，一個位高權重的堂堂男兒，居然會跟她這個小小村姑行禮。

慕汀嵐起身一笑，覺得眼前這姑娘雖然年紀小，但隱隱有一股端莊大氣，倒是與平常村姑有些不同。

「小姊姊，妳這是幹麼去了？」慕汀珏好奇地朝明玉秀提著的竹籃裡看去。「咦，這是上次那條小狗！哼哼唧唧的，受傷了嗎？」

明玉秀被慕汀珏一打岔，立刻回過神來。「是啊！黑虎的腿折了，我剛去大夫家給牠接骨。」

「包得跟顆粽子似的。」慕汀珏掀開籃子上的破布朝裡面看了一眼，眼睛一亮。「欸，大哥，你那裡不是還有金玉續骨膏嗎？拿來給小黑虎塗一點吧，讓牠好得更快些，牠上次也救過我呢！」

「不用了，過幾個月就好了，剛包紮好再給牠拆開，牠又得再疼一次。」明玉秀一聽這藥名，就覺得不是便宜貨，連忙揮手推拒。她一方面是不想黑虎再受一次苦，另一方面是不想占人便宜。

慕汀嵐抬眸看了她一眼。「我覺得，牠現在就挺疼。」

慕汀玨也在一旁竭力相勸。「是啊，我看牠從剛才到現在一直哼哼，我家這藥是家傳秘方，很好用的。」

明玉秀擔憂地看了一眼虎子。如這兩人所說，黑虎自從陶家出來，就一直很疼的樣子，又想想那陶大夫的德行，她也是有幾分擔心。

「好吧，那就多謝兩位了。」反正她也救過慕汀玨，用點藥就用點藥吧，也不算太虧欠別人。

慕汀嵐笑著頷首，修長的十指掀開竹籃上的破布，將黑虎抱出來放到地上，拆開牠腿上的紗布，細細檢查，不過片刻工夫便輕笑著搖了搖頭。

「怎麼了？可是有什麼不妥？」明玉秀見慕汀嵐搖頭，眉頭緊緊皺了起來。

慕汀嵐頷首，見明玉秀一臉著急，也不叫她提心弔膽，直接跟她道明。「妳找的這大夫心也忒狠，接骨只接一半就給包了起來。」

明玉秀臉一黑。只接一半？難怪黑虎一直哼哼呢！這陶大夫想幹麼？不是因為趕時間出門，就要這樣折磨她的黑虎吧？

見明玉秀一臉憤憤不解，慕汀嵐又道：「以往聽聞過一種黑心大夫，救人治病不盡全力，總要留上三分餘地，好讓那些病人的病情拖沓，多上幾次門，多送幾次診金，想來妳也是遇到這種人了吧。」

不是吧？這麼不要臉？明玉秀一臉愕然，顯然沒想到這世上竟會有如此厚顏之人，可真叫她長了見識。

「那怎麼辦？黑虎不會叫他給治壞了吧？慕公子，你快幫黑虎看看。」

明玉秀焦急的目光灼灼，看得慕汀嵐一愣。這丫頭倒生了雙極漂亮的眼睛。

「我需要一把剪刀。」慕汀嵐微笑著開口。

「剪刀？這裡沒有，我這就回家拿給你！」

明玉秀說著，轉身就要朝家裡跑。見明玉秀對自己如此信任，慕汀嵐也對她多了一分好感，在她轉身之際，一把拉住她的衣袖。「來來去去浪費時間，我們跟妳一起過去吧。」

陸氏前頭才將攢的一點私房錢給了明玉秀，這會兒身上不太疼了，又拿了幾張繡好的帕子去隔壁劉氏家，想趁年前這幾天換點銅板給孩子們做壓歲錢，順便將上次借的雞蛋也一併用帕子抵了。

鎮上的私塾今日停課，文氏和明彩兒吃過午飯就去鎮上接明二牛回家，家裡這時候就只剩明小山和婁氏兩人。

「姊姊，妳回來了！虎子好了嗎？」屋裡的明小山聽見明玉秀回來的聲響，立刻歡快地衝出來，像一隻飛奔的小羊羔似地，把明玉秀撞得連連後退。

身後的慕汀嵐見明玉秀就要摔倒，下意識就去扶她，誰知道明玉秀常被弟弟這樣突然襲擊，已經習慣，就在慕汀嵐伸手的瞬間，她嬌小玲瓏的身軀早已自己站穩。

於是，男子溫熱的大掌就那麼突兀地，托在女子纖不盈握的腰肢上，不上不下，十分尷尬。

周圍的空氣似乎有一瞬間的凝滯，明玉秀感覺到腰間的大手，詫異地回頭去看，正對上慕汀嵐那雙黑漆漆的眼眸。

「壞蛋，放開我姊姊！」明小山眼神犀利，一眼就瞧見慕汀嵐擱在自己姊姊身上的「鹹豬手」，立刻就不高興了。「登徒子！」

「咳咳！」慕汀嵐本來還不覺得有什麼，被明小山這麼一喊，好像自己真的就是那趁人不備、乘機揩油的齷齪小人，一時間也有些尷尬，連忙將手收了回來。

站在最後面的慕明珏格格笑個不停。這還是他第一次見到有人讓自己大哥吃癟呢，這小傢伙真有意思！

慕明珏在慕汀嵐背後偷偷衝明小山比了個大拇指，不料卻換來明小山一個不屑的白眼。哼！跟登徒子一起的都是壞人！

慕明珏摸了摸鼻子，訕訕地轉過頭朝籃子裡的黑虎看去，還是乖巧的黑虎招人喜歡，小屁孩什麼的，真是一點都不可愛！

院子裡氣氛詭異，正不知該如何化解，屋裡的婁氏見家裡來了兩個衣著光鮮的年輕公子，眼睛一亮，連忙笑咪咪地朝幾人迎了過來。「哎喲，秀姊兒，這是哪裡來的兩位貴人啊？」她剛才恍惚看見，這位年長一些的公子是摟了自己大孫女一下吧？

婁氏看了眼明玉秀，又看了眼慕汀嵐，目光在這兩人身上來回打轉，末了不住地點頭，嘴角還噙著一抹了然的笑，好像她真的懂了點什麼。

明玉秀被婁氏那看搖錢樹般的眼神盯得直發毛，暗恨婁氏在客人面前也不知道收斂。

「這位婆婆，我們是……」慕汀嵐正欲說明，站在他身旁的明玉秀扯了扯他的衣襬，搶過慕汀嵐還未說出口的話。

「祖母，這兩位是從咱們村路過的，在咱家吃頓便飯就走。」

若是讓婁氏知道他們是來給黑虎治腿的，那她肯定會懷疑他們之前就認識，不然人家兩個金尊玉貴的公子，幹麼要來這破村子裡給一條狗治病？

若是再讓她知道自己之前救過慕汀珏，那婁氏還不得跟隻螞蝗一樣，鑽進兄弟倆的肉裡去喝血？挾恩圖報、貪得無厭，這種掉形象的事情她可不願意發生在自己家裡。

路過吃飯的啊？婁氏一聽不高興了，臉上的笑意也減了幾分。她還以為這是大孫女釣回來的金龜婿呢！

「咱家可沒多的糧啊！要招呼人吃飯，妳自己去想法子，可不准動我灶屋裡的東西。」

婁氏話畢，眼珠子一轉，又回頭朝他們笑道：「要不然，給飯錢也行！」

以往也聽說過府城有貴人喜歡玩些鄉間野趣，經常搞些什麼農家樂、鄉間野炊之類的，只是那些貴人們大多去的都是自己在鄉下私有的莊子，像這樣來別人村裡玩的，她還是第一次見，說不定可以宰他們一頓！

「祖母！」明玉秀不悅地看向婁氏。

這個貪財的老婆子，眼裡就只有錢錢錢嗎？本來只是自己隨口一說的託詞，想等到慕汀嵐幫黑虎看好傷以後，再讓他們找個藉口離去，可現在婁氏的一番話，說得她恨不得找個地縫鑽進去。

明玉秀尷尬得面色有些微紅。作為被討錢的正主，慕汀嵐反倒沒有什麼表情，他很配合地從懷裡掏出一兩碎銀遞給婁氏。「這是我們兄弟倆的飯錢，麻煩您招待了。」

「慕公子！」明玉秀見慕汀嵐真的給婁氏銀子，連忙就要出聲阻攔，婁氏卻快她一步，興奮地上前搶過慕汀嵐手裡的銀兩。

枯枝般的手指，小心肝兒似地摸著手心裡的一兩銀子。「哎喲，好好好！秀姊兒啊，快快，好好招呼客人啊！」

明玉秀翻了個白眼，心裡不免替慕汀嵐肉疼。這錢算是白給了，雖然才一兩銀子，但是拿肉包子餵狗，這感覺能舒坦嗎？

果然，婁氏話說完，再不打算理會院子裡的幾人，用一口黃牙咬了咬那錠碎銀，喜孜孜地溜進了屋。

孫女婿什麼的，找王斂那樣的就已經頂了天，這兩個公子從衣著、談吐上看，比王斂不知道高了多少個層次，不是他們這樣的人家高攀得起的。

她雖愛財，但是這點自知之明還是有的。只是，這有錢的公子哥兒出手未免忒小氣了些吧？才一兩銀子，摳摳索索！

「玉姊姊，那是妳祖母啊？」慕汀玨張大了嘴巴。他還是第一次見到這樣的人，變臉比翻書還快，跟府城裡那些天塌下來都要強裝著面不改色的老太太們，一點都不一樣。

感覺真是丟人。明玉秀的臉色黑沈沈一片，但她現在更苦惱的是，婁氏把銀子都拿走了，壓根兒沒有給她一文錢去買菜，他們家又收了慕汀嵐的飯錢，這叫她去哪裡變出一頓像樣的飯菜來？

慕汀嵐和涉世未深的慕汀玨不一樣，到渝南郡駐守前，他跟慕老將軍一起上過戰場，經歷過生死，這些年走南闖北，見過的人間世事也有許多。

見明玉秀臉色陰沈，他又從懷裡掏出一兩銀子。「剛那是人工費，這是菜錢，姑娘拿去買菜吧，我進去給黑虎看傷。」

慕汀嵐說完，不再理會明玉秀，提過裝著黑虎的竹籃，在院子裡隨意找了個小馬凳坐下。

出了院子，明玉秀一個人走在鄉間的小路上恍恍惚惚，她現下著實是有幾分難堪的。本來是叫人家過來幫忙，怎麼最後反倒拿了人家的錢？更奇怪的是，她怎麼就那麼乖，糊裡糊塗就踏上去買菜的路呢？明玉秀捏了捏手裡的銀子，垂頭喪氣地踢開腳邊的一塊石頭。現在真是話趕話，把她這隻倒楣的鴨子趕上了架。

原來一個人沒有錢，什麼氣節、禮數統統都要靠到一邊，這就叫一分錢憋倒英雄漢啊！算了，既然現在別無他法，不如當自己還是前世那個拿人薪水，替人做菜的小廚娘吧。

明玉秀出門後，留在院子裡的明小山和慕汀嵐兄弟倆開始大眼瞪小眼。

「去給我拿把剪刀吧。」慕汀嵐淡淡地看著明小山圓圓的小臉，閒閒地開口。

「我才不去，你這個登徒子！」明小山鼓著腮幫子，怒視著眼前這個占他姊姊便宜的大個子。

「那黑虎不治了是不是？我看你也沒聽見牠在喊疼。」慕汀嵐咬牙。到底誰是登徒子了？他也沒做什麼啊！

「哼！你是壞蛋！」明小山罵完慕汀嵐，氣鼓鼓地轉身跑進了屋。

慕汀嵐以為這小蘿蔔頭是不高興，躲進屋裡生悶氣去了，無奈一笑，正準備起身自己去找，誰知道又看見明小山捧著剪刀，屁顛顛地從屋裡出來了。

「哈哈，大哥，這小傢伙真有趣啊！」慕汀玨被明小山傲嬌的小模樣逗得開懷大笑。

慕汀嵐的嘴角也噙了一抹溫柔。他伸出手去揉了揉明小山的腦袋，明小山噘著嘴巴想躲卻沒躲開，只能一臉憤憤地任由這個登徒子胡亂蹂躪他。

今天已經是臘月二十四，村裡許多人家都在置辦今晚的小年飯和除夕晚上的大年飯。

村裡屠戶家的生意非常好，明玉秀擠進去買了一塊豬油、五斤五花肉，又去村裡的漁夫家買了十條黃魚和一些小蝦米。

看了看天色，已過了申時，現在回去做晚飯剛剛好。明玉秀琢磨著蔬菜家裡有，於是又去村裡的雜貨鋪子買了些灰麵、雞蛋和各種調味料。手裡的一兩銀子還剩下七百多文，覺得村裡實在沒有什麼食材可買，只又打了點梨花酒，才匆匆回家。

第七章

明家小院裡，慕汀嵐用剪刀將黑虎傷腿上的毛都剪了個乾淨，慕汀珏則在院子裡架了個鐵鍋，將鍋裡煮好的紗布在火邊烘乾，而明小山圍在兩人身邊，緊張地看著黑虎。

「欸欸，你倆打哪兒來的，這是要幹啥呀？」幾人正在忙活，陸氏提著繡籃進門，一眼就看見兩個陌生男子正在自家院子裡又是拔毛、又是煮開水的，她的心裡猛然一驚。

這兩人不會是婆婆找來要殺她家黑虎的吧？陸氏正欲上前阻攔，明玉秀剛好提著滿滿一籃子的食材走了進來。

見到娘親神色不對，她連忙上前解釋。「娘，這兩位是我請回來給黑虎治傷的客人，他們不會傷害黑虎的，別害怕。」

明玉秀用眼神瞟了瞟婁氏的屋子，示意她娘不要聲張，然後小聲將事情的經過大致跟陸氏講了一遍。

知道自己剛才差點鬧了笑話，陸氏連忙拍著自己的額頭，好笑地看了慕汀嵐和慕汀珏兩人一眼道：「這兩個孩子嚇我一跳，我還以為他們是來吃狗肉的。」

慕汀嵐和慕汀珏早就站起身來，禮貌地朝陸氏打了聲招呼。「大娘好！」

明玉秀明顯不希望她的家人知道他們哥兒倆的身分，所以他們也很配合，並沒有多做自我介紹。

「娘，我剛去買菜，今天晚飯我來做吧，您去歇會兒。」母親身上還有傷，現在自然是要趁著妻氏得到銀子心情好，能多歇會兒就多歇會兒。

明玉秀將陸氏朝東屋的方向推了推。見自己的貼心小棉襖這麼體貼，陸氏心裡暖暖的十分受用，不過她還是堅持要去廚房給明玉秀打下手。招待客人的飯菜，跟他們平時吃的可不一樣，得多費心、費力，一個人做起來太累，她不忍心讓女兒一個人受累。

母女倆一個要孤軍上陣，一個心疼不捨，拉扯了個來回。明玉秀實在是拗不過自己娘親，只好無奈妥協，陪著母親一起去廚房。

「汀玨哥哥，我姊姊做飯可好吃了，你待會兒不要跟我搶哦。」

院子裡三人方才圍著黑虎培養了好一會兒感情，明小山這時候也放鬆了警惕，很自來熟地拍拍慕汀玨的肩膀，細心地「囑咐」他。

「我說臭小子，你這話怎麼不跟我大哥說，幹麼就認定我會跟你搶？」哼！這小東西剛才還瞪他來著，這會兒又想冤枉他，太氣人了！

「嗯，那是因為汀嵐叔叔是大人了，不會跟小孩子搶了呀！」明小山理直氣壯地昂首挺胸。他才不會告訴慕汀玨，他討厭占他姊姊便宜的大壞蛋，才不要和壞蛋說話。

「噗！汀嵐叔叔？哈哈哈！」慕汀玨聽見明小山對自己大哥的稱呼，立刻忍不住俯下身子，捂著肚子大笑。

一旁的慕汀嵐嘴角抽了抽，斜著眼朝明小山看去。「我有那麼老嗎？」

嗯，老嗎？要是跟爹爹比起來的話，這個登徒子好像是要年輕那麼一點點。

「那、那你多少歲了呀？」明小山覺得這年不年輕、老不老的還真不好判斷，於是掰起自己筍尖似的小手指，準備依靠「證據」來說話。

「二十。」

「二十？一、二、三……哎呀，汀玨哥哥，借你的手給我用一下。」十根手指不夠用，明小山看了眼自己穿得鼓鼓囊囊的棉鞋，想也沒想，就放棄脫鞋子受凍的念頭，轉頭拉起慕汀玨的手。

慕汀玨一愣，手指被一雙柔軟的小手猝不及防地抓住，然後一根根掰開，他的心中忽然劃過一道暖流。這種被人單純地信任和親近的感覺，讓他覺得無比的舒心。

他從來都沒有跟自家的庶出弟弟這樣親近過，這種感覺怎麼說呢，好像還真的有點不錯。慕汀玨抬頭看了眼埋頭認真數數的明小山，忽然覺得，這個軟糯的小包子，似乎也不是光會惹人生氣。

「哎呀，你都比我大十六歲啦！汀嵐叔叔。」

慕汀嵐額角青筋猛跳。「你叫慕汀玨哥哥，卻叫我叔叔，你不知道我是他親大哥嗎？叫哥哥！」

「嗯，我知道呀，可是……你明明就很老嘛！」明小山氣結，轉過頭去小聲嘟囔。這個老男人為什麼非要自己喊他哥哥？明明都可以當他爹了，臭不要臉！

明小山糾結了半天，終於想出和平解決的辦法。「那我們石頭剪子布吧！」

慕汀嵐挑了挑眉，不置可否。他將黑虎腿上的毛髮和血漬都清理乾淨，又仔細接好牠斷裂的腿骨，抹上續骨膏用紗布包起來，抱到避風的地方安頓好，然後慢步回來朝明小山淡淡應道：「也好。」

嗯？慕汀玨愕然。自家光風霽月，腥風裡來、血雨裡去的大哥，什麼時候這麼幼稚了，居然答應跟一個四歲小孩玩石頭剪子布？哈哈哈，回去以後他一定要說給祖父聽，保管祖父能笑上三天三夜！

「來吧，我們一局定輸贏。」慕汀嵐居高臨下，十分不屑地瞥了一眼站起來才到他膝蓋的小矮子，坐到小馬凳上，捋起袖管，大有跟明小山決一死戰的架勢。

「好，那你輸了不許賴！」明小山也不甘示弱，捏起小拳頭朝慕汀嵐揚了揚。登徒子，我一定不會讓你得逞的！

「石頭，剪子，布！」兩人短兵相接，勝負已分。

空氣中安靜了片刻，慕汀嵐得意洋洋地舉起自己手中的「剪刀」，朝著明小山的「破布」無情地剪去。「承讓了。」

「大哥，你！」慕汀玨睜大了眼睛。他沒眼花吧？大哥剛才是使詐了？他明明看見大哥在小包子出了布以後，迅速將自己的石頭變成了剪刀。這就算了，他現在居然厚顏無恥地欺負起一個四歲的小奶娃？還有，他臉上陰謀得逞的笑意到底是什麼意思啊？

「嗯？怎麼了？」慕汀嵐轉過頭，似笑非笑地瞪了自己弟弟一眼，眼裡噼哩啪啦地閃著威脅的火光。臭小子，你敢出賣我試試！

「嗯，沒、沒什麼。我是說，大哥你剛才好威武啊！」是好無恥才對，居然仗著自己一身對陣殺敵的武藝，欺負一個乳牙都沒長齊的奶娃娃。

「嗚……壞蛋！」明小山不甘心地噘著小嘴，恨鐵不成鋼地揉著自己那塊不爭氣的「破布」傷心欲絕。他才不要叫這大壞蛋做哥哥！

「男子漢大丈夫，一言既出，駟馬難追。你不會是要耍賴吧？」慕汀嵐見明小山一副不情願的模樣，立刻鄙視地看著他，絲毫沒有出「老千」的負疚感。

「才不是呢！」叫就叫，哼！他明小山可是一個有擔當的男人，才不會耍賴。

「汀嵐哥哥、汀嵐哥哥！」為了證明自己是個言出必行、願賭服輸的好孩子，明小山不僅立刻兌現了承諾，還特意大著嗓子叫了兩聲。

「嗯，乖。」慕汀嵐點點頭，一臉「慈愛」地摸了摸明小山的頭後，站起身來。

明小山梗著脖子，一臉倔強地仰望著比他個頭高了好幾倍的慕汀嵐，在心裡暗暗下定決心。大壞蛋、登徒子！你給我等著，等我長得比你高大，一定要讓你把這聲哥哥給我叫回來！

小院裡，一大一小正在用眼神做最後的「情感交流」；廚房內，裊裊炊煙，熱氣蒸騰。

陸氏幫明玉秀生起灶火，土灶上的兩個大鍋裡，一鍋蒸著大米飯，一鍋已經洗淨擦乾，準備用來熬豬油，旁邊的小火爐上還煮著備用的熱水。

明玉秀將買來的豬油泡在溫水裡，細細地清洗了一遍，然後撈出來放在砧板上，切成拇指大小的油塊，又用清水反覆瀝乾，才將油塊放進鍋裡，加了小半碗水用大火煮開。

「娘，不用再添草了，這把草燒完，火可以小些。」

水快煮開後，明玉秀讓陸氏將灶膛裡的木柴撿出來幾根，將火勢收小，自己慢慢用鍋鏟在鍋裡輕輕攪動，開始熬豬油。醇厚的馨香隨著油水一點點脫出，變得越來越濃郁，從廚房飄到屋外，滿院生香。

正蹲在慕汀嵐腳邊畫圈圈的明小山嗅了嗅，忍不住嚥口水。咦？姊姊在做什麼呀，好香、好香。

不過片刻，鍋裡的油渣全都開始慢慢縮小，熬到最後都成了金黃色，明玉秀才將鍋裡的油渣全部撈出來。

陸氏見明玉秀在灶臺間的動作熟稔老練，欣慰一笑，有一種吾家有女初長成的榮耀感。女兒自小就比她會做飯，跟自己丈夫一樣，這大概就是血脈相傳的天賦吧！

明玉秀將油渣放了一小半在盤子裡備用，另一大半用大碗裝好；再用油罐子將鍋裡的豬油都盛起來裝好以後，又往裝豬油渣的大碗裡撒了些白糖。

知道女兒熬完豬油以後就要開始備菜，陸氏將灶裡的火苗掩好，起身將明玉秀買回來的十條黃魚和一堆小蝦米放到清水裡，讓牠們吐出體內的濁氣。

「秀兒，今晚要做些什麼菜呀？妳跟娘說說，娘先給妳辦好。」

見母親實在閒不住，明玉秀無奈地朝她笑了笑。「娘，您就顧好火，其他的都交給我，您身上還有傷呢，別操這心了。」

明玉秀手中不停，將家裡的馬鈴薯、辣椒、薑蒜都找出來一一洗淨。

「好幾個人吃飯呢，妳一個人怎麼忙得過來？妳告訴娘，娘來幫妳弄。」陸氏知道女兒心疼自己，但是當娘的心，秀兒還小她不懂，只要自己還能動彈，怎麼會忍心兒女在眼前操勞？何況她背上挨的那一下早不礙事了。

「哎呀，娘，您就好好坐著吧！」明玉秀實在是拿陸氏沒有辦法，其實她自己一個人做效率還高一些。「娘，您看著啊，我這刀工比您快多了，您來還耽誤我時間呢！」

明玉秀咧嘴朝陸氏一笑，舉著手中菜刀，變戲法似地揮舞幾下，然後低頭快速切起了馬鈴薯絲。

陸氏頓時瞠目結舌。她家秀兒是啥時練了這麼流利的一手刀工啊？

「娘現在相信了吧？我很快就好，您就安心待在一邊吧！」明玉秀將馬鈴薯絲裝進碗裡用水泡著，然後托著碗底在陸氏眼前晃了一圈，得意得眉開眼笑。哈哈，她前世可是業內鼎鼎有名的金牌廚娘，刀工什麼的，可是他們入門的基本功。

見明玉秀面有得色，陸氏寵溺一笑，彎腰撿起身旁的一根稻草作勢就要打她。「什麼時候偷偷練的？連娘都不知道，該打！」陸氏嗔笑著將手裡的稻草「砸」到明玉秀身上。

「哎喲，好疼呀！孩兒知錯了，求娘快饒過孩兒！」明玉秀見陸氏心情不錯，調皮地配合著她演戲，然後在陸氏看小搗蛋似的眼神中，笑嘻嘻地朝她嘴裡塞了個香甜的豬油渣。

「嗯，閨女熬的豬油渣真香！」陸氏嚼著嘴裡的零嘴，由衷地讚嘆。女兒的廚藝又進步許多，將來不知道哪家少年郎有這個福氣娶到自己女兒？

見明玉秀又塞了一個過來，陸氏連忙搖搖頭。「娘不吃了，妳也吃點，再讓山兒進來拿出去給客人吧。」畢竟這是客人花了錢買的，他們沒道理獨自享用。

「娘再吃一個，還多著呢！」明玉秀說著又往陸氏嘴裡塞了一塊，豬油渣的酥脆馨香配上白糖的甘甜，一路甜到了陸氏的心裡。

「好了、好了，娘是真的不吃了，妳吃吧！」

明玉秀見陸氏擺手瞪自己，笑嘻嘻地也往自己嘴裡丟了塊，味道還不錯。

「小山，過來！」明玉秀端著大碗走到廚房門口，喊來在外面圍著慕汀嵐團團轉的明小山。

明小山聽見明玉秀叫，連忙把「不招人喜歡」的慕汀嵐丟到一邊，邁著小短腿像隻奔跑的小企鵝，跑到她跟前，看見明玉秀手裡端著的豬油渣，明小山踮起腳聞了聞香味，頓時眼冒星光。「哇！有好吃的，好香呀！我可以吃嗎，姊姊？」

「喏，拿去跟兩位公子分著吃吧！這是零嘴，不許多吃，一會兒就要開飯了。」明玉秀摸了摸小山的腦袋，將手裡的碗遞給了他。

明家平時只有熬豬油時才能沾點葷腥，而且油渣大多數都進了婁氏的肚子。熬一次豬油大概能用兩、三個月，明小山生下來的四個年頭裡，真正吃到肉，可能也只有兩歲多那一次了。

那次鎮上的東家辦完喜宴，賞給他爹一個沒有動過的食盒，帶回來時，婁氏將肉菜全部自己挑了去，但因為是夏天，吃不完也會壞掉，才將剩下的一盤青菜給明大牛帶回大房。

那盤青菜裡夾了四、五片五花肉做配菜，陸氏和明大牛都沒捨得吃，讓給了兩個孩子；

明玉秀的前身也沒捨得吃，讓給了當時才兩歲的弟弟。可憐的明小山，這才吃了平生唯一一頓肉，只可惜分量太少，他還沒嚐出是什麼滋味，就已經全都吃進肚。

見有了好吃的，明小山喜孜孜地抱著裝滿油渣的大碗就要用手抓，明玉秀輕輕在他小手上拍了一巴掌。「去洗手，剛還摸了黑虎呢。」

「黑虎不髒呀！」明小山的眼睛直勾勾地盯著那碗豬油渣，嘟了嘟嘴抗議。

明玉秀無奈一笑，自己伸手拈了一塊大的放到弟弟嘴裡。「現在可以聽話了嗎？」

「嗯嗯嗯！好吃，好好吃呀！」明小山鼓著腮幫子，兩眼發光，恨不得將舌頭都給吞下去。他從來都沒有吃過這麼香的零嘴，姊姊真厲害！

「還不快去？」明玉秀笑著睇了他一眼。

「嗯，我這就去！」嚐到了滋味，也就解了那急切的饞蟲，明小山抱著大碗，很聽話地找慕汀玨洗手去了。

坐在正屋裡的婁氏早就聞到了滿院的飄香，她心知明玉秀這是做了好菜。本想等著陸氏和明玉秀親自送到她屋裡來，誰知道等了大半天這兩人都沒有動靜，婁氏嚥了口唾沫，只好自己走到廚房。

「秀姊兒啊，做啥好吃的啦？」

第八章

明玉秀和陸氏見到婁氏進來，也不藏著掖著，反正等會兒菜上桌，也不可能瞞著她，於是兩人大大方方地將那剩下的半盤豬油渣指給婁氏看。

「祖母，剛熬豬油呢，熬了點渣，您嚐嚐。」

「是啊，娘，剛給客人端去一半，這一半是特地給您留的，您端回房慢慢吃吧。」

明玉秀一愣，好笑地轉頭看向陸氏。這一半明明是她準備留下來炒菜的好不好？沒想到她娘平時看起來老老實實，騙起人來竟也是一套一套的。

陸氏接到明玉秀投過來的眼神，調皮地朝她眨了眨眼睛。婆婆的德行她還能不知道？只要她看見了，這盤油渣她們就別想著還有剩，與其讓她站在這裡吃，還不如直接讓她端走，眼不見為淨。

而且，畢竟婁氏現在還是一家之主，更是自己的親婆婆，關係鬧太僵對丈夫和孩子都沒有好處，說幾句甜言蜜語哄一哄，又不損失什麼。

自從婁氏差點害死自己女兒以後，陸氏在心底對這個婆母的敬重，也在不知不覺中少了幾分從前的真誠。一個人一旦開始不喜歡另一個人，看哪兒都覺得礙眼，陸氏現在看婆婆就是如此，只是她學會了面上不顯。

婁氏見陸氏和明玉秀對自己還算恭敬，並沒有因為之前的事情對自己心懷芥蒂，於是越發端起了長輩的架子。「嗯，妳們還算孝順，這油渣我就先端走，等會兒菜好了還是在我偏房吃吧！」

婁氏四下裡看了看晚上準備的菜色，滿意地點點頭。看來那公子又另外拿錢讓秀兒買菜了，說不定還有多的，晚上得好好敲打敲打大孫女才是。

婁氏在廚房晃了一圈就待不住。自從她有了兒媳婦以後，自己就很少進廚房，這裡到處都是草屑、油煙，她不願意多待，端起那盤油渣，扭扭屁股回房去了。

明玉秀看了婁氏一眼隨即撇撇嘴。又饞又懶、臉皮還厚，真不知道祖父當年是怎麼看上她的？難道是因為她年輕時長得好看？

明玉秀在腦海裡細細勾勒一遍婁氏那雙三角眼和塌鼻梁，還有那排黃得有些發黑的齙牙，怎麼也想不出婁氏年輕時好看的模樣，不禁在心裡打了個哆嗦。

好險好險，還好她長得像她爹，而她爹應該是長得像她祖父，真是不幸中的萬幸！祖父真是太偉大了，就婁氏這副德行，個性又差，他當年是怎麼嚥得下去的？而且還跟她生了兩個兒子，真是難為他了。

明玉秀手腳俐落地將配菜和作料都切好，又去雞欄裡抓了隻母雞給宰了。婁氏在屋裡聽到母雞撕心裂肺的慘叫，心裡疼得不行。這些都是她要留著下蛋的寶貝呀，秀姊兒怎麼就那麼狠心給宰了？

婁氏坐在炕上掙扎猶豫了片刻，最後還是拚命忍住了往外走的衝動。誰叫慕家兄弟倆給了她銀子呢？如果她攔著大孫女不讓殺雞好像也說不過去，萬一人家要她還銀子怎麼辦？

婁氏心痛難耐，最後只得恨恨地嚼著嘴裡的油渣，逼迫自己不去理會外面的動靜。

明玉秀將大鍋裡蒸熟的米飯盛出一半，放進篩子裡攤散放涼，準備等會兒做蛋炒飯；又將殺好的母雞丟到燒好的開水裡滾了滾，拔去粗毛，然後逆著毛孔反覆搓揉幾遍，將雞身上殘留的絨毛一一搓弄乾淨。

感覺這隻母雞很肥，大約有四、五斤，只做一道菜的話似乎有點多了。她俐落地揚起菜刀，將拔好毛的母雞去頭去尾，又把雞胸肉、雞腿肉和雞翅都逐一分離了，準備等會兒用。

接著她將剩下的雞架子剁成小塊，丟了幾片生薑進鍋裡，一起用豬油煎成金黃，倒在火爐上的沙罐裡大火燒開，小火慢燉。等到雞肉微爛時，再丟幾顆紅棗進去，就燉成一罐紅棗雞湯了。

將沙罐蓋好以後，明玉秀轉身又切了幾個馬鈴薯塊，將雞腿和雞翅剁碎，冷水下鍋去除裡面的血污，又用豬油將肉塊爆炒到變色，加了些紅辣椒和薑蒜一起炒香。

最後從水壺裡倒了些熱水進鍋裡，將雞肉慢慢煮爛，再加入鹽，放進切好的馬鈴薯塊，一起在鍋裡小火燜煮片刻。

感覺時間差不多，明玉秀拿了根筷子戳了戳鍋裡的肉和馬鈴薯，發現都已經爛熟，便讓陸氏將柴禾挑了挑，加了些易燃的秸稈。將鍋裡噴香的菜餚大火收汁裝盤，又撒了點蔥花，一盤色香味俱全的馬鈴薯燒雞就做好了。

院子裡的幾個人聞著菜香，都覺得有些餓，就連慕汀嵐也忍不住往廚房的方向多看了幾眼。

主菜做了一道，火爐上的雞湯也滾開了，明玉秀拿起勺子揭開沙罐，細心地將浮在湯面上的浮沫一點點地撈去。這些浮沫都是雞肉裡的血腥，會影響味道。

中午本就沒吃什麼，現在聞著肉香，明玉秀感覺自己也餓得慌，手下的動作就更快了。

陸氏坐在灶膛邊，聞著灶上四處飄溢的香味，早已經嚥了好幾回口水。不是她貪嘴，而是女兒今天做的佳餚實在是太香、太誘人，秀兒以前的廚藝雖然也好，但好像從來都沒有做出今天這麼香的味道來。想來一是家裡條件不好，從來沒有給她發揮的機會，二來秀兒今天必定也是拿出了看家本領來招待客人。

陸氏心裡既心疼女兒懂事，又高興她有本事。看著明玉秀專心致志的模樣，不忍心再打擾她，只盼著她長大以後能夠嫁個吃穿不愁的好人家，不用再留在這個家裡繼續受苦。

慕汀玨在充斥著菜香的院子裡，早已蠢蠢欲動。也不知道玉姊姊在做什麼好吃的，害他口水都快吞飽了。可他畢竟是大家少爺出身，做不出去廚房扒菜這等小家子氣的行為，只好偷偷抬起手，朝明小山懷裡的大碗伸過去。

這油渣看起來不怎麼樣，吃起來怪香的，只是這小不點也太摳門了吧，竟然只給他和大哥一人吃了一小塊，剩下的如母雞護食似地，全抱在自己懷裡。

慕汀玨憤憤不平。這小傢伙簡直太壞了，要麼就不要給人家吃，剛勾起人家的饞蟲後，又自己藏起來，這樣讓人上不上、下不下的欲罷不能，簡直喪心病狂！

明小山見慕汀玨伸手，反應迅速，敏捷地側身一躲，回頭戒備地看著他。「你說好不跟我搶的！」

這臭孩子！慕汀玨咬咬牙，僵硬地收回自己的手。「我什麼時候答應過你了？明明是你自己一廂情願替我做了決定。」

真是的，給他吃點怎麼了，他也還小，才剛過十二歲啊！

「哼！」明小山轉頭。他才不管，不給、不給就不給！

「咳。」兩人正用眼神交流，一旁坐著無事，自從剛才嚐過油渣後，就一直低頭用匕首削木頭的慕汀嵐終於抬起了頭，衝搶食的兩人勾唇一笑，揚了揚手裡的木雕。

木雕刻的是一位年輕將軍騎在大馬上彎弓搭箭的模樣，將軍的五官輪廓刻劃得深刻清晰；長髮用繩子綁在腦後，髮尾隨風飛舞，恣意飛揚。一襲千瘡百孔的殘舊披風染滿了斑駁的血色，在他的身後飄揚至天際，彷彿還能聽見髮尾在疾風中獵獵作響的聲音。

他胯下的駿馬仰天嘶鳴，長弓上蓄勢待發的利箭夾雜著決勝千里的氣勢撲面而來，似乎那尖銳的利刃眨眼間已經破空而至，凜冽的殺氣近在眼前。

「哇！大哥，這個不是你自己嗎？哈哈哈！」慕汀玨見這木雕刻得精緻，正要伸手去拿。

慕汀嵐一個側身躲了過去，他捏著手中的木雕朝明小山晃了晃。「你的碗，換不換？」

明小山一雙亮晶晶的眼眸早就看那木雕看直了，他雖然還小，可是男孩子到底與女孩子不同，他們天生就熱衷著一切象徵力量和勇敢的東西，對於那些小木刀、小木劍之類的玩具，尚且充滿著無與倫比的狂熱，更何況是眼前這個栩栩如生，充滿豪情的雕刻。

這壞蛋竟然要自己拿好吃的來換好玩的，好過分！明小山癟嘴。

「不換？那算了，我給汀玨玩了。」慕汀嵐見明小山猶豫掙扎，勾了勾唇角，裝作若無其事地樣子，要將手裡的木雕丟給慕汀玨。

慕汀玨欣喜不已，伸手就要去接，卻發現慕汀嵐根本沒有要給他的意思，他不禁在心裡腹誹。大哥真會騙小孩，還一次騙倆！

「不要啊，我換啦！」明小山見自己心愛的木雕就要落入他人之手，再也顧不上比較這兩樣東西到底哪個更吸引他，忍著心痛，將手裡的大碗朝慕汀嵐遞過去。「給你！」

慕汀嵐得逞一笑，順利地從明小山手裡拿走那碗豬油渣。

他站起身來，拍了拍身上的木屑，去院子裡的水缸舀了瓢冷水洗手，然後端著碗，又坐到明小山跟前，伸出乾淨而修長的手指，輕輕拈起一塊油渣，扔進嘴裡細細品嚐。「嗯，好吃！」

明小山一臉委屈地抱著懷裡的木雕，看著眼前這個沒良心的壞人，眼淚都快掉出來，又拚命忍住。不行，他不能哭，壞蛋會笑他！

「哈哈！」一旁的慕汀玨看見明小山委屈的模樣，又聽慕汀嵐嘴裡故意發出的吧唧聲，終於忍不住笑出來，也伸手去碗裡拈了幾塊油渣丟進嘴裡。「嗯嗯，好吃、好吃！」

這兩人太過分了！明小山氣鼓鼓地轉過身去不看他們，抱著懷裡的木雕細細撫摸，真是越看越喜歡，不一會兒，他臉上竟然露出了幾分笑意。

慕汀嵐眼角的餘光瞥見明小山臉上的笑，不覺莞爾。這小傢伙，心裡倒是裝不了事，一會兒哭、一會兒笑的，單純得可愛。

「罷了，吃多了有點膩，給你吧。」慕汀嵐起身，嫌棄地將手裡的大碗塞到明小山懷裡。「我去找點水喝，哪邊是你的屋子？」

明小山沒想到大壞蛋會把油渣還給他，正沈浸在被餡餅砸中的喜悅中，聽見他問話，喜孜孜地朝著自己房屋的方向指了指。看見慕汀嵐走進屋，明小山抱著那碗油渣，心滿意足地笑了，不過這回他倒是沒有再阻止慕汀玨一起吃，兩人很愉快地將碗裡的油渣分食乾淨。

慕汀嵐一個人進了明家大房，喝完水，很快就出來了，晚飯已經擺上桌，就在婁氏的偏屋裡。

明家大房、二房和正房每邊都是三間房，兩家都是一兒一女，孩子也都是各自一間房，婁氏這邊自己一個人住，除了雜物間，只多出一間空房，冬日裡天氣冷，平時家裡吃飯多在這間房裡吃。

除了馬鈴薯燒雞，明玉秀又用之前片下來的雞胸肉炒了個青椒肉絲，然後將家裡的醃白菜和那十條黃魚一起做了個酸菜魚，還把小蝦米用辣子和豬油炒成下飯菜，又用肉末蒸了雞蛋羹。

再把之前切好的馬鈴薯絲也清炒了，加上紅棗雞湯、回鍋肉，一共是六菜一湯一羹，每一道菜都準備了兩盤，就算加上慕汀嵐這個成年男子和慕汀玨這個半大小子，這些菜供他們五個人吃也夠了。

陸氏陸續將菜都端上桌，明玉秀又一個人回廚房烙了幾張明小山最愛的醃菜蛋餅，然後用雞蛋炒了個蛋炒飯，盛出一半蛋炒飯、一半白米飯到桌上，這才出來招呼慕家兄弟去吃飯。

晚飯分成兩桌，慕家兄弟倆一桌，他們自家一桌。這樣做，一方面是對客人的禮貌，畢竟他們還沒有熟悉到可以共用一個盤子互吃口水的地步；另一方面，主要是怕婁氏吃相太難看，會影響客人食慾。

其實明玉秀的擔心不是沒有道理，婁氏早就在房裡嗅著菜香迫不及待了，這會兒聽見孫女喊吃飯，連忙趿著鞋子就跑了出來。

「哎呀，秀兒今天做的菜可真香啊！」

婁氏顧不得慕家兄弟還在場，先一步衝進了偏屋，在兩張桌子上來回看了下，發現菜色都一樣，於是就近坐到面前的桌子旁，急不可耐地伸手拿了塊肉塞進嘴裡，吃得吧唧有聲。

「嗯、嗯，今晚的菜花了不少錢吧秀兒？這肉多少錢一斤買的啊？」

婁氏嚐過了回鍋肉，不住地點頭，拿起筷子一邊在各個菜盤裡翻攪著，一邊嘴裡還不停叨叨。

丟人現眼！明玉秀實在是不願意搭理婁氏，直接不理她，逕自回頭將慕汀嵐和慕汀玨領到另一張桌子上。

婁氏見明玉秀居然敢在外人面前給自己甩臉子，馬上就不高興了。陸氏見婁氏的臉色有些不太好，連忙上前打圓場。「娘，您嚐嚐這個蛋羹，秀兒說這個最養人，特別適合您這樣牙口不好的老太太，特地給您做的。」

婁氏被陸氏舀到自己碗裡的一勺蛋羹轉移了注意力，剛準備發作的訓斥也嚥了下去，連忙將蛋羹餵進了自己嘴裡。

雞蛋羹養人她怎麼會不知道？這可是她平時想吃都不捨得吃的好東西。

慕汀嵐向明玉秀頷首一笑，跟著在桌旁坐了下來。他輕輕嗅著空氣中令人食指大動的飯菜香，也不客氣，拿起筷子挾了一塊雞胸肉放進嘴裡，嚼了幾口，隨即挑眉又挾了一筷子，顯然這道菜很合他胃口。

雞胸肉被料理得肉質鮮嫩綿軟，輕咬即斷，不像平時軍中吃的豬肉那麼堅韌，菜裡既有果蔬的清香，又有肉類的葷香，還有絲絲辣味，幾種味道完美地結合在一起，清新的口感還帶著辛辣的刺激，很是爽口。

這小丫頭，廚藝還真不錯！

將口中的雞肉嚥下，慕汀嵐又拿起勺子嚐了口雞湯，紅棗的香甜滲透了雞湯的濃郁，劃過味蕾時，有一種說不出的香濃，這種鮮香，讓他沈寂許久的食慾，迅速覺醒。

第九章

慕汀嵐許久沒有吃過這麼溫馨的家常飯菜了，自從十歲那年，他的父親娶了二夫人並對這位妾室寵愛有加後，母親就一直鬱鬱寡歡。

每次他過去陪母親吃飯，總是在她的唉聲嘆氣中，食不知味；家宴就更不必說了，全是爭風吃醋和勾心鬥角，食物還沒進肚，他就已經先倒了胃口。像眼前這樣像模像樣的一頓家常菜、這樣的氛圍，在他的記憶裡，似乎已經是上輩子的事情。

「慕公子別看了，快吃吧！天氣冷，飯菜涼得快。」明玉秀見慕汀嵐在發呆，輕輕扯了他一下，催促他趕緊吃飯。

慕汀珏見慕汀嵐神色有些迷茫，眉宇間還帶了絲悵然和遺憾，他的心頭也是一緊。大哥所想，他感同身受，他們是同父同母的親兄弟，他比大哥小八歲，大哥的痛也是他的痛。

大哥還享受過十來年的父慈母愛，而他自從懂事起，就眼睜睜地看著父親一心偏愛姨娘和姨娘生的庶弟，冷落自己和母親；祖母雖然護著他們兄弟倆，但到底年紀大了，許多事情顧不來。所以，他其實並沒有過過一天真正溫馨的家庭生活，像這樣一家人其樂融融的用餐氛圍，他是從來都沒有體驗過的。

看著眼前色香味俱全，還冒著熱氣的一桌飯菜，慕汀珏莫名地覺得自己的鼻尖有些酸，想起在那深宅大院裡受委屈的母親，他忍了忍想流出的眼淚，默默地拿起筷子。

「哇！那個看起來好好吃呀，姊姊！」

另一邊，陸氏帶著明小山走到桌前坐下，無奈又寵溺地看他趴在桌邊眼冒金光，便朝慕汀嵐這桌道：「今天真是沾了兩位公子的光，多謝兩位公子了。」

慕汀嵐聞言抬頭，朝陸氏淡淡一笑。「是我們兄弟倆有口福才對，大娘不必客氣了，快坐下安心吃飯吧。」

「啪！」

就在兩人說話間，婁氏這桌突然傳來一聲凌厲的脆響，幾人詫異地朝那看去。

只見婁氏正舉著筷子，從燒雞裡挾了一塊雞腿肉到自己的碗裡，嘴裡還罵罵咧咧朝明小山吼道：「小兔崽子，祖母還沒吃，你就知道搶！沒大沒小，你娘是怎麼教你的？」

明玉秀和陸氏見狀，臉色一沈。山兒還這麼小，饞嘴也是天性，做祖母的跟自己四歲的孫兒搶吃的，還振振有辭，也不知道害臊。

明小山還保持著挾菜時的姿勢，一動也不敢動，白嫩的手背上一片通紅，顯然是被婁氏用筷子打了。他癟著嘴，眼睛直勾勾地看著婁氏，眼淚在眼眶裡打了好幾個轉都不肯落下來，倔強地讓人心疼。

一旁的慕汀玨皺起了眉。這老婆子，怎麼說打就打？小包子才多大點啊，自己都還不捨得欺負他呢！怎能由著別人來欺負？

慕汀玨一個沒忍住，直接懟上了婁氏。「這位婆婆，今天的菜都是我大哥出錢買的吧？」

婁氏沒有想到，來她家吃飯的兩個過路人，竟然會管起他們家的家事，有些不高興。

「你們買的不是在你們桌上嗎？再說了，這些還都是我孫女做的呢！」

婁氏話雖不軟，氣勢到底是矮了一截，畢竟這麼多年，她也只敢在自己窩裡橫一橫罷了，在外人面前，她沒有多大的膽子。

「可我們給了錢呀！這裡所有的食材都是我大哥的。」按道理說，他們給了人工費，又給了飯菜錢，這些飯菜完全就是屬於他們的，見過酒樓小二跟客人爭論食物歸屬的嗎？

只是不論是慕汀嵐還是慕汀玨，他們從來都沒有把這種小事放在眼裡過，但倘若有人要蹬鼻子上臉影響他們用飯的心情，他們不介意做一回跟花甲老嫗斤斤計較的小人。

「這頓飯是我大哥花錢買的，請了明大娘和明姑娘姊弟一起吃，可沒讓婆婆妳也上桌吧？」

「我……」婁氏心虛氣短，訕訕地回過頭小聲嘟囔。「在我家吃飯話還這麼多，不就是想為山哥兒出頭嗎？別人家的家事，要你管！」

婁氏自以為自己聲音很小，沒有人聽到，但慕汀嵐是習武之人，耳力甚好，明玉秀和慕汀玨又正好在她背後，三人都將婁氏的話清清楚楚地聽進了耳裡。

這老東西，真把自己當回事了！

明玉秀正要開口頂撞，一旁的慕汀嵐大手一伸，制止了她的動作，又輕輕將慕汀玨安撫下來，放下筷子站起身，朝他們兩人開口道：「走吧！」

話音剛落，慕汀嵐將手伸進桌子底下，粗壯有力的臂膀輕巧地托起一大桌飯菜，穩穩當當、一滴不灑地大步走了出去，看得身後的眾人一臉愕然。

慕汀玨見狀「噗哧」一笑，也懶得再自降身分跟這婆子一般計較，往外走了兩步，回頭朝還在委屈的明小山招呼了一聲。「還不快跟上，傻包子！」

明玉秀上前抱起挨了打的明小山，回頭朝她娘親擔憂地看了一眼，陸氏幾不可見地朝明玉秀點點頭，示意她不用管自己了。

明玉秀輕嘆了口氣，抱著明小山跟在慕汀嵐身後，一起出了婁氏的正房。

「妳還待著這裡做什麼？看老娘笑話嗎？滾出去！」

幾個人剛走到院子裡，明玉秀就聽到身後傳來婁氏訓斥陸氏的吼聲，和一陣噼哩啪啦的脆響聲。

她腳下頓了頓，回頭看見陸氏已經端著碗，出了偏房朝廚房走去，她這才放下心來，嘴角勾起一抹冷笑，看了眼婁氏的屋子。摔吧、摔吧！摔完了今晚就繼續吃齋去吧！

反正今天買的那些葷菜，明玉秀全都煮完了，就算婁氏現在肯拿錢出來買菜，她也不會再費力去置辦這麼一大桌來供這個惡婆子填肚子。都摔完了，今晚就只有醬黃瓜伺候她。

其實明玉秀這回真是低看了婁氏，因為婁氏即使是在盛怒之下，摔的也全是放在桌邊準備盛飯的空碗，面對那一桌美味，她可是理智得很。

而陸氏被發神經的婆婆攆出了偏房，到廚房裡，就著醃菜，津津有味地吃了一大碗蛋炒飯，又喝了一大碗沙罐裡沒盛完的雞湯。

不一會兒工夫，一大屋子的人全都散了，只留下婁氏一人在屋裡，也不知道她吃不吃得香？

明家大房裡，慕汀嵐找了個空地將手裡的飯桌輕輕放在地上，又讓慕汀玨從外面撿了幾張凳子進來擺好。

明玉秀抱著明小山跟著他的腳步過來，明小山一路上驚訝地看著慕汀嵐像大怪獸一樣，一隻手就將滿滿一桌子的飯菜，穩穩當當地搬過來，不禁目瞪口呆，一張小嘴張得老大，都忘了合上。

這壞蛋……好厲害哦！

接收到明小山星星眼裡赤裸裸的崇拜，慕汀嵐好笑地摸了摸他的頭。「快坐下吃吧！耽擱半天，都快冷了。」

「嗯……這樣會不會不太好？」

明玉秀有些為難。雖然在現代，跟陌生人同桌吃飯是件很正常的事情，比如客戶飯局、各種宴會聚餐，這種情況無法避免，她也早已習慣；但是這裡是古代，在她的印象裡，古人的階級觀念十分嚴苛，她雖然並不覺得自己低人一等，但到了這個地方，她不想做出什麼不合自己身分的事來惹人嫌棄，給自己找難堪。

「哎呀，玉姊姊，妳就別扭扭捏捏了，趕緊吃吧！」一旁的慕汀玨早已經等得不耐煩，拉著明玉秀的袖子，把她按坐在凳子上。「妳不餓，小包子也餓了，快吃、快吃，我也餓！」

慕汀嵐無奈地看著她，雙眸帶笑。見慕家兄弟倆的真誠不似作偽，明玉秀便不再矯情。

人家都不覺得有什麼，她著實沒有必要非要妄自菲薄。

幾人安靜又溫馨地吃了頓和諧的晚餐。

尤其是慕汀嵐，竟破天荒地吃了兩大碗蛋炒飯，還心情頗好地喝了點梨花小酒。酒過三巡，幾人的關係自然親近許多，說起慕汀玨上次落入陷阱的事情，明玉秀十分好奇。

一問才知，原來是西營的一個將士，前些日子在青城山見到一隻十分罕見的老虎，那老虎通體雪白、四掌漆黑，額間還有一撮黑毛，十分威武好看，那將士死裡逃生後，覺得這白虎很是稀奇，就回去說了一說。

誰知道慕汀玨平時就喜歡看稀奇的事物，聽說有這種老虎，禁不住心裡癢癢，擅自跑到青城山上去，想要看看那稀有的白虎。誰知道這一上山出師不利，還沒有找到老虎，他自己就先一步落入陷阱，還好被明玉秀所救，不然可就真的玩完了。

明玉秀聽得有意思，在心裡暗暗謹記，得告訴爹娘，以後要是去青城山上可得小心，不可以往裡面走。

七道菜很快都被吃得所剩無幾，作為廚娘的明玉秀自然成就感十足。雖然這些菜因為調味料不足，並沒有完全發揮出自己的實力，但吃菜的人開心，做菜的人自然也會覺得開心。

見幾個人都吃飽了，明玉秀將桌上的盤子大致收了收，剩菜一點沒留，一股腦兒地全都倒進黑虎的飯盆裡，又將剩下的蛋炒飯和著沒喝完的雞湯攪拌均勻，送到黑虎面前。

一直窩在角落裡的黑虎聽到動靜，睜開疲憊的眼睛看了明玉秀一眼，然後將頭埋進飯盆裡，狼吞虎嚥地吃了起來，看得明玉秀一臉心疼。

今天情況實在特殊，總沒有叫狗先吃，客人後吃的道理，不然她早就來餵黑虎了。還好黑虎是隻懂事的乖狗狗，一點都不鬧騰。

飯後，明玉秀到廚房裡用紅棗煮了一壺茶，幾人慢慢喝了，明小山窩在明玉秀懷裡，心滿意足地打了個飽嗝。吃飽喝足，之前所受的那點委屈都已經煙消雲散，這會兒他只知道「嬌滴滴」地摟著自己姊姊的腰，不停地撒嬌。

「今天的飯好好吃呀，姊姊，妳做的飯比爹娘都好吃！」

明玉秀寵溺地親了親他胖嘟嘟的小臉蛋，笑著說：「那以後常給你做，把你吃成個小胖豬！」

「壞！」明小山嘟嘴。他才不是小胖豬呢！

「壞你還要抱我？」明玉秀逗他。

「壞我也喜歡妳！」

「嗯，山兒真乖。」明玉秀喜孜孜地又親了一口。「手還疼嗎？」

「不疼啦！」

一旁的慕汀珏羨慕地看著小包子和明玉秀之間親密的互動，又含怨地看了眼自家大哥。長兄和長姊的區別怎麼那麼大？他大哥從來就沒有這樣抱過他，更別提親他了。

收到慕汀珏哀怨的視線，慕汀嵐嘴角抽了抽。「幹麼那樣看我？肉不肉麻？」

「不解風情！」

「……」不解風情是這麼用的嗎？慕汀嵐額角青筋直跳，險些爆青筋。

「明姑娘，黑虎的傷已無大礙，養些日子就好，今日多謝款待，我和汀玨該回去了。」

已過戌時，見月色逐漸明朗，慕汀嵐起身，領著慕汀玨就要告辭。軍營離此地有三十里，他們兩個的隨從還等在村外，現在回去，能趕在戌時末回到營地。

明玉秀點點頭，見天色已黑，便要送兩人出門。幾人剛走到院子裡，突然小院門外傳來一陣嘈雜的腳步聲，一個嬌俏的女聲先傳了進來。

「爹，您慢點，我幫您開門。」

是明二牛和明彩兒從鎮上回來了。明彩兒殷勤地走在前面，伸手幫父親推開院門，心裡暗自琢磨，她在這個家的地位，雖然明面上跟堂姊沒有什麼區別，但實際上，祖母暗地裡是有些偏疼她的。

因為她爹明二牛是臨山村裡唯一的秀才，她娘又是外祖家的獨女，以後外祖父、外祖母百年，文家的財產都是要留給她娘親的，祖母念著這些，都必須要對她好！

當然祖母也確實是這麼做，不然上次的事情，她不會只因為文家給了她二兩費用就答應放自己一馬，畢竟把自己嫁到王家，以後再把堂姊也嫁出去，祖母就能得到兩筆聘禮。

雖然最後祖母還是去將她帶回來了，但到底是因為明玉秀從中作梗不是嗎？說難聽點，自己已經失身了，不嫁進王家只能是廢子一枚，以後也不好再許別人，這樣的孫女對於祖母來說，根本就是個拖累，不能換聘禮不說，說不定還要賴在娘家吃喝一輩子。

但明玉秀是個黃花閨女，她的未來還有無限可能。祖母能在一個孫女搭進去之後，又白白將另一個孫女拖下水，說到底還不是賣自己一個人情，指望著文家以後能念著她的這些好。

祖母在意的是她爹娘的態度。她娘親還好，也算是護著她的，最要緊的是她爹。爹總是這樣冷冷淡淡地對她，就像眼下這樣，半年沒見，好不容易過年見一次，他也是這樣波瀾不驚的樣子，讓她心裡沒底。

所以她現在必須要巴結他、討好他，不論父親將來是否能步上仕途，他的態度都會直接影響祖母，而祖母的態度，決定了她在明玉秀面前的地位。

大門被推開，明彩兒諂媚地笑著回頭給明二牛引路。「天黑呢，爹您小心點走。」

「嗯，進去吧。」明二牛淡淡地點頭，沒有多看明彩兒，從她身旁經過，逕自朝院子裡走去。

文氏看了眼明二牛冷淡的神色，察覺到氣氛尷尬，連忙開口幫明彩兒解圍。「誒，我們家彩兒真是越來越懂事了。」

明彩兒心下不悅。爹總是這樣不冷不熱的，搞得他們好像不是親生父女一樣。她隱下心頭的惱怒，跟著明二牛抬腳朝院子裡走去。

剛進院子，明彩兒忽然察覺還有其他人在，她下意識地抬頭，朝人影那邊看去，就著清朗的月光，突然間，被迎面而來的男子晃花了眼。

這……這是哪來的貴公子啊？莫不是神仙下凡？

第十章

明彩兒猛然間，心頭大震，不知不覺停下了向前腳步，茫然地看著面前的慕汀嵐，面露癡迷。

慕汀嵐沒有注意院子裡多出的幾個人，直接朝院門口走去，他這副翩然俊雅、遺世獨立的模樣，看在明彩兒眼裡，更添幾分風華。

明彩兒一時間滿面嬌紅，一股陌生的電流，從她的心坎到小腹間來回竄動，身體裡似乎有什麼東西將要噴薄而出，這是她在王斂身上從來沒有感受過的悸動。

明彩兒緩了緩激烈的怦然心動，換上了自認為最得體、最甜美的笑容，上前一步欲與慕汀嵐搭話。

只見慕汀嵐停下腳步，轉身回頭，對著身後牽著明小山的明玉秀輕聲道：「不用送了，進去吧！」

或許是酒後微醺，或許是月色撩人，慕汀嵐的聲音輕柔、目光繾綣，他的神色裡竟帶了些連他自己都沒有察覺的溫柔。

明彩兒這時才發現，那俊逸的男子身後除了一個藍衣少年，竟然還跟著明玉秀姊弟倆。看起來明玉秀和這男子還很熟悉的樣子，怎麼會這樣？

慕汀嵐目不斜視地從明彩兒身旁擦肩而過，帶起一縷清新的梨花香。看著兄弟倆的背影漸漸遠去，明彩兒這才回過神來，一臉嫉恨地盯著明玉秀。「那位公子是誰啊？你們什麼關係？」

明玉秀瞥了明彩兒一眼，沒有理會她，領著明小山，逕自走到一直沒有說話的明二牛身旁，兩人一起行了晚輩禮。「二叔好。」

許久沒有見到這位二叔了，上次看到他還是中秋節的時候，雖然她這些日子與二房生了些齟齬，但該有的禮數還是要周到，免得落人口實。

「喂！明玉秀，我問妳話呢！」明彩兒見明玉秀不理她，不由氣急。這個堂姊，真是越來越目中無人了，竟然敢在她爹娘面前直接無視她！

「那是路過的。」明玉秀見明彩兒如此執著，淡淡地應了她一句，轉頭就走。這些日子，這丫頭真是變得越來越不討人喜歡了。

「路過的？誰信啊！」就剛才那公子看明玉秀的神色，說他們沒有姦情，打死她都不相信！

身後的明二牛望著姪女遠去的背影，皺了皺眉，朝文氏道：「秀姊兒好像的確變了不少啊。」

家裡這些日子發生的事情，他在路上也聽文氏大致說過了，雖然可能有添油加醋的成分，但此時眼見為實，這個自小乖巧溫順的姪女，好像真的已經有些不同。

思無頭緒，明二牛索性不去費那腦子，反正這些跟他沒有什麼關係，他現在最重要的，是要全力準備明年的秋闈。他已經不小了，再考不上舉人，連他自己都要對自己失去了信心！

送走了客人，明玉秀準備進屋收拾碗筷，卻發現，陸氏已經替她收拾好，正準備端去廚房清洗。

明玉秀伸出手，抱著陸氏的腰，將頭埋在她肩窩裡，小聲道：「娘，對不起，今天做的菜您都沒吃上吧？」

「傻孩子。」陸氏手上有菜漬，沒敢往明玉秀身上湊，只轉過身用手肘將她推到了自己面前。「妳和山兒吃飽喝足，娘比吃了什麼都高興。」

今天那樣的情況，若是秀兒和山兒還留下來，或是她也隨他們一起去了大房，被婆婆知道了，那不僅是她，怕是連兩個孩子都別想好好吃飯。

「嗯。」明玉秀悶悶地點頭。她娘所想，她如何不知道？一切不過都是因為家裡太窮罷了，想起之前準備做的豆腐，明玉秀決定這幾天就開始做。

陸氏堅持不讓明玉秀洗碗，明小山又一整天沒有黏著陸氏，這會兒也有些想她，明玉秀便讓他陪著陸氏洗碗，自己獨自回房。今天確實是有些累了。

剛躺到床上，想閉目養會兒神，明玉秀突然感覺身下有什麼東西硌得慌，她坐起身來掀開被子，發現被子下面赫然藏了一堆碎銀，銀子下面還墊了一張紙。

什麼東西？明玉秀拿起銀子掂了掂，大概有十多兩，啥情況啊，這是？今早她起床時還沒有的，這些銀子是哪裡來的？

顧不得多想，明玉秀又將碎銀下面那張紙展開，頓時驚得美目圓睜。這不是信紙，這是……一千兩銀票啊！明玉秀嚇了一跳，連忙將被子蓋在那堆銀錢上，用手拍了拍怦怦亂跳的心口。這麼多錢，她沒眼花吧？

明玉秀的腦海裡忽然閃過慕汀嵐那張清俊的臉，又從被子下拿出那張銀票翻來覆去地看了一遍，果然在銀票背面發現「謝儀」兩個龍飛鳳舞的小字。

謝儀？明玉秀心中疑惑。這什麼意思？難道是慕汀嵐替慕汀珏給的救命謝禮？好大手筆！只是，這傢伙是什麼時候偷摸進她的閨房的？

飛來橫財，明玉秀竊喜之餘又有點心虛。自己只是隨手救了個倒楣蛋，又不是冒著生命危險，這麼一大筆錢，到現代去可是有一百多萬，比她的年薪還高幾倍呢，拿著真是有些心虛……

想了想，明玉秀決定先把這筆錢藏起來。以後有機會還是拿去還給慕汀嵐比較好。

若家裡有這麼多錢，讓她忍著不用，她也覺得很為難，畢竟家裡生活條件確實不算好，爹娘和弟弟都在受苦；但若是用了，祖母和爹娘肯定會問來源，告訴了娘親，爹就一定會知道。

如果爹爹知道了，就等於告訴了婁氏，如果讓婁氏知道了這筆錢的存在……哼哼，恐怕她家裡立刻就會迎來一場狂風暴雨的洗禮。

懷璧其罪的道理她懂，畢竟人為財死，鳥為食亡，她祖母可是個為了三十兩銀子就能謀害人命的主，更何況現在有一千多兩，要是叫她知道，還不得生龍活虎地提把菜刀把他們大房殺個精光？

明玉秀站起身來轉了幾圈，最後將碎銀收了起來，然後將銀票摺成一個小方塊，塞到自己床板和床柱相連的旮旯裡，又俯下身去，細細檢查了一遍。

一眼看去，床底下黑漆漆的一片，什麼也看不見，她這才站起身來拍拍手，去廚房找娘親和弟弟。

陸氏將鍋碗瓢盆都洗乾淨，擺放得整整齊齊，又用抹布把灶臺擦了一遍，見明玉秀進來，忙解下灶衣對她道：「娘馬上好，妳先領著山兒出去玩吧！」

明玉秀沒有答應陸氏，賊賊一笑，走到碗櫃前蹲下，臉貼著碗櫃，將手伸進櫃子底下端了一個碩大的碗公出來。碗上蓋了一層乾淨的紗布，明玉秀將紗布揭開，碗裡整整齊齊放著今晚做的各種菜色，包括之前熬的豬油渣，每種都有一小堆。

明小山看見明玉秀變魔術似地又變出這麼多好吃的，小嘴頓時張成了一個圓。「哦，姊姊，妳藏食！」

「小饞貓！這些你不能吃了，今晚吃太多會鬧肚子的。」明玉秀笑著點了點明小山的額頭。

「嗯！山兒不吃，這是給爹爹的。」明小山乖乖點頭，好像知道明玉秀的心思。

「秀兒，這是……」陸氏心中一動，似也想到了什麼，眼眶有些微紅。

「娘，爹快回來了，這些您等會兒跟爹分著吃吧，你們房裡有燒熱水的爐子，等會兒就放在爐子上面熱一下。」

這些菜，之前本來是準備留給明大牛一個人的。臨近除夕這段時間，他每天都要去鎮上打零工，得到子時才能到家，家裡難得吃頓好的，不給他留不忍心，畢竟是自己的親爹啊！

陸氏心頭一陣感動。她以為女兒因為之前婆婆綁她去山上，丈夫沒替她說話的事情心裡有了疙瘩，沒想到，女兒還是一點都沒有變，還是那樣乖巧懂事得讓她心疼。

母子三人將藏下來的菜碗偷偷端進了大房，雖然知道小叔已經回來，但天色已黑，陸氏這個做大嫂的，自然不會主動去小叔子的屋裡看望，於是便領著兩個孩子去洗漱。

明二牛已經有半年沒有回家，回到家裡第一時間就去見婁氏，母子倆手拉著手，在婁氏的正屋裡寒暄了好一會兒，明二牛才帶著妻兒回自己房裡。

因為今天有客人，明家自家的小年飯便沒有再單獨準備，明玉秀當然也沒有另外給明二牛和明彩兒他們留晚飯。婁氏沒有發話留菜，恐怕是美食當前早就忘了，而明玉秀自然也不會拿自己的熱臉去貼人家冷屁股。

所以二房的晚飯，是文氏自己去廚房裡弄的，吃的就是婁氏傍晚沒有吃完的那一桌剩菜。

文氏端著幾盤婆婆吃剩的殘羹冷炙，一肚子不舒服。雖然剛才婁氏跟她提過，今天的飯菜是過路的兩位公子出錢置辦的，但文氏還是覺得，大房趁自己一家人不在，撿了這麼大個便宜，讓她心裡十分不平衡。

屋裡的明彩兒，倒是沒有將注意力放在吃食上。這些東西她在外祖家也是吃過的，雖然難得，但並不是遙不可及，若是平時她還會爭一爭，但此時，她只覺得滿心全是失落。

原來，今天那位公子真的只是個過客，而他們今生也許再無緣得見了。想到這裡，明彩兒心中感到了深深的遺憾。早知道，她今天就不去鎮上接她爹了，說不定還能與那位公子同桌吃飯。

明彩兒惆悵了一會兒，轉眼又想起慕汀嵐剛才對著明玉秀說話時，小意溫柔的樣子，心裡那灘嫉妒的毒汁便翻起了酸泡。

自從上次堂姊替嫁這事不成之後，明彩兒就覺得，她和明玉秀兩人間已經私下互相槓上了，哪兒都有她，看哪兒，哪兒都不爽。

大房裡，陸氏在收拾屋子，明玉秀將明小山的手腳都洗好以後，又用濕棉布將他的小臉擦乾淨，然後像塞棉球一樣，把他塞進了被子裡。

「睡好！」見明小山掙扎著又要爬起來，明玉秀瞪了他一眼。

「嗯～」明小山嘟著嘴，尾音拉得長長的，又要撒嬌。「我不想睡。」

「都戌時末了還不睡？」

「我好撐哦，妳幫我揉。」明小山委屈地拉著明玉秀的手。

見他皺眉的小模樣兒不似作假，明玉秀感到既心疼又無奈。看來這小傢伙今晚確實是吃多了。

小山長這麼大，幾乎從來沒有吃過這麼豐盛的一頓飯，她剛才攔了幾次，見他實在是饞，也不忍心再管著他，誰知竟把他給撐著了。

明玉秀脫下外衣坐到床榻上，將明小山摟在懷裡，輕輕揉著他的小肚子說：「閉上眼睛。」

屋裡寂靜無聲，窗外明月皎皎，燭光下，母親忙碌的背影在她眼前晃動，懷裡的弟弟軟軟糯糯、乖巧聽話，這種寧靜的安詳，讓她心中陡然升起一股歲月靜好的滿足感。

明小山不敵長姊雌威，終於乖乖地閉上眼睛，明玉秀聽著他逐漸平穩的呼吸，輕輕幫他掖好被角，走到在門外清掃庭院的陸氏身邊。

「娘，給。」明玉秀將慕汀嵐塞到她被子下的那堆碎銀，從懷裡取了五兩出來，塞到她娘手裡。

「這，」陸氏睜大了眼睛。「哪裡來的？」

「今天慕公子給買菜多的，您收著吧，平時給山兒做點好吃的，千萬別給我奶奶發現了啊！」

「哎呀妳這孩子，人家給了那麼多錢，妳怎麼不早跟娘說，該多給他們做些菜的，白拿了這麼多銀子。」

「娘，您小聲點，我就告訴您吧，我這裡還有五兩呢！今天那位小一些的公子，我之前在山上救過他，其實他們今天是特地來道謝，順便給黑虎看腿的。」

明玉秀見陸氏不安，將那天在山上發生的事情，和在陶大夫家發生的事情，一一告訴陸氏，只隱瞞了慕汀嵐還單獨給了她一千兩銀票一事。

陸氏聽了明玉秀的解釋，這才放下心來。無功不受祿，只要不是白拿人家的東西就好，他們農戶人家雖然窮，但是該有的氣節和底線一樣不能少！

子時剛至，明大牛也從鎮上風塵僕僕地趕回來，婁氏和二房都已經睡了，只有大房的主臥裡，留了一盞昏黃的燭燈，晃動的燈火在潔白的窗紙上輕擺搖曳，顯得無比地靜謐安寧。

明大牛輕手輕腳推開房門，將沾滿寒氣的外衣脫下來，放在門口的長凳上。

陸氏聽見動靜連忙起身，見是丈夫回來，笑著從床邊煨著的熱水裡，取出帕子上前替他擦臉。「給你備著宵夜呢，今天有好菜！」

好菜？明大牛點點頭，沒有太將陸氏的話放在心上。他對吃的東西不怎麼挑，只要是能填飽肚子的，對他來說都很好。

從陸氏手裡接過帕子，囫圇擦了臉，明大牛將陸氏推到床邊。「妳快上去歇著，別凍著了，我自己來。」

「嗯。」陸氏點點頭。老夫老妻了，她也不矯情，乖乖上炕。

等明大牛收拾好自己，揭開小火爐上的蓋子，看見裡面煨著的飯菜時，這才愣了一下。沒想到，今晚的宵夜如此豐富，紅紅綠綠竟有六、七道肉菜，還有雞湯。

的確是好菜，這在明家可是從來都沒有過，今天是什麼大日子嗎？

「妳跟孩子吃了嗎？這些菜是？」明大牛不明就裡，將大碗公從熱水裡端出來，在碗底墊了塊棉布，放到矮几上，連著矮几一起端到炕上。

「我們都吃過了，娘也吃了，就二房沒吃到，這些都是秀兒偷偷給你留的，你可千萬別說溜了嘴，不然弟妹他們該不高興了。」

陸氏將今天發生的事情大致跟明大牛說了一遍，隱瞞了自己上午挨了一棍子的事，只將小山在飯桌上被婁氏打了一筷子的委屈告訴他。她希望丈夫能夠看在孩子還小的分上，多護著些，但並不想用他們夫妻間的感情，去離間丈夫和婆婆的母子之情。

第十一章

「嗯，我知道了，明天我早些下工，帶點小玩意兒回來哄哄山兒。」

明大牛點了點頭，取出筷子，挾了一筷子肉，遞到陸氏嘴邊。「妳再吃點吧？」

陸氏臉一紅，兩頰竟染上了些少女的嬌羞。「做什麼，快吃你的，不害臊！」

明大牛一愣，也有些赧然，可是這裡只有一副碗筷啊！明大牛想了想，又堅持將那塊肉往妻子嘴邊遞了遞。雖然他不想忤逆他娘，平時總是事事順著她，但這並不代表他真的傻，今天那樣的情況，他的妻子肯定也沒能好好吃飯。

陸氏感懷丈夫體貼，心裡暖意融融，推了會兒，不想破壞兩人之間恩愛甜蜜的氛圍，加上女兒的廚藝也確實讓她有點饞，便和丈夫共用一雙筷子，你一口、我一口地將一大碗飯菜都吃了個乾淨。

「咦？我怎麼覺得屋裡有股紅花油的味道啊？妳哪裡傷著了？」

明大牛將碗筷和矮几都收起來，放到門外，再進來時，就嗅到空氣中的一絲藥香。

「哦，我昨晚睡覺時肩膀壓著了，今早起來有些痠，塗了點藥油，沒事。」陸氏溫柔一笑，想來是剛才吃喝的一番動靜，身上熱了，藥味才會散開，讓丈夫聞到了。

「哦，那今晚我抱著妳睡吧！」

明大牛面不改色地說著連他自己都沒意識到的甜言蜜語。木訥的表情說著動人的情話，將陸氏羞得滿面通紅。

兩人漱完口，明大牛將陸氏攬進懷裡，蓋上被子，溫香軟玉，一夜溫存。

翌日清晨，天氣晴好。明玉秀一大早就起來將自己的屋子收拾乾淨，然後來到明大牛夫婦的房間。

明大牛天還沒亮，又趕到鎮上去，陸氏正在明小山的屋裡給他穿衣洗漱。

「娘，我跟您說件事。」

明玉秀踏進房間，明小山還閉著眼睛倒在陸氏懷裡睡得迷迷糊糊，明玉秀從床尾拿過他的小襪子展開，細心地給他套在腳上。

陸氏經過丈夫昨晚一番賣力的滋潤，整個人也是神清氣爽，見到明玉秀進來，笑咪咪朝她道：「幹啥呀？」

「咱們家不是有好多大豆嗎，能不能都給我？」

「大豆？妳祖母昨天把豆子都拿到她房裡去了，說是要買頭小豬崽回來餵呢！」

「我之前不是和祖母說過除夕吃肉的事嗎？我想拿大豆做點東西出去賣。」

「這大豆家家都有啊，有人會買嗎？」陸氏有些懷疑，黃豆在他們村都快氾濫了。

「試試才知道，您能去祖母那裡把豆子拿回來嗎？」

「怕是不行，妳祖母那人妳還不知道？昨兒妳不是給我銀子，要不娘給妳拿銀子，去跟妳祖母買吧！」

「娘，您傻了呀，這銀子不能拿到明面上來，不然我祖母能把持得住？」

「噗哧！」陸氏沒忍住笑出了聲。什麼把持住、把持不住的，說得怪可笑。

「行了，娘，咱們家豆子就留給祖母和那小豬崽一起吃個夠吧，我不要了，我去徐奶奶家拿。」

明玉秀實在不想去跟婁氏多打交道，說著，就抱起床上的明小山。「走，跟姊姊串門子去。」

「早飯不吃啦？」陸氏連忙拉著兩個孩子。

「不吃啦，我好急。」明玉秀想著自己即將開展的偉大事業，胸中一腔熱血心潮澎湃，又湊到她娘耳朵邊小聲道：「我去徐奶奶家吃。」

「哎呀，妳這孩子！」陸氏又欲說什麼，明玉秀仰頭親了親她的臉頰，堵住了她即將要說的話。

「行啦，娘，我不會叫徐奶奶吃虧的，您就放心吧！」

陸氏叫明玉秀這一吻親得迷迷糊糊、暈頭轉向。秀兒小時候高興起來也喜歡這樣親親她，可是孩子自從長大以後，已經很少跟她這樣親密了。明玉秀驟然的一吻，又讓陸氏想起她小時候玉雪可愛的小模樣，心裡頓時軟得一塌糊塗，哪裡還顧得上拉她。

明玉秀見陸氏呆愣，臉上還染了層嬌羞的紅暈，心裡得意一笑，抱著明小山又湊過去。明小山見姊姊親了娘親，自己有樣學樣，在還處於迷濛狀態的陸氏臉上，又蓋了個章。

兩人格格一笑，留下還沈浸在甜蜜羞赧中的娘親「揚長而去」，一路到了後屋的徐氏家裡。

徐家就在明家屋子的後面，兩家隔得很近，出門拐彎走個四、五十步就到了。

徐氏年輕時也是個婚姻很幸福的女人，她與丈夫本是大戶人家的主子，只可惜徐氏先天不足，無法生育，為公婆和族人所不容。

徐爺爺家裡強迫徐爺爺納妾生子不果，便對徐氏百般刁難，徐爺爺與髮妻感情甚篤，不忍辜負，於是毅然決然帶著妻子脫離家族，背著族人來到這無人相識的小山村裡，隱居了一輩子。

即使沒有孩子，徐爺爺也寵愛了徐氏一輩子，臨死前還一直拚盡全力做活，就是為了能給她多留些養老錢，怕她晚年過得悽苦。

徐氏這一生都被丈夫呵護在掌心裡，未曾經歷過任何風雨，直到人至中年，還保持著少女時的天真爛漫。一直到夫君死後，她一個人在這世間踽踽獨行了十多年，這才明白，這世間哪有什麼單純的歲月靜好，不過是有人安枕好眠，有人負重前行罷了。

徐爺爺為了她背井離鄉，從一個十指不沾陽春水的富家少爺，變成一個地裡刨食、泥裡打滾的鄉野村夫，替她遮風擋雨，讓她不受世俗侵擾。最後，他自己反而心力交瘁、英年早逝，這是徐氏心底最深切的悔和痛。

丈夫去世以後，徐氏就在家中的庭院裡，養了些夫君平生最喜歡的花草寄託情思，不知不覺這十幾年來，也讓她養了個百花滿園，一年四季，徐家小院裡總是香氣四溢。

徐氏沒有子女，平時對明玉秀和明小山姊弟非常不錯，跟看待自己的孫兒差不多，可以說，姊弟倆在婁氏那裡沒有嘗過的祖孫之愛，在徐氏這裡卻感受到了六、七分。

一進徐家院子，明玉秀就聞到一陣淡淡的梅花香，抬眼一看，自己彷彿置身在一個萬紫千紅的小花園。雖然是冬天，但徐氏的院子裡依然是一片奼紫嫣紅。怒放的梅花、菊花、水仙、海棠、香雪蘭……五彩斑斕交相映襯，還有許多不知名的常青植物，裝點得整個小院一片鬱鬱蔥蔥。

身旁的明小山卻顧不上賞花，輕輕掙脫明玉秀的手，蹦蹦跳跳地朝屋裡跑去。「徐奶奶！山兒來啦！」

明玉秀也笑著跟在他身後進屋，兩人在堂屋裡轉了幾圈，卻沒有發現徐氏的人影。她心下奇怪，正準備去院子後面看看，突然聽見臥房裡傳來徐氏虛弱的咳嗽聲。「咳咳，山兒，我在裡屋呢，進來吧！」

明玉秀聽見徐氏聲音有異，連忙帶著明小山進了裡屋。見徐氏躺在炕上，面色蒼白，忙上前關切地摸了摸她的額頭。還好，並沒有發熱。「徐奶奶哪裡不舒服？」

徐氏見明玉秀也來了，朝她癟癟嘴。「唉……年紀大了，身子不中用，前幾日夜裡下大雪，我怕把那幾株今夏才插活的梔子花給凍壞，就去外面把它們搬進屋，誰知道，花沒凍壞，我第二天卻被凍壞了。」

徐氏的聲音裡，竟然還帶了一絲絲委屈，聽得明玉秀既是心疼，又是好笑。

「那您不是病了十來天了？」

明玉秀皺眉，心裡暗怪自己疏忽。原主的記憶裡是有徐氏這麼個人的，只是她剛穿來，把重心都放在家人身上，壓根兒把這獨居的徐氏給忘得一乾二淨。

「你們這些天怎麼不來看我？」徐氏氣鼓鼓地瞪著明玉秀，眼裡還有淚光。

明玉秀無奈。她知道徐氏有些小孩子脾氣，怕她誤會自己「失寵」，又心疼她一個人在病中煎熬了十多天沒人理會，連忙把這些天發生的事情撿重要的告訴她。

「什麼?!妳祖母她，哎喲，氣死我了！她怎麼能這樣！咳咳咳。」徐氏聽說婁氏竟然為了三十兩銀子綁架秀兒，還險些害死了她，一時氣急，一口氣沒喘上來，嗆得她不停地咳嗽。

「哎呀，您別著急、別著急，我現在已經沒事啦！」明玉秀連忙輕輕拍著徐氏的胸口，幫她順氣。

「山兒，快去桌上倒點水過來。」

「哦。」明小山聽了明玉秀吩咐，連忙聽話地跑到桌邊，捧起茶壺，搖了搖，立刻又嘟著嘴，回頭朝她道：「水壺裡沒有水啦！」

「咳咳，哎呀，我都好幾天沒燒水了。」徐氏氣順過來，聽見明小山的話，顧不上對婁氏的氣惱，有些羞赧地看了一眼明玉秀。

「那您這幾天吃什麼？」明玉秀愕然。

「你們都不來看我，我生氣，這幾天都吃冷饅頭。」

「不喝水？」

「噎死算了！」

「……」好吧，真是輸給您老人家了。明玉秀無奈地笑著將徐氏按回床上。「家裡有什麼？我現在給您做飯去。」

「嗯！」徐氏滿意地點點頭，目送著明玉秀出去，又見明小山脫了鞋子要往炕上爬，連忙伸腳將他推到一邊去。「小乖乖你離我遠點，奶奶病著呢！」

「我不怕生病的。」見徐氏推開自己，明小山埋頭又往前拱了拱。

「那也不行，生病了很難受的。」徐氏又伸腿將明小山推遠。

「我不會生病的！」明小山又拱。

「會的！」徐氏又推。

明玉秀端著燒開的熱水進來時，看見的就是一大一小兩個「小孩」坐在床上，你進我退玩得不亦樂乎，徐氏原本蒼白的臉上也染上幾分紅暈和笑意。

明玉秀倒了杯熱水，在兩個杯子裡來回倒著散去熱氣，然後將徐氏扶起來，一點點地餵給她喝下。

「廚房裡還有馬鈴薯絲和大豆，我給您煮了一鍋粥，等會兒就去炒菜。」

「嗯。」徐氏喝完熱水，感覺胃裡舒服很多，抬頭看了眼明玉秀俏麗溫順的側顏，心裡一陣溫暖。

明小山這時候趁徐氏不注意，爬到了她這頭，得意洋洋地靠近徐氏的臉，好像在說：哈哈，我贏了吧！

徐氏正要說他，明玉秀忙將她扶著躺下。「不礙事的，讓他陪您躺會兒，小孩子偶爾生點小病也好，增強抵抗力。」

傷風感冒都是小病，明玉秀覺得男孩子沒必要那麼嬌養，何況明小山底子一向很好，她從山上回來那天，他在雪裡跪了那麼久都沒事呢。

徐氏不明白明玉秀說的增強抵抗力是什麼意思，但是見明小山這顆軟糯的小包子已經自覺地躺進了自己懷裡，她也捨不得再將他推開。她一生無子，對這兩個乖巧懂事的孩子是由衷地憐愛，不知道為什麼，看見他們，她就有種說不出的喜歡。

明玉秀安頓好徐氏，又去了廚房，麻利地將馬鈴薯切絲清炒，又看了眼旁邊簸箕裡曬好的乾黃豆。

現在要做豆腐也來不及了，這些乾黃豆在冬天必須要浸泡一天一夜才能夠使用。明玉秀想了想，將簸箕裡的黃豆挑選出壞掉和品質不太好的，然後將剩下的都倒進水盆裡浸泡，準備明天再用。

端著冒著熱氣的馬鈴薯絲和米粥進臥室，明玉秀托起粥碗，準備餵給徐氏吃，徐氏好笑地伸手將碗接過來。「我只是有點咳嗽，又不是中風，我自己來，山兒說你們還沒吃飯呢，你們快吃。」

明玉秀見狀也不矯情，點點頭，將被窩裡的明小山拖出來，遞了根勺子給他。「吃吧。」

「嗯！」明小山聽話地接過勺子，乖乖地低頭自己吃飯。

「咦？秀兒，妳今天炒的馬鈴薯格外好吃啊！」徐氏挾了一筷子馬鈴薯絲放在嘴裡嚼了嚼，高興地稱讚。

「是您好多天沒吃飯了才這樣覺得吧。」明玉秀好笑地調侃道。

「……」徐氏有些臉紅，也覺得自己之前的行為有些幼稚。要知道，她已經是快六十的人。

明玉秀見徐氏像個少女似地扭捏起來，覺得這老太太當真是可愛，連忙岔開話題幫她解圍。

「徐奶奶，我剛把簸箕裡的黃豆都泡在水裡了。」

「哦。」徐氏點點頭，並不怎麼放在心上。

「我明天來借您的黃豆做豆腐。」明玉秀見徐氏不上心，又補了一句。

「豆腐？咦，妳什麼時候學會做這個了？」

徐氏聽到明玉秀說要做豆腐，被吸引了注意力。自從夫君去世，她都好久沒有吃過豆腐了。

「我這幾天自己琢磨的，準備明天試試看。您家有石磨吧？」

「嗯，有呢！柴房裡還有好多黃豆，妳要是需要也都一起拿去吧。」

我還沒開口呢！您也太善解人意了吧？明玉秀朝徐氏咧嘴一笑。「我是打算來找您借點黃豆的，咱們村裡還沒有人會做豆腐，要是做出來味道好，趁過年這幾天，在村裡賣，說不定能賺點菜錢，改善我們小山的伙食。」

徐氏點點頭，想起被婁氏薄待的姊弟倆，心裡又是一陣鬱悶。「妳家那個祖母，我真是不知道怎麼說她？」

她要是有這麼可愛的孫兒、孫女，捧在手心裡護著都來不及，那婁氏真是不知道惜福，連點吃食都捨不得；要不是她自己家裡也不富裕，不然她絕不樂意見小山受苦。

雖然她夫君臨走之前給她留了養老的錢，但是她自幼就是個典型的閨閣千金，除了幼時跟隨父親學過點醫術皮毛，地裡的農活她能做的實在太少了，這些年來只能靠做女紅繡品去鎮上換些家用，十幾年來入不敷出，早已是坐吃山空，無力相幫。

「咱們不提她了，等會兒我幫您把午飯也做好，就放在灶上用熱水煨著，您餓了記得吃，我晚飯時再過來幫您收拾鍋碗。」

第十二章

「妳真好！」徐氏感受到明玉秀一如既往的體貼和孝心，語氣裡微微帶了些撒嬌的意味。

明玉秀一笑。「您今日真是多愁善感。」

徐氏聽了一愣，在心中感嘆。多愁善感嗎？是有些啊！

人老了就愛多思多想，榮辱得失，幸或不幸，反覆回憶思考自己的這一生。千思百慮之後，更加懼怕孤獨，也不知道到底是看透還是看不透？

這些年，她一個人做飯、吃飯、睡覺、起床，最孤單的是，躺在病榻上，舉目無親，連個端茶倒水的人都沒有，就好像被世間所有人遺棄了一樣。

如果不是這姊弟倆經常來看她，只怕自己哪一天死在家裡都不會有人知曉，到時候能陪伴她的，也只有院裡那些不會說話的花花草草罷了。

吃完早飯，明玉秀又去廚房用灰麵粉烙了幾張醃菜薄餅，將灶膛裡的粗柴都抽了出來，用膛外冷卻的草木灰，將灶裡的明火都蓋住。接著，在灶上的水鍋裡，架了一張布滿圓孔的竹隔盤，將早上沒吃完的白米粥和烙好的薄餅裝在兩個碗裡，一起放在灶上煨著，當作徐氏中午的午飯。

安頓好徐氏，又悉心囑咐了一番，明玉秀這才帶著明小山回家。剛過拐角，突然抬頭看見陸氏正愁眉苦臉地，從隔壁劉氏家走出來，明玉秀連忙快步走了過去。

見到一雙兒女回來，陸氏連忙換上一張笑臉。「這麼快就回來啦？」

「是啊，娘。」明玉秀關切地走到陸氏身邊。「怎麼了？剛見您一臉的不高興。」

「哪有，娘一個人走路難道還要笑嘻嘻的呀？人家會以為娘傻了呢！快進去吧。」陸氏對明玉秀打馬虎眼，拉著她進屋。

明玉秀狐疑地瞥了陸氏一眼。「您不說，我只好親自去劉嬸子家問嘍。」

「哎呀，妳這孩子！」陸氏也瞋怪地看著明玉秀。「行了，娘告訴妳吧，也不是什麼大事。」

陸氏見明玉秀堅持追問，只好全盤托出。

原來，她這些日子繡的帕子越來越難賣了，這回託劉氏去鎮上售賣的帕子，竟然只賣出去三條，僅得到十來個銅板。

東西越來越難賣，只因為這些花樣繡來繡去，許多像她一樣靠繡帕子補貼家用的媳婦們，都已經互相學會。同樣的東西繡的人一多，價格自然就低了。

原來她繡一塊帕子還能賺五、六文錢，現在連賺兩、三文都難了。自己的手藝沒有用武之地，難怪陸氏會鬱悶。

聽娘親絮絮叨叨了一會兒，明玉秀很快抓到了重點。

花樣？明玉秀眨了眨眼睛。這個東西好像就是畫個好看的圖案而已吧，有那麼難嗎？讓她娘為難成這樣子。

「娘之前都繡哪些花樣，我幫您看看。」

明玉秀抱起明小山，拉著陸氏進了房間。她的前身雖然也會做女紅，但並不熱衷，她的時間更多都用來帶弟弟。

陸氏見明玉秀有興趣，便將自己平時繡的三張花樣，從繡籃裡拿出來遞給她看。「喏，就是這些。」

三張花樣，兩張剪紙的，一張描花的，都是吉祥如意、喜鵲迎門、童子散財這樣古老的圖案。

明玉秀想了想，將明小山放到地上，然後拿起陸氏繡籃裡的剪刀和桌上準備用來剪窗花的紅紙，剪了起來，不一會兒，一張栩栩如生的「野鴨戲蓮」就攤在陸氏面前。

「娘，您看這個圖案可以繡嗎？」不能的話就當窗花貼了吧。

一旁的明小山對這些「女人的東西」並不感興趣，看了幾眼覺得沒意思，便一個人去院子裡找黑虎玩了。

陸氏睜大了眼睛，難以置信地盯著明玉秀手裡的繡樣。若不是親眼所見，她哪敢相信，這麼漂亮的花樣，竟是自己的女兒隨手幾刀就剪出來的。

「可以、可以！秀兒，妳怎麼會剪花樣啊？這個真好看！」

她那幾張算不得頂好的花樣，都是厚著臉皮從劉氏那裡討來的呢，聽說鎮上有繡樓專門賣花樣冊子，一本冊子賣一兩銀子，她想都不敢想。

「嗯……」她怎麼會剪花樣的？她能告訴娘親，自己前世在孤兒院就學過繪畫和剪紙嗎？很多現代小朋友小時候都學過，雖然她學得不太專業，但因為喜歡過一段時間，也就專注過一些日子，剪幾個簡單的圖案還是不難的。

「我就是憑著感覺剪了幾刀試試看，沒想到這麼容易啊！」明玉秀面不改色地朝陸氏道：「要不我再給您剪幾張吧？」

「呵呵呵。」陸氏開心地笑起來，沒想到自己女兒這麼能幹。「好好好，別剪太多啦，三張就夠娘用幾個月了。」

「好咧！」明玉秀得令，又操起剪刀剪了「五子登科」和「寒梅傲雪」兩張圖遞給陸氏。

陸氏喜不自勝地捧著三張花樣翻來覆去地看，越看越喜歡。

明玉秀見陸氏高興了，自己也覺得開心，興致上來，正準備拿起剪刀，將過年要用的窗花也一併剪了，突然聽見院子裡傳來明小山憤怒的尖叫和黑虎焦急的狂吠聲。

「討厭、討厭！二姊壞，快放開我！」

「汪！汪汪！汪！」

明玉秀和陸氏大驚，連忙放下手裡的東西，幾步跑到了前院裡。

只見院子中央，明彩兒正一臉憤怒地抓著明小山的衣領，死死拽著他手裡的一塊木頭；旁邊的黑虎拖著傷腿奮力地咬著明彩兒的褲腳，想將她往後面拖，奈何牠有傷在身，根本使不出力氣。

「你把東西給我，聽到沒有？給我就放開你！」

明彩兒顧不得甩開黑虎，緊勒著明小山不放，一心只想要他懷裡的木雕。

「我不給！這是汀嵐哥哥送給我的！我不給妳！」

明小山倔強地將木雕護在自己懷裡，小臉脹紅，細嫩的脖子被明彩兒拽著，勒出了好幾道血痕也不肯鬆開手。

汀嵐……是他的名諱嗎？明彩兒神情一陣恍惚，感覺自己的心跳又加快了幾分。

剛才她從明小山身旁經過時，一眼就看見他手裡那塊精緻的木雕，刻的正是昨日令自己一見傾心的公子。原來，這塊木雕竟是他親手所刻，這樣，她就更要拿到手了！

陸氏見到明小山被欺負，氣血上湧，眼眶發紅，立刻拔腿就要衝上去護住兒子。她身旁的明玉秀卻已經快她一步，一個箭步衝到明彩兒跟前，二話不說，使出全力，飛起一腳就踹到了她的身上。

「啊！救命！」明彩兒正拉扯著明小山，沒有防備，被明玉秀突如其來的一腳踹到地上，半天都沒爬起來。

「哈哈哈！壞二姊，讓妳欺負我！」重獲自由的明小山見狀，連忙在一旁拍手叫好。

文氏跑出來看到這一幕，頓時火冒三丈，飛快地奔過去摟住在地上昏迷不醒的明彩兒，張口就朝明玉秀罵起來。「秀姊兒，妳是不是瘋啦？怎麼像個沒教養的潑婦一樣，跟自家姊妹動起手了！」

明玉秀被文氏吼得一愣，正要開口，文氏又連珠炮似地，把火氣撒到另一旁仍呆愣的陸氏身上。「大嫂！妳也太過分了！你們陸家就是這樣教女兒的？到底還有沒有家教？」

婁氏聽見兩個媳婦在外面吵架，生怕明彩兒出了什麼事，連忙和明二牛一起跑出來。她聘禮都已經收了，要是這金疙瘩有什麼損傷，她拿什麼賠給王家？

「秀姊兒，妳這是做什麼呀！彩兒她哪裡招惹妳了，妳要下手這麼狠？」婁氏掃了院子裡的眾人一眼，凌厲的視線落在明玉秀身上。

一旁的明二牛昨天回來得晚，沒有去大房見過兄嫂，此時見陸氏也在院子裡，朝她點點頭，算是見禮。

陸氏頷首回應明二牛的禮，率先走到婁氏面前。「娘，秀兒她也是氣急了才跟彩兒動手的，彩兒她……」

「氣急？她有什麼可氣的！一生氣就要殺人放火、傷人性命？」

陸氏的話還沒有說完，婁氏冷聲打斷了她，又道：「這種心狠手辣、殘害手足的毒物，真不知道是哪個沒教養的東西教出來的！」

「夠了！都別吵了！」見婁氏、文氏婆媳倆一唱一和越說越過分，明玉秀不再沈默。「祖母、二叔，人還暈在地上呢，我看你們還是先找個大夫來給她看看吧。」

「不要臉！妳還想拖延時間，大夫自然要看，但妳必須先給我個交代！」

見文氏一會兒罵她娘惡毒，一會兒說她外祖家沒家教，這會兒又說自己不要臉，明玉秀終於不怒反笑。「既然二嬸不顧親女安危，一定要跟我撕扯到底，那咱們就來好好理論理論。」

明玉秀伸手拉過一旁的明小山，將他攬到自己膝下，輕輕扯開他的衣領。

「嘶——哎呀、哎呀、好痛呀！姊姊！」明小山被明玉秀一扯，這時候才感覺到自己脖子上密密麻麻的刺痛，疼得他腦門都冒汗了。

陸氏聽見兒子呼痛，連忙上前幾步，蹲下身子將他護在懷裡，心疼地看著他的傷口，輕輕安撫他。「忍著點啊！回去就給你上藥。」

明玉秀摸了摸明小山的頭，輕聲安慰他，然後將他轉過來，將傷口對著眾人，指給他們看。

「我為什麼踢彩兒，這就是原因。剛才你們在屋裡，應該都已經聽見彩兒跟山兒的動靜吧？這傷可做不了假！」

幾人朝明小山被拉開的衣領看去，只見他白嫩的肌膚上，幾道紫紅的勒痕都已經破皮，傷口往外滲著血，有些嚴重的地方還冒出了血珠，將衣領都染紅了一小片。

這是怎麼回事？婁氏和文氏都有些意外，看了眼地上的明彩兒，有些搞不清狀況。

「山兒，你說說，剛才彩兒為什麼要打你？」明玉秀冷笑一聲，看著院子裡的眾人。

「二姊要搶我的木雕，我不給，她就勒我！」明小山氣鼓鼓地告狀，又將手裡的木雕揚了揚。「二姊好壞！我好痛！」

文氏顯然沒有料到事情會是這樣，她的底氣一瞬間就洩了幾分，可是她轉念一想，不對啊，她幹麼要心虛？明小山現在好好地站在這裡呢，自己的女兒卻躺在地上昏迷不醒。

「山哥兒這不沒事嗎，彩兒被妳踢成重傷是事實，妳還如此厚顏無恥想脫罪！」

沒事？都見血了還說沒事？這麼小的孩子，敢情不是妳家的娃妳不心疼是吧？

「二嬸，我勸妳還是不要再說什麼沒家教、不要臉、厚顏無恥之類的話了，妳說這些話，我還以為妳是在給我們示範怎麼教女兒呢！」明玉秀的語氣輕輕的，帶著些輕蔑的諷刺，意有所指地看了躺在地上的明彩兒一眼。

有些話她並不想說出口，畢竟自己也是明家的女兒，難聽的名聲一旦傳出去，就是一損俱損；但若說不要臉、沒家教，婚前就主動與男子有首尾，還是在野外苟合的明彩兒敢認第二，這臨山村裡就沒人敢認第一。

文氏聽了明玉秀這話，有些不自然地看了眼站在一旁不說話的明二牛，見他神色並無異樣，才略略放下心來。

明玉秀似笑非笑地盯著在地上躺著的明彩兒，看見她閉著的眼皮底下，微微轉動的眼珠和輕眨的睫毛，淡淡一笑。想必這壞丫頭是被自己剛才的話，氣到忍不住了。

「還有，山兒才四歲，彩兒已經十四了，她跟一個四歲的孩子搶玩具，還把山兒欺負成這樣，到底是誰惡毒？是誰在殘害手足？我若是不替我弟弟出了這口氣，我才覺得自己是在殘害手足呢！」

明玉秀上前幾步，走到明彩兒身邊蹲下來，聲音婉轉帶著一絲懾人心魄的狠戾。「別說踢她一腳，她要是再敢欺負我弟弟，殺了她我都不怕！不信，妳就試試！」

明玉秀說完，迅速抓起明彩兒的手，用指甲朝她的中指指尖狠狠掐去。十指連心，我看妳還裝！

「啊！痛！」

沒想到明玉秀當著全家人的面都敢對自己動手，明彩兒壓根兒沒有心理準備，指尖鑽心的痛楚，疼得她一個鯉魚打挺坐了起來，中氣十足地朝明玉秀大聲吼道：「妳幹麼？妳有病啊！」

明玉秀勾唇一笑。「怎麼，不裝了？」這大冷天的在地上躺這麼久，真是難為她了，奧斯卡影后都沒有她敬業。

「誰裝了？我根本不知道妳在說什麼！」明彩兒眼眸微閃，不再看明玉秀，而是轉過頭去朝一旁的文氏哭訴起來。「娘，女兒好痛啊！心口痛、腦子痛，身上到處痛，我好難受啊！祖母、爹爹，你們可要替彩兒做主啊！」

呵呵，這是要繼續演戲了？真不嫌造作！明玉秀無語看天，見明彩兒這般惺惺作態，她心裡不屑地冷笑。

「娘、大嫂，我先進去了。」見此情形，明二牛一眼就看穿了自己閨女的把戲，他不悅地朝婁氏和陸氏打了聲招呼，毫不猶豫地轉身離去，再也不理會院裡的眾人。

後院這些是非根本不是他們這些老爺們該管的，他的眼光應該放在更長遠、更廣闊的地方，而不是困於這方小天地裡。

第十三章

文氏見明二牛就這麼走了，看都沒有看她們母女一眼，心裡頓時涼了一大截，氣焰一下子就矮了下去；又看到明彩兒閃躲的眼神，不知為何，她竟突然有一種被人利用的感覺。

再想起自己剛才宛如一個罵街的市井潑婦，對著陸氏和明玉秀那叫一個狂轟亂炸，現在想來，她出口的每一句話都好像是在罵她自己。

文氏頓時又羞又惱，臉上一片通紅，默不作聲地朝婁氏彎了彎腰，丟下明彩兒，也夾著尾巴逃回房去了。

婁氏也很無語。這一個、兩個的，就不能消停點嗎？真是的！這兩個兒子、兒媳，還有這些孫子、孫女，除了明二牛還算有點能耐，其他的當真是沒有一個討她喜歡，還是她的……

婁氏想到這裡，面上一喜，沒有再理會明彩兒。這兩個孫女愛鬧就鬧去吧！反正都是要嫁人的，只要不影響到她，她才懶得管。於是她穿過眾人，沒有回房，而是朝院外走去。

「我出去轉轉，一個個的吵得我頭疼！」

見能為自己做主的人全都走了，事情發展得跟她預期中完全不一樣，明彩兒心中鬱結，不甘心地盯著明小山緊緊抱在懷裡的那塊木雕，戀戀不捨。

明玉秀將明小山拉到自己身後，不屑一顧地看著明彩兒。「怎麼著，還在看？真想跟我打一架不成？」

明玉秀說著，舉起拳頭握了握，故意瞥了明彩兒一眼，留下身後緊咬著牙關的明彩兒，招呼陸氏和明小山逕自回去大房。

陸氏在房裡幫明小山的傷口上好藥，怕他被衣料磨得疼，又在他頸間纏了一圈棉布。

明玉秀在一旁看著小弟緊皺的眉頭，輕聲分散他的注意力。「是這次疼，還是昨天被祖母打的疼呀？」

小傢伙也真是慘，不到一天的工夫，受了兩次欺負，都是自己看顧不周。可是日防夜防，家賊難防，家裡人要動手，她真是防不住，總不能把山兒關在屋子不讓他出去吧？

想到這兒，明玉秀心裡起了分家的念頭，只是想了想她爹，又無奈地將這個想法壓了下去。

明小山癟癟嘴，氣鼓鼓地說道：「當然是這次呀！」

「那你昨天還差點哭了，今天怎麼不哭？」

「因為昨天是祖母打的！」因為是祖母打的，他心裡難過，所以想哭；可是他又不喜歡二姊，才不會為她難過，他有他自己的姊姊就夠了。

明小山的話說得沒頭沒腦，但明玉秀還是奇異地聽懂了。在小山的心裡，還是渴望祖母疼愛的吧！

明玉秀想起早上明小山在徐氏家裡調皮搗蛋的模樣，心裡一嘆。山兒要什麼，她都願意努力去為他爭取，唯獨婁氏的愛，她做不到，因為婁氏是害死他真正姊姊的凶手；而山兒跟他姊姊的感情是最好的，在她前身的心裡，山兒就跟自己的孩子一樣，若是要讓山兒在婁氏膝下承歡，她怕原主真會死不瞑目。

午飯婁氏沒有回來吃，或許是去相熟的婆子家蹭飯去了，大房和二房剛剛「幹了一仗」，也沒人非要覥著臉坐在一起吃飯。

陸氏和文氏相繼去廚房，誰都沒有找誰說話，各自做好自家的飯菜，端回自己屋裡吃。

明玉秀吃完午飯，將小山留在屋中，自己又去了徐氏家中。

徐氏剛吃完明玉秀早晨煨在灶上的粥和烙餅，正在灶臺邊刷碗，見明玉秀進來，她將刷好的兩個碗擦乾擺好，朝她身後看了看，問：「咦，山哥兒呢？」

「他剛和彩兒起衝突，受了點傷，我讓他待在家裡了。」

明玉秀見徐氏已經自己洗好碗，走到灶臺邊看了看，準備給她做晚飯。

徐氏一聽急了，連忙拉住明玉秀。「我已經好了，就是還有點咳嗽，等會兒晚飯我自己做。」

說著，邊拉著明玉秀往外走，連珠炮似地問：「妳說山兒受傷了？可嚴重啊？妳那堂妹都十四了吧，這麼大的人怎麼會跟山兒起衝突？」

「沒大事，就是彩兒看上了山兒的一個小玩意兒，山兒不給，兩人就拉扯起來，我已經給她教訓了。」明玉秀見徐氏著急，拉著她到屋子裡坐下，將上午的事情跟她說了一遍。

「哎喲，可真是笑話！那丫頭都快成親的人了吧，怎麼還能跟孩子搶東西玩？」徐氏憤憤地拍著自己的大腿。「這也太不害臊了，妳那一腳真是踢得輕了！」

她是真心疼愛明小山那顆小包子的，聽說他受了傷，自己也坐不住，立刻就要起身。

「哎喲，不行，我還是要去看看山兒。」

明玉秀無奈地將起身的徐氏拉了回來，勸道：「徐奶奶，您自己還病著呢，就別出去吹風了。山兒脖子都包了起來，您去了也看不到，我明天來時，再帶他過來看您。」

想到自己還生著病，確實不方便去人家家裡，徐氏沮喪地坐下來。「那……唉。」

明玉秀見她這副鬱鬱的模樣，心裡不忍，只得想辦法哄她開心。「要不二十九那天，我和山兒來陪您吃年飯可好？」

徐氏一聽，眼睛一亮。「妳說真的？」

「當然了，什麼時候騙過您？」明玉秀嗔怪地看了徐氏一眼。

「嗯嗯！那我多備點菜。」徐氏連連點頭，臉上頓時展開笑顏。

自從夫君去後，這些年她都是自己一個人過年的，每年過年這幾天，她獨坐在冷冷清清的屋子裡，聽著窗外闔家歡樂的聲響，感覺自己孤寂又淒涼。

雖然明玉秀和明小山經常往她這裡來，但婁氏卻不怎麼喜歡他們來往，兩個孩子都是乖孩子，春節這樣的大日子，自然不敢忤逆祖母。

沒想到，秀兒今年竟然決定來陪她過年，這太讓她欣喜了！雖然二十九比不上三十日子正，但有他們的這份心意在，她覺得很溫暖。

徐氏午後照例都是要午睡的，這是她多年以來的習慣。明玉秀陪她聊了會兒天，等她躺下後，便自己起身拿起掃帚，將徐氏的屋子裡裡外外都打掃乾淨。

收拾好徐家，明玉秀又回到自己家，就著灰塵僕僕的髒衣服，跟陸氏一起將自家屋子也都打掃了一遍。而明小山乖巧地在一旁幫忙搓搓抹布，遞遞掃帚，三人忙完已近酉時，陸氏領著明小山一起去廚房做飯。

明玉秀打掃了一下午，整個人灰頭土臉，於是端了盆熱水，散開秀髮，就去院裡洗頭。

不一會兒，婁氏也從外面慢悠悠地回來了，滿是褶子的面上還泛著一層紅光，看樣子出去晃了一圈，玩得挺開心的。

剛踏進院子，婁氏看見獨自在院裡擦髮的明玉秀，想起陶銀剛跟她說的事，陰沈沈地看著她。「秀兒，昨天那公子給了妳多少菜錢來著？我瞅著應該還有多的吧？」

明玉秀一聽，心裡一驚。她手裡有銀子的事情，除了慕汀嵐，只有她娘知道啊！她娘是絕對不會告訴婁氏，慕汀嵐他們就更不可能。可婁氏這是什麼意思？是猜到了什麼，還是在詐她？

明玉秀的腦海裡，瞬間猜想著各種可能，最終還是覺得婁氏詐她的可能性較大。

於是她站起身來，一邊用棉布擦著自己的頭髮，一邊笑著對婁氏道：「祖母，昨天公子給了一兩人工費都在您那兒，後來公子又給了兩百多文零碎銅板去買菜，我都用完了，您去村裡一問便知，多的幾個銅板還買了些梨花酒呢。」

昨天村裡買菜的人那麼多，誰拿著多少錢去買了多少菜，誰還真記得不成？婁氏就是去問也是問不出結果的。明玉秀半真半假地報著帳，反正慕汀嵐到底給了她多少錢，家裡誰也不知道。

婁氏狐疑地看了她一眼。那兩個公子確實小氣她是知道的，不過……「那我剛回來的時候，怎麼碰見陶大夫說，妳昨兒上午拿了兩百文去給黑虎看腿啊？這錢是哪兒來的？」

上午的時候大孫女還沒有遇到那兩位公子吧？婁氏有些不確定。

明玉秀一聽她這話，果斷地在心裡翻了個白眼。果然是那缺德的老大夫出賣她，就知道他不是個好東西！醫德不行不說，還跟個長舌婦一樣話那麼多。

「祖母，那是兩位公子之前賞給我的問路費，小裡小氣的，一個破袋子裡面就只有一百零五枚銅板呢！」

明玉秀的語氣裡滿是對慕汀嵐的嫌棄。反正慕汀嵐他們不在，就借他名號一用，擋擋這煩人的老太婆吧！

她擦乾了頭髮，將水盆裡的水倒到院子裡的大樹下，又朝婁氏道：「我昨兒去大夫家的路上遇見了他們問路，後來回來的路上，又遇見他們在打聽吃飯的地方。一會兒工夫就遇見了兩次，兩位公子覺得巧，才跟著來咱家吃飯。」

明玉秀面不改色地編著故事。

「他們真的就給了妳一百多文？」婁氏聽了還是有些不甘心，追問道。

「真的呀祖母，我現在還欠大夫九十五文錢，還給他寫了欠條呢！不信您去問他，孫女要真有多的錢，怎麼會去給人寫欠條？才九十五文，說出去也丟咱們明家的臉呀！」

明玉秀「真誠」地向婁氏解釋著。她不是怕她，而是快過年了，她不想與祖母動什麼干戈，最後鬧得家裡人不得安寧，能和平解決的事情，這時候還是儘量不要撕破臉為好。
婁氏半信半疑地盯著明玉秀，想到昨天那兩個錦衣公子看似穿得華貴，出手確實是真摳門兒。
給他們做了那麼大一桌菜，才給了一兩銀子辛苦費，問個路才賞一百文也是有可能的，於是目含警告地看著明玉秀。「妳可不要藏私房錢，不然別怪祖母不疼妳！」
妳什麼時候疼過我？明玉秀心裡不屑，臉上卻笑意不改。「怎麼會呢祖母，孫女要是有錢，第一個就拿來孝敬您。」
「那妳還花一百多文給一條狗看病？怎麼不給我？那可是五斤肉啊！還欠了九十五文，我看妳怎麼還！」雖說伸手不打笑臉人，但婁氏並不領大孫女的熱情，冷冰冰地將她的話駁了回去。
要不是……她一定去把那錢給要回來，這個敗家的小蹄子！
「祖母，您答應過放黑虎一條生路的，孫女自然不能眼睜睜看著牠疼死呀，不然說出去，別人還以為您出爾反爾呢。」
「出爾反爾又怎麼樣？我巴不得牠死了才好！」
您老要不要這麼耿直？宅鬥文裡面的老太太不都是拐彎抹角、迂迴婉轉的嗎？您這樣不按套路走，真的叫我很無語。
明玉秀無言以對，在心裡默默地吐槽，又聽婁氏道：「妳之前許了我什麼話，妳可別忘了！」

知道婁氏是指除夕吃肉的事情，明玉秀敷衍地點了點頭。「沒忘呢，這幾天就準備。」

「可別拿什麼肉末星子糊弄我！」

「不會的，您放心吧！」

目送婁氏離去，明玉秀臉上的笑意淡了下去。

婁氏這段時間雖然再沒有做出什麼令人髮指的事情，但這一切都只是因為她目的已經達成，她們之間暫時沒有利益衝突而已。一個人的本性是不會輕易改變的，如果此時她觸及了婁氏的底線，恐怕婁氏不會如同現在這般好說話。

哼！遲早有天讓妳變老實！

正要轉身回大房，明玉秀眼角的餘光一瞥，突然發現庭院外竟不知何時站了一個長身玉立，笑意盈盈的青衣男子，他的身後還跟了一匹高頭大馬，正是昨日來家裡做客的慕汀嵐，慕大公子。

嗯，他怎麼會來？也不知道他在那裡站了多久？自己剛才的話，他聽見了？

明玉秀摸了摸腦袋，將自己柔滑如緞的長髮撥至腦後，大步走到院門外，有些尷尬地看向慕汀嵐。「咳咳，慕公子，怎麼這時候來了？要來吃飯嗎？」

任誰在背後說人壞話被人當場抓包，都會有些不好意思吧？她可不是那厚臉皮的人，在這個時候還能做到若無其事。

慕汀嵐卻是沒有說話，他神色古怪地從懷裡掏出一支小巧的銀釵，淡淡朝她說道：「不吃飯。昨天夜裡勦了一個匪窩，底下將士得了些錢銀雜物，這支釵我看造型別致，熔了可惜，又不值什麼錢，剛好路過你們村子，就帶過來給妳用，多謝妳昨日款待。」

「……」什麼鬼？明玉秀不明所以，睜大眼睛疑惑地看著慕汀嵐。戰利品？給她的？

「那個……我還有事，先回軍營了。」慕汀嵐說完，將手中銀釵塞到明玉秀手裡，看了愣怔的少女一眼，頭也不回，一陣風似地策馬離去了。

他也不知自己這是怎麼了？昨天夜裡回去後，腦海裡就一直縈繞著在明家小院時的種種溫馨情景，那種溫暖的感覺讓他忽然覺得，自己睡了四年的床榻在一夜間變得無比地陌生，令他輾轉反側，徹夜難眠。

特別是想起明玉秀時，他的心律似乎有些不受控制，就好像是在戰場上，臨陣殺敵時的那種感覺——緊張、期待、熱血、嚮往，又讓他覺得無比踏實和安心。

今日一大早，他鬼使神差地去了青石鎮上，逛了一上午才買到這支合眼緣的海棠釵，然後找了個拙劣的藉口，只為來看她一眼，確定昨日並不是一場鏡花水月，她確實存在於這裡而已。

自己可能是魔障了吧？慕汀嵐揚起馬鞭，輕騎絕塵，很快消失在明玉秀的視線中，那個背影看在明玉秀眼裡，竟然覺得有些詭異的狼狽。

「嗯，那個！」明玉秀朝慕汀嵐的背影伸了伸手，人都傻了。

啥情況啊這是？昨日的飯錢不是已經給過了嗎？慕大將軍這不會是……在撩妹吧？

第十四章

明玉秀眨了眨眼睛，捏著自己手裡那支銀釵左看右看。

這是支做工精緻的海棠釵，五朵小指甲大的鏤空海棠，呈現一條流利的弧線，纏繞在銀釵上，花朵分布均勻，錯落有致，又小巧別致，玲瓏俏麗，確實是漂亮。

她還以為慕汀嵐有什麼事呢，沒想到他莫名其妙地來，又莫名其妙地走，真讓人摸不著頭緒。

搖了搖頭，明玉秀回房打了盆清水，對著臉盆裡的水，將自己乾透的頭髮用木簪綰起來，別了一個俏麗的團雲髻，然後，將海棠釵斜斜插在髮髻上，對著水左右照了照，唇角勾起一抹甜美的笑。

水裡的自己皮膚白皙，兩腮嫣紅，青煙秀眉下，一雙如水的眸子流光溢彩，細挺的鼻梁筆直，粉潤的薄唇微微翹起，一張小臉端得是明豔無雙；團雲髻上，那支簡潔別致的海棠釵點綴其上，素錦之上平添繁花，讓她整個人的氣質又提升了一個層次。

嗯，效果還不錯！明玉秀對自己的容貌十分滿意。慕汀嵐送的這個禮物甚合她心意，她臭美地看著水中的自己沾沾自喜。

愛美之心人皆有之，她也不例外；只是，想到慕汀嵐這突兀的禮物，明玉秀的心裡忽然有一種說不清、道不明的情愫，有如細密的纏絲在心底蔓延，似暖似甜，又有點不可思議。

想到兩人之間懸殊的地位和身分，明玉秀搖了搖頭，暗嘆自己自作多情。慕汀嵐怎麼會是那個意思？兩人才認識沒多久，大概就像他自己說的，這只是個造型別致，任何人熔掉都會覺得可惜的一支海棠釵而已。

自戀完了，明玉秀麻利地拆散髮髻，將銀釵放到床板下的細縫裡，與之前那張銀票，一個放在左角，一個放在右角，這樣，就算萬一哪天不小心暴露了其中一個，另一個不被發現的機率也大一點。

藏好了銀釵，明玉秀起身用木簪將自己的一頭秀髮隨意綰在腦後。財不外露，有祖母在家裡，銀釵什麼的，還是留著以後有機會再戴吧。

晚飯因為婁氏也在家吃，所以大房和二房兩家都聚到了婁氏的偏房裡。陸氏將四季豆切絲清炒，又捏了幾個窩窩頭，煮了鍋白米粥，一家人就圍在桌邊一起吃晚飯。

因為白天裡才打了一架，兩房的人都不怎麼說話，氣氛有些安靜。眾人都默不作聲，各自吃著自己碗裡的東西，只有婁氏呼嚕、呼嚕喝著米粥，大口大口地嚼著四季豆。

坐在婁氏對面的文氏，滴溜溜轉著眼珠子，看了眼身旁的丈夫，又看了眼婆婆，試探地開口。「娘，彩兒開春就要出嫁了，這嫁妝咱們也該置辦起來了吧？」

明彩兒聽到她娘親的話，手心一頓。這些日子她在家，全是靠著掩耳盜鈴，假裝沒有王斂這回事，才能讓自己一直保持平靜。可是該面對的終究還是會來，想到那變態荒淫的王斂，又想到如十里春風般溫柔俊美的慕汀嵐，明彩兒的心一時有如刀絞。

婁氏的碗往桌上一放，冷著臉斥道：「嫁過去只是個妾，又不是什麼正經媳婦兒，要什麼嫁妝？」

文氏心裡一痛。婆婆當她願意將女兒嫁過去做妾嗎？這不是事情已經到了這個地步嗎？王家那麼有錢，他們是不會娶自己女兒過去做正妻的；況且，彩兒已經失貞，他們早沒了談判的籌碼，但她這個做娘的，總要為自己的女兒做點什麼吧？

文氏非常失望，原本以為丈夫在旁邊，婆婆看在他的面上會鬆口，沒有想到婁氏竟然如此不近人情，一口就回絕了。

文氏不死心又道：「娘，王家可是給了三十兩聘禮呢！咱們就給彩兒按五兩的規格來辦些吧？不然，空手嫁過去，彩兒以後在王家也抬不起頭啊！」

只拿聘禮不辦嫁妝，這跟買媳婦有什麼區別？他們村裡趙老頭的兒媳婦就是買來的，整天跟個傭人一樣伺候著一家老小，還動輒挨打挨罵。花錢買來的媳婦就跟買個物件似的，哪有什麼尊嚴可言？更不用談如何在夫家立足了。

「啪！」婁氏將筷子往桌上一拍。「三十兩、三十兩，妳就惦記著這個錢！那以後哥兒娶媳婦妳給錢啊？二牛考舉妳拿銀子啊？」

婁氏這一拍，把一旁小兔子似的明小山嚇了一跳，他抬起頭迷茫地看了眼婁氏，發現祖母不是在罵他家，於是點點頭，又放心地低下頭去乖乖吃飯。

「娘，我……」文氏一時無語，將無助的目光投向丈夫。

明二牛熟知自己娘親的性子，本不願多費口舌，但畢竟是親女出嫁，且又無法無視妻子遞過來的求助眼神，只好笑著開口道：「娘，要不就拿二兩來置辦吧。別的不說，被褥總要打幾床，抬出去也有個樣子。」

婁氏見兒子居然敢幫著媳婦來為難自己，立刻火冒三丈。

「二兩？我跟你們說，別說二兩，一文錢都別想！嫁出去的女兒就是潑出去的水，給再多還不是帶到了別人家！養她這麼大已經是她賺了，要嫁妝？找文家要去！」之前有難不是知道往文家跑嗎？現在要嫁妝，做什麼來找自己？不會去文家？

眼看婁氏都快要掀桌子了，明玉秀心裡暗自好笑。那嫁妝銀子還沒有拿出去呢，她就好像已經被割了塊肉。

陸氏見婆母又發飆，除了想到自己女兒以後的嫁妝是不是也這麼艱難之外，並沒有什麼多餘想法。這些日子，看著二房與她家孩子從口角磨擦到拳腳相向，兩個孩子又是如何在自己面前被人欺負的，她可沒有忘。

這時候，她是傻了才會去幫明彩兒說話。從前總做好人，想著委屈自己，圖個家和萬事興，自從婆婆綁架她的女兒、彩兒勒傷她的兒子以後，陸氏對他們的親近之心都淡了。什麼血脈親情，什麼一家人，有時候，他們甚至還比不上那些外人，至少外人得到一點好處，人家還會記著來還情，而不是像某些家人一樣，光想著如何在背後害你。

桌上眾人神色各異，正主明彩兒卻是冷笑一聲。

「是啊，嫁出去的女兒就是潑出去的水，從此以後我就是外人了，就算是以後我生了兒子，在王家站穩腳跟，我也不會拿半個子兒回明家，到時候還請祖母見諒。」

明彩兒原本還打著哄好婁氏，藉機打壓明玉秀的的主意，但此時聽婁氏在眾人面前這樣作踐自己，終究沒有忍住自己心裡的不滿。

婁氏一聽明彩兒這話，剛歇下一口氣立即又提了上來。二孫女這口氣，簡直跟那討人厭的大孫女一模一樣！莫不是忤逆不孝是病，會傳染的不成？

「哎喲！妳個不要臉的小騷貨，還沒出嫁就把生不生的掛在嘴邊，生怕別人不知道妳已經髒了身子是不是？」

這小妮子還敢威脅她了？婁氏一怒，口不擇言地直戳二孫女的痛點，一旁的文氏臉色頓時黑沈如鍋底，面對丈夫詢問的目光，她恨不得立刻找個地縫鑽進去。

明二牛回來的這兩天，文氏壓根兒不敢跟他提明彩兒已經委身於王斂的事。丈夫是要考科舉的，若是這事傳開了，對他名聲有礙，丈夫一向把出仕當成自己的終身目標。

在官途面前，連妻兒都要靠後，若是讓他知道……文氏閉了閉眼睛，簡直不敢再往下想。

明彩兒的一張小臉已是一片煞白，她氣得嘴唇直哆嗦。祖母怎麼可以這樣說她！

「我吃飽了，你們慢吃。」明玉秀見話題已經有點偏了，連忙放下碗筷，抱起身旁懵懂的明小山下桌。

「姊姊，什麼是髒了身子？二姊身上沒髒啊。」

兩人走到門口，明小山稚氣的問話傳入內室幾人的耳朵。

明彩兒的臉由白轉紅，由紅轉黑，五顏六色，好不滑稽。

「嗯。」明玉秀撫額。真是怕什麼來什麼，這種問題叫她怎麼回答？

見姊姊不說話，明小山睜大了眼睛又問：「祖母說二姊是小騷貨，什麼是小騷貨？」

明玉秀的嘴角抽了抽，連忙加快步伐。好奇寶寶，你閉嘴可以嗎？婁氏真是個渾人，當著孩子的面什麼話都罵，也不怕教壞了她家純潔可愛的山兒小寶寶。

要是藏著、掖著，說不定明小山自己就想歪了，明玉秀還是決定大大方方地給他上一堂教育課。

在明小山執著的目光下琢磨了一會兒，明玉秀清了清嗓子，一本正經地開口。「咳，是這樣啊。你二姊現在已經是大姑娘了，大姑娘長大了就要穿上美美的嫁衣，嫁給她喜歡的男子做妻子，還要給那男子生寶寶。」

「我知道，就像娘親嫁給爹爹，生了姊姊和我一樣。」明小山喜孜孜地圈著明玉秀的脖子，很以自己是爹娘的愛情結晶為榮。

「對啊，但是如果二姊還沒有穿上嫁衣嫁人，卻提前跟男子生了寶寶，那別人就會罵她小騷貨，不乾淨。」

這個時代就是這樣，明明是兩個人一起犯的錯，但輿論的矛頭只會指向女方，所以女子在這世上生存本就不易，比男子更加需要小心行事，避免行差踏錯。

「哦。」明小山似懂非懂地點點頭。「那二姊已經跟別人生小寶寶了嗎？我想看寶寶。」

明玉秀抱著明小山朝大房走去，指了指院子裡的一棵桂花樹。「寶寶要在你二姊肚子裡住十個月，嗯，就是從現在到明年桂花開的時候他才會出來。」

明玉秀一邊淡定地解釋，一邊在心裡默默滴汗。她胡編亂造好像有點不太好啊！

想了想，明玉秀又道：「還有，你在他出來之前，不可以將他在你二姊肚子裡的事情告訴任何人，小栓子也不行，不然小寶寶就不會出來了。」

「為什麼？」明小山又問。

「因為他還太小，外面很危險，他要在他娘親的肚子裡面慢慢長大，長到不害怕了才敢出來。」

「那我也是這樣的嗎？」明小山顯然對這個話題很感興趣。

「當然了，你小時候才這麼大點。」明玉秀伸出小拇指掐了個小指尖給明小山看。

明小山驚奇地張大了嘴巴，握住明玉秀的小指頭，兩顆晶瑩剔透的眼珠子閃閃發亮。

「哦，我小時候這麼小呀！好可愛！」

有這麼自己誇自己的嗎？

「行了，你只要記得，等你長大了，不可以學你二姊這樣，還沒成婚就跟小姑娘生孩子，不然別人也會這樣罵你的媳婦兒。」

明玉秀諄諄教誨著自己的小弟。雖然他才四歲，提前給他打打預防針也好，她可不希望自己弟弟長大以後，是一個沒規沒矩的放浪之人。

那頭陸氏見氣氛不對，很自覺地下桌往廚房去；而文氏見事情被婆母戳穿，丈夫灼灼的目光又死命盯著自己，索性將明彩兒和王斂的事，老實地跟明二牛交代了。

明二牛聽完事情的原委，當下氣得眼珠子都綠了。看著這個不爭氣的女兒，他真是打死她的心都有，幫不上什麼忙就算了，怎麼淨扯後腿？

但是他知道眼下木已成舟，說再多都已經無法挽回，只能儘量將壞的影響縮減到最小的程度。

明二牛向來是個理智之人，很快便冷靜下來。他懶得去罵明彩兒，只強忍著怒火指著文氏道：「瞧瞧妳把閨女養成什麼樣？丟人現眼！這件事，二兩銀子怕是不夠了！」

明二牛惆悵地嘆了口氣。「唉，王家那邊給了三十兩聘禮，彩兒出嫁就得按照同樣的規格來辦，就三十兩，妳趕緊回妳娘家去想辦法！」

什麼？三十兩?! 婁氏和文氏聽得眼睛都瞪圓了，難以置信地看著明二牛。

明彩兒更是有種受寵若驚的感覺。父親這是開始重視自己了嗎？明彩兒當然不知道，明二牛之所以會這麼說，還提出了三十兩天價的嫁妝，並不是給自己閨女壯膽傍身。

閨女已經有了未婚失貞的污點，他教女無方的帽子是摘不掉了，他絕不可以再讓「賣女兒」這個難聽的名頭落到自己身上。要是傳了出去，他以後想要入仕途，過程將會有多麼坎坷，他自己都能預見。

考科舉本來就不容易，就算考出頭了，朝廷的官缺就那麼幾個，上去的人不犯大錯或者告老還鄉，是不會下來的。

三年一次大考，等在下面有功名在身的人何其之多，要等到有機會上任又是何其艱難。

就像鯉魚躍龍門，有的人等一輩子都不一定能等到，到時候他這種有污點的人，首先就會被篩選掉。

文氏聽了丈夫的話，愣了一下之後卻是怒了。養不教，父之過，二牛怎麼能把責任全推給她？要不是他這個做爹的一心放在書本上，從不回家管女兒，女兒能出問題嗎？現在有事倒全成她的錯了？還這麼理直氣壯地叫她回娘家要這麼多錢！

「明二牛，你別太過分了！閨女又不是我一個人的，她是你明家的閨女，讓外祖家給三十兩嫁妝，你好意思說出口？」憑什麼婆母收了聘禮卻要她娘家出嫁妝？丈夫跟婆婆果然是母子連心，面上裝得清高，骨子裡都是一個德行，一樣的自私貪婪！

婁氏見文氏吼明二牛，也老大不高興了，朝著文氏就是一通口水噴過去。「怎麼不好意思了？你們文家兩個老的以後走了，這錢還不是要給妳跟二牛？早給、晚給不都是給？」

明彩兒冷眼看著飯桌上與自己血脈相連的幾個人，互相爭得面紅耳赤，心裡覺得無盡悲涼。她放下碗筷，默不作聲下了桌。

這些就是她的親人，她到底做錯了什麼？她不就是想嫁個條件好點的人家過好一點的日子，為什麼事情會變成現在這樣？

飯桌上的幾人一直爭到將近子時都沒有討論出個結果，最後還是不歡而散。

第十五章

是夜，臨山村裡安靜得只聞聲聲蟲鳴，文氏來到明彩兒的房間，悄聲安慰了她幾句，又待了差不多兩刻鐘，才轉身回自己房間。

半個時辰後，「砰」的一聲，明家二房裡，突兀地傳出一道重物落地的響聲，驚得隔壁睡夢中的婁氏心肝亂跳。

「要死啊大半夜的！是誰棺材板炸啦？」婁氏突地一下從榻上坐起來，怒氣衝衝地朝窗外吼了兩嗓子。

突然，一陣急促的腳步聲在院子裡響起，接著就傳來文氏撕心裂肺的嚎啕大哭。「彩兒啊！我的傻閨女，妳怎麼這麼傻啊！就算妳祖母收了三十兩聘禮，卻一文錢嫁妝都不給妳出，妳也不該做這樣的傻事啊！」

此時已過子時，小山村裡安靜得吼一嗓子都能聽見回聲，文氏這一番驚天動地的慟哭，很快便驚動了左鄰右舍。

就連落楓橋那頭的村民們也都紛紛驚奇，不知道這邊出了什麼大事？有好事者竟立刻從床上爬起來，興致勃勃地往這邊趕。

住得近的村民們很快圍在明家小院外面，藉著慘白的月光窺視，只見明家的二丫頭一臉青灰地躺在院子中間，二牛媳婦滿臉是淚地抱著二丫頭號哭不已。眾人皆是大驚，紛紛往後退。

這怎麼還死人了呢？

文氏見圍觀群眾越聚越多，嗓門又扯開了幾分。

「妳這個沒有良心的壞丫頭啊！妳丟下娘，娘可怎麼辦啊？就算妳祖母貪了妳三十兩聘禮，妳還有娘在，娘不會不管妳的呀！妳這個傻孩子！」

文氏口口聲聲，話裡話外都在控訴婁氏拿了王家三十兩聘禮銀子，卻在明彩兒嫁妝上一毛不拔的事情，聽得圍觀的村民們不禁嘖嘖搖頭。

「欸，聽到沒有？三十兩耶，我們村裡什麼時候有過這麼高的聘禮，明家這回可真是賺大發了。」

「賺什麼賺呀，沒看見人都死了，這聘禮能在手裡握多久還不知道呢！」

「就是，這人都死了，怕是聘禮，也得乖乖給人王家還回去嘍。」

「哈哈，那不跟要了婁氏的老命一樣？」

「為了三十兩銀子害了條人命啊，這孽可做大了！」

「你們說，這二牛媳婦兒要是告到官府去，官府會不會管？」

「誰知道呢！聽我堂叔的表弟的小姨子說，咱們渝南郡的太守還真就是個愛管閒事的人，說不定真就管了呢。」

外面動靜太大，明玉秀這會兒想裝作在屋裡睡著了都不行。她凝神聽著窗外嘈雜的議論聲，心下也是狐疑。明彩兒尋死了？不會吧？

披上衣服起身，明玉秀來到隔壁房間準備先去看看山兒，正好遇到已經回家的明大牛也在兒子房間裡。

昨日明大牛知曉兒子受了委屈，今天特地給他帶了個小風車。明玉秀進去的時候，明小山正乖巧地趴在父親懷裡，粉嫩的小嘴喜孜孜地吹著手裡的風車，惺忪的睡眼瞇成了兩彎月牙，笑得花枝亂顫，外面那麼大動靜也不影響他玩樂的興致。

見明玉秀進來，明大牛又從懷裡掏出一朵粉紅的絹花遞給女兒。「秀兒，這是爹給妳買的，妳看著弟弟，爹出去看看。」

絹花的樣式很老土，想來是明大牛親自挑的才會這樣「沒眼光」。明玉秀心裡一暖，笑咪咪地接下。

「還是我去吧，山兒兩天沒見到爹，爹還是多陪陪他。」

現在是臘月，夜裡天氣十分寒冷，滴水就能成冰。明小山還小，入了被窩再把他拖出來，很容易著涼，外面吵吵嚷嚷，讓他一個人待著她又不放心，還是讓爹爹陪著他吧。

明玉秀說著，轉身就要出去，明大牛不放心連忙拉住她。「還是妳陪著山兒，爹去看，妳個姑娘家，半夜拋頭露面的不好。」

明玉秀好笑地看著明大牛。「什麼呀爹，我又不是養在深閨大院裡的千金小姐，哪有那麼多講究？」

兩人正拉拉扯扯，陸氏聽著外面的動靜，也擔憂地走進來準備先看明小山，見明玉秀敞著襖子只著棉衣，連忙走過去替她繫好衣服。「這麼冷的天，也不怕凍著！」

明玉秀笑盈盈地任由陸氏替自己穿好衣服，聽見院子裡文氏的號哭聲越來越大，明大牛也沒有再攔明玉秀，當即連著被子，一把包起明小山，一家四口全去了院子。

明玉秀一家出來時，院子外已經站滿了看熱鬧的人，看見徐氏也在那人群中，八卦地四處張望著，明玉秀抽了抽嘴角。這徐奶奶，真是個小孩。

院子裡，婁氏、明二牛都已經出來了，看見地上臉色青白、氣息全無的明彩兒，婁氏的腿一下子就軟了。

天啊！這……這是怎麼回事？二孫女上吊了？

婁氏瞪著地上明彩兒的「屍體」，還有她脖子上面纏著的麻繩，嚇得連連後退，完全沒有之前綁架明玉秀時的膽大包天。

明玉秀心裡冷哼。敢情那時候是沒見著自己的屍體，所以不知道害怕啊？她還以為婁氏有多大個膽呢？原來是無知才會無畏。

明二牛臉色也是很難看。他先前只是覺得女兒丟臉，可並沒有想過要她死啊！

明二牛走近明彩兒，想要蹲下身去探探她的鼻息，卻被文氏一巴掌打開手。「你滾！十幾年來你對彩兒不聞不問，現在女兒沒了，你滿意了吧！」

文氏說到這裡，也不知道是真心痛還是假心痛，罵完明二牛，兩行清淚又順著臉頰嘩嘩往下流，看得圍觀群眾同情不已。

明玉秀盯著明彩兒一動不動的身體看了看，並沒有發現什麼異樣，心裡暗忖，這回難道是來真的？可是，明彩兒沒有理由要自殺啊！之前她剛被捉回來待嫁時那般鬧騰，都沒有尋死過，沒道理已經過了這麼多天，現在反而為點嫁妝尋死覓活吧？這事可真蹊蹺。

百思不得其解，明玉秀側了側身子，又往前走了幾步，走到文氏身後，偷偷打量著明彩兒。她前世並沒有見過真正的死人，此時心裡還是有點寒磣，只見明彩兒臉上青白交加，唇瓣也是慘白沒有一絲血色，但因為天黑，只就著月光，看得並不是很清楚。

心中正狐疑不定，突然，明玉秀瞧見被文氏摟在懷裡的明彩兒後頸上，露出了一大片紅痕，她的腦中頓時冒出一個問號。

咦？這紅痕看起來不像是繩子勒的，況且上吊的勒痕應該是在前面，為何她的痕跡是在後面？而且這紅痕看起來怎麼那麼像是手刀劈的？難道明彩兒不是死了，而是暈了過去？

越想越覺得有這個可能，再一聯想今天晚飯時二房和婁氏之間的磨擦，明玉秀立刻明白了文氏和明彩兒的目的。

原來這就是齣一哭二鬧三上吊的把戲，為得就是明彩兒的嫁妝？可明彩兒不是不願意嫁去王家嗎？嫁妝多少她應該不會關心才是，甚至有沒有嫁妝都不會真正改變什麼，她為什麼又要費盡心思鬧這麼一齣呢？

不，好像有哪裡不對啊！

明玉秀的腦子千迴百轉。如果明彩兒詐死成功的話，明家沒有新娘子出嫁，那麼依照婁氏的性子，豈不是又會把主意打到自己身上？那這一切不就又回到原點了嗎？明玉秀咬咬牙，心裡頓時怒火中燒！

其實明玉秀猜得一點都沒錯，明彩兒就是故意詐死的。

晚間文氏想到白天閨女受了委屈，到她房裡去安撫她，母女倆抱頭痛哭一番後，相對無言，最後明彩兒主動開口，向文氏道出了自己心底的真實想法。

婁氏拿了三十兩聘銀，卻一分嫁妝都不肯給她出，明二牛又逼著文氏去娘家想辦法。文氏娘家早年雖然在主子跟前當著得臉的差事，但他們畢竟都只是下人，月例也就二、三兩。

文家老倆口又不怎麼會種地，在臨山村落戶以後，各方打點安排、造屋買田，再加上十幾年的吃穿花用，底子早被掏空，這時候哪裡還拿得出三十兩銀子？

這樣的結果就是，明彩兒最後很有可能會兩手空空嫁到王家去。

本來就有王斂那顆糟粕在前令她作嘔，現在與其讓婁氏這樣作踐自己，讓自己嫁到王家去苦上加苦，還不如拚一拚，來一齣破釜沈舟，詐死逃婚，說不定還真能絕處逢生呢？

文氏原本是來勸慰明彩兒不要太傷心的，那會兒見她有了自己的主意，心裡略一思索，便一狠心，點頭同意了。她雖然平時為人有些刻薄，但那僅僅是對外人，對於自己身上掉下來的這塊肉，她還是真心疼愛的。

於是母女倆一商議，當即約好了暗號，在明彩兒踢倒凳子的第一時間，文氏就立刻從床上爬起來，衝進她的房間，然後一個手刀將她劈暈過去，再用脂粉將女兒的臉塗得雪白，做出一番明彩兒不甘受婁氏作踐，上吊身亡的假象。

文氏和明彩兒想的是，借死遁逃到明彩兒外祖家去，等婚期一到，婁氏自然會想法子將明玉秀嫁過去，到時候她再出來；即使那時候婁氏知道自己被耍了，但是木已成舟，她也沒有辦法再為難自己。

文氏抱著昏厥裝死的明彩兒，看著婁氏和明二牛一臉慘笑。「你們不是不捨得出三十兩嫁妝嗎？現在，我彩兒的喪事，就按照三十兩來辦！」

婁氏還沒來得及說話，突然，院外圍觀的人群裡，猛地蹦出了個年逾半百的老頭子。

「不行，這錢屏兒不能出！」

眾人定睛一看，說話的正是那落楓橋頭的村醫陶銀。屏兒？婁氏不就叫做婁翠屏嗎？聽著這親暱的稱呼，大夥兒紛紛朝他側目，眼光在婁氏和陶大夫兩人之間瞟來瞟去，眼睛裡熊熊燃燒的八卦之火立刻燎原。

「嘖嘖嘖，叫得好親熱啊！沒想到這婁老婆子跟陶大夫關係這麼好，這熱乎勁，我以前怎麼不知道？」

「哼！以前沒扯到大錢唄。三十兩，咱們這樣的人家攢十年還差不多，誰能捨得？」

「咦？掏的是婁婆子的錢，跟陶大夫扯不上關係啊，他那麼緊張做什麼？」

「誰知道呢！說不定人家面上是兩家，暗地裡其實是一家呢！」

「陶大夫可是有妻室的，嘖嘖嘖，有好戲看了！」

眾人的竊竊私語，聽得陶大夫和婁氏一陣面紅耳赤。

陶銀在心底暗恨自己剛才一時聽入神，忘記自己身邊還有這麼多人，竟沒忍住，將心裡的話脫口而出了。

而院裡的婁氏，接觸到鄉親們和自己兒子、兒媳、孫子、孫女探尋的目光，再厚的臉皮此刻也是繃不住了，索性低下頭去，裝作什麼都沒有聽到。

明玉秀的目光掃過兩人臉上不自在的神色，突然想起今天傍晚，婁氏從外面回來時那滿面的紅光，不由在心底暗自驚嘆。呵呵呵，還真是夕陽無限好，只是近黃昏啊！

陶銀見氣氛詭異，所有的視線都集中在自己和婁翠屏的身上，急中生智，岔開了話題。「我說，你們都在想什麼啊！」

瞪了周圍的看客們一眼，他很直接地將矛頭對準了明玉秀。「明家大丫頭，妳還欠我九十五個銅板呢！我剛才的意思是，讓妳祖母先幫妳把欠我的錢還了，再去處理你們家的家事，免得妳家的錢全辦了葬禮，到時候我找誰要債去？」

明玉秀一聽陶大夫的話，幾乎都快要氣笑了。這個黑心的老東西，她還沒去找他算帳，他竟然還敢找上門來提什麼欠條。

見陶大夫指名道姓地叫自己，明玉秀也不再待在爹娘身邊裝什麼乖乖女了，她冷笑一聲，走到陶大夫面前。「陶大夫，你給我家黑虎接個骨收了我兩百文，獅子大開口我就不多說了，畢竟是我自己願意的。」

掃視眾人一眼，明玉秀勾起唇角，一抹冷笑掛在嘴邊，聲音飄忽不定。「但是黑虎自從昨天回來以後，就一直哼哼唧唧的不大好，看似比之前還要更嚴重一些。

「既然陶大夫現在人已經在這裡，不如就再去看看黑虎的傷口吧，也好瞧一下到底是哪裡出了問題？」

眾人一聽陶大夫給條狗看腿竟然收了兩百文，紛紛咋舌。兩百文，那可是一個三口之家六、七天的生活費啊！這陶大夫宰起人來真是不手軟。

立刻就有眼紅的人跳出來喊道：「是啊！去看看吧！等你把狗徹底治好了，剩下的診金再給你，這才說得過去不是？」

明玉秀見那人已經將她準備說出口的話都說完了，便在一旁淺笑，等著陶大夫答覆。

慕汀嵐來明家給黑虎治腿，除了明玉秀一家，誰也不知道，包括那天得到銀子就回房的妻氏都不知情。

所以陶大夫壓根兒不知道，他給黑虎接骨只接一半的事情，早已經被明玉秀知道了，此時他只當明玉秀是覺得那兩百文診金太貴，想再多使喚他一下。

雖然心裡知道明玉秀可能是這個想法，但陶大夫到底心虛，哪敢在人前再去拆那黑虎的傷腿？人群裡雖然沒有醫者，但普通人家的漢子對外傷，就算不懂治，多少有幾個懂看的，到時候萬一拆穿他，那他還怎麼在臨山村裡混下去？

「我……我……」

見陶大夫支支吾吾，明玉秀走到他跟前，用只有兩個人才能聽到的聲音，對陶大夫說道：「陶大夫，其實你給我家黑虎接骨只接一半的事情，我早就已經知道了，而且我還有人證，我正準備明天天亮就帶黑虎去鎮上找大夫重新包紮，也順便讓鎮上的大夫學習一下，看看我們臨山村的陶村醫是如何治病的！」

第十六章

明玉秀有恃無恐，步步緊逼，陶大夫被她臉上的笑，嚇得心裡發毛，連連後退，這一幕看得圍觀的眾人是莫名其妙。

剛才不是還好端端地說明家二丫頭的喪事嗎，怎麼才一會兒工夫，明家大丫頭又和陶村醫槓上了？

「趕快把我欠條還我，不然，明天我就去鎮上給你做宣傳，讓你名譽掃地！」

明玉秀一番疾言厲色的威脅，驚得陶大夫張口結舌。「妳、妳、妳都知道了？」

明玉秀嫌棄地看著他翻了個白眼。「廢話！我都告訴你了，你說我知不知道？」

陶大夫的臉一陣紅、一陣白。他原本只是想找個藉口，幫自己化解之前的尷尬，沒有想到現在反而更尷尬。他訕訕地從懷裡掏出一張小紙條，揉成團丟到明玉秀跟前。「還……還給妳！」

這又是什麼意思？眾人看得摸不著頭腦。難道明家大丫頭跟陶大夫之間也有什麼故事？明家的料還真是不少啊！

這頭明玉秀撿起地上的紙團展開看了看，確定是自己昨日上午寫的那張欠條，滿意地點點頭，將欠條撕碎。

那頭被眾人冷落已久的文氏卻是忍不住了。再不將女兒送回文家，一會兒女兒醒了，萬一控制不住地動了、咳了或是打噴嚏，那豈不是前功盡棄？

正當文氏忐忑不安，卻見明玉秀突然走去廚房，拿著葫蘆瓢舀了一瓢冷水出來，快速走到明彩兒面前，「嘩」一地將一瓢冷水直接澆在明彩兒的臉上。

完了！文氏心底這個念頭一閃而過。

明彩兒被明玉秀的一瓢冷水澆了個透心涼，狠狠打了個寒顫，哆囉哆嗦地睜開了眼。

而院子裡的婁氏和明二牛見明彩兒居然醒了，在一剎那的驚疑和難以置信後，心裡便突然升起一股被人玩弄的惱羞成怒。

眾人見劇情反轉得如此之快，剛剛死掉的人瞬間又活了過來，劇情高潮迭起，看得他們簡直是興奮得不行。

又見明彩兒臉上塗的一層脂粉被那瓢冷水淋成大花臉，斑駁的地方露出裡面粉紅的肌膚，一時間大夥兒都覺得，明家這齣戲唱得真是比那戲臺子上的名角們還要精彩。

最先激動起來的人是婁氏。她是個性差，又不是傻子，別人瞬間能明白的事情，她怎麼可能不明白？

婁氏當下氣得跳起來，氣呼呼地指著文氏和明彩兒。「妳們、妳們兩個居然敢聯合起來騙我！文氏，妳這個賤婆娘好大的膽子，老娘今天一定要替二牛休了妳！」

二孫女母女倆簡直比她大孫女還可惡，大孫女至少什麼都是明著來，好歹替她拿到銀兩，又許諾讓她吃肉，這二孫女竟然跟自己玩起了陰招！真是氣死她了！

「不……不是的娘，我見彩兒吊在上面沒動靜了，我還以為……還以為她已經沒了！我不是故意的啊！」文氏這時候也是嚇破了膽。她萬萬沒有想到，婆婆竟然說出要替丈夫休掉她這樣的話。

「不是故意的？那她臉上的粉是怎麼回事！白得跟鬼似的，不是妳幫她塗的？」

妻氏摳門兒，從來不給媳婦、孫女們零花買什麼胭脂水粉，但是文氏卻有那麼一盒，還是去年她娘來明家看望的時候，特意給她捎過來的。

妻氏怒喝了幾聲，兀自不解氣，又想到自己差一點就被兩人騙去一大筆銀子，心裡頭更像是燒了一把火，讓她整個人從頭到腳難受得慌。

站在一旁的明二牛此時也是氣得不怒反笑。這都叫什麼事？什麼事！上次裝死，下回呢？下回該裝什麼了？裝神還是弄鬼！

明二牛對妻女的言行真可謂是失望至極。難怪他剛才要去探彩兒鼻息，文氏拍開了他，原來是這樣！難為他剛才還對閨女有過片刻心疼和愧疚，此時方才那些心虛全都成了笑話！

明彩兒看著自己苦心經營的一切就這麼穿幫了，自己最後的一絲希望，也隨著明玉秀的那一瓢冷水，猶如暴雨之下的星星之火，驟然熄滅。

明二牛拂袖而去，妻氏不解氣，越想越怒、越想越恨，突然上前「啪啪啪」幾個巴掌打得文氏暈頭轉向。「賤婆娘！敢騙老娘的錢，老娘打死妳這個不要臉的小賤婦！」

妻氏劈頭蓋臉的幾個耳光，將文氏整個人都打懵了。當著這麼多人的面，文氏頓時覺得自己的兩頰火辣辣地發燙，不是疼得，而是燒得。

文氏叫號了一聲，立刻摀著自己的臉從地上爬起來，嗷嗷哭著，不顧一切往人群外衝了出去。她要回家，她要回去找她娘！明家人實在是太過分了！

見娘親奪門而出，明彩兒頂著一張濕漉漉的臉，又冷又狼狽，不住地打著哆嗦，就那麼滑稽地坐在院子中央。

明二牛還是主張按照三十兩的嫁妝來置辦，理由是為了自己的仕途和名譽著想。

婁氏今晚被文氏母女倆這麼一鬧，也早已疲累。聽了兒子的話，想著這十幾年來，為了他讀書也投進不少的精力和銀錢，最後若真的因二孫女的婚事落了個竹籃打水，那之前的一切花銷豈不是都白費了？而且自己還要在老二心裡落個大埋怨。

婁氏琢磨了許久，最後還是不情不願地點頭。算了，就當她這三十兩銀子沒有賺過好了，反正以後明彩兒嫁到王家去，她這個地主家的親家還怕沾不到好處嗎？

臘月二十六早上，明玉秀匆匆吃完早飯，就拉著明小山的手準備出門。今天，她打算去一趟青石鎮。

昨天上午泡的乾黃豆，經過一天一夜的浸泡吸水，現在應該已經全都發起來，她該去購置些必需品了。想著自己即將要做的事情，明玉秀感覺渾身上下好像有著使不完的力氣。

陸氏聽說明玉秀要去鎮上，有些擔憂。「秀兒，昨兒怎麼沒說今天要去鎮上啊？不然今早就讓妳爹等妳一起走了。」

秀兒一個小姑娘家帶著弟弟單獨出門，她實在是不放心。

「要不還是再等一天，等妳爹明兒一早再陪妳一起去吧？」

「不行啊娘親，我在徐奶奶家泡的豆子已經一天一夜，再多泡一天做出來的豆腐就不好吃了。」

明玉秀將自己的打算和陸氏說了，她要在徐家做豆腐。

陸氏根本就沒有指望過女兒能做出什麼名堂來，但見她如此興致勃勃，不忍心潑涼水，糾結了半天，最後只得憂心忡忡地點頭答應。

「那妳記得要坐牛車去鎮上啊！妳一個人走過去，這麼遠的路，娘實在不放心，何況妳還帶著山兒呢。」陸氏說著，從懷裡掏出幾個銅板遞給明玉秀。

明玉秀連忙伸手推開。「娘，上次慕公子給了我一兩銀子買菜，我這裡還有七百多個銅板呢！而且我還有五兩銀子，這些您就自己留著吧，我會坐牛車，不會走過去的。」

那麼遠的路，就算她想走，也得考慮小山走不走得動？何況車費才幾個銅板，手裡既然有銀子，這種小錢就得花，不然掙錢是為了什麼？不就是為了改善自己和家人的生活品質嗎？

明玉秀往外走了幾步，想了想，又回頭朝娘親小聲道：「昨晚鬧了那麼一齣，二房那壞丫頭怕是恨上我了，娘您一個人在家小心點，免得她又起了什麼壞心思！」

陸氏拍拍明玉秀的手，示意她放心。「娘知道了，妳帶著弟弟早去早回啊。」

明玉秀答應陸氏，抱著一臉興奮的明小山坐上了去青石鎮的牛車。她今天的心情十分不錯，這還是她來到這個世界以後第一次去趕集呢！

牛車是村裡的班車，早晚兩趟，車上還有幾個同路的村民，大夥兒互相打了招呼，在車上找了空位坐下。

因為昨天晚上的事情，村民們對明玉秀這個小辣椒態度還算不錯，不是誰都有膽子當著叔嬸的面去潑堂妹一臉冷水的。臨山村裡民風不算潑悍，但對於這種膽大包天卻又長得清秀可人的小姑娘，他們打心裡生出一股詭異的好感。

車子緩慢地向前行駛，道路兩邊的風景徐徐向後退，雖然顛簸，倒也有一番鄉間野趣，此情此景讓明玉秀突然想起小時候學過的一首兒歌：

一去二三里，山村四五家，兒童六七個，八九十枝花。

這就是她前世所嚮往的田園生活啊！沒有汽車排廢氣，沒有霧霾污染，夜裡抬頭就能看見浩瀚星空，遠離塵世喧囂，擁抱著大自然，舒適又安心。

「姊姊，我們是要去鎮上看爹爹嗎？」明小山坐在明玉秀身邊，親熱地拉著她的手。他沒有在家以外的地方見過自己的爹爹呢，這種感覺很新奇，讓他心裡有了一種特別的期待。

明玉秀用下巴碰了碰他的小腦袋。「姊姊要先去鎮上買點東西，然後再帶你去看爹爹好不好？」

做豆腐除了石磨，還需要濾渣的濾網架子、讓豆腐凝固的熟石膏，還有最後鎮壓成形的模具，這些東西她都需要提前準備好。

「嗯！我想看爹爹，爹爹昨天給我買小風車！」想到馬上就要見到明大牛，明小山高興地點頭，坐在車裡晃悠著自己的小短腿，舉著手裡的風車迎風飛轉。

牛車行駛了半個多時辰，在青石鎮的入口停了下來，明玉秀掏出五文錢遞到車夫手上。車夫是同村的村民鄭鐵柱，他冷淡地接過明玉秀遞過來的銅板，回頭大聲朝著陸續下車的眾人道：「酉時末統一回去啊！大夥兒都別誤點，我可不等的。」

見這人態度輕慢，想起徐氏之前給她講過的一個八卦，明玉秀心裡暗自好笑。

其實鄭鐵柱與明玉秀家，多年前倒是曾有過一點不得不說的齟齬。鄭鐵柱的媳婦兒吳杏花在沒有嫁給他之前，曾在眾目睽睽下，給明大牛遞過一方鴛鴦戲水的繡帕。

那時候雖然還沒有陸氏和他們姊弟倆的存在，但明大牛天生就是個木訥之人，還以為人家姑娘是不小心掉了帕子，這才隨風飛到自己的懷裡。於是明大牛當時想也沒想，把落在自己腳邊的帕子撿起來，面無表情地還給人家。

吳家姑娘表白被拒，大受打擊，摀著羞紅的一張臉，一路哭著跑回家，隨後不久，便由家裡人做主嫁給了同村的鄭鐵柱。

鄭鐵柱還沒成婚就被戴了綠帽子，心裡自然不舒坦，可無奈人家明大牛根本對自家媳婦兒沒意思，是他媳婦兒自己一廂情願，他就是想去明家找碴都尋不到藉口，只得把這口悶氣憋在自己心裡。

這件事，當時還在臨山村裡當作笑話傳了許久，所以鄭鐵柱不喜歡明家人，這一路上也沒怎麼搭理明玉秀姊弟倆。

接過車錢，鄭鐵柱拿出水壺，找了個有太陽的地方坐下休息，準備等大夥兒事情辦完，再拉車回村裡。這頭牛花了他九兩銀子，那可是他的全部的家底了。他家的田地在分家時，都留給了父母、兄嫂，他不愛種地，爹娘就他給分等值的十兩銀子和一間土磚房。

他平時就靠著每天早晚駛兩趟車賺點家用，比種地還省事些，人也輕鬆，他只需要每天照顧好這頭牛，不讓牠生病就行了。趁著牛在壯年力氣大，多拉幾趟，儘早把成本給賺回來，剩下的就都是淨賺了。

哼！他還不信，等他把日子過起來，媳婦兒還能天天覺著明大牛好！

明玉秀抱著明小山站穩，環顧了下四周。青石鎮面積不大，但人還真不少，熙熙攘攘、摩肩接踵的，到處都是人。

或許是因為快過年了，採買的人多，許多小商小販都想趕在過年前多賺點銀子，所以大街小巷裡，到處都能聽見此起彼伏的叫賣聲。

明玉秀帶著明小山興致勃勃地逛著小鎮，邊走邊將手裡的零食餵給他解饞。

「咦，大哥快看！那不是玉姊姊嗎？」就在兩人走遠以後，他們方才所站的地方出現兩個錦衣紈袴的年輕公子，正是在軍營裡坐臥不得勁，出來散心的慕汀嵐和慕汀玨。

「嗯。」慕汀嵐看著明玉秀遠去的背影，神色淡淡地應了一聲，卻又忍不住朝那背影多看了一眼。他皺了皺眉，對自己這種莫名其妙的狀態著實困擾。

「老闆，店裡可有石膏？」明玉秀在街上逛了一圈，並沒有發現哪個食品店、雜貨店裡有賣熟石膏的，想了想，來到街邊的一個藥鋪。

雖然熟石膏在現代已經廣泛地應用到各種食品加工裡面，但這個時代好像並沒有多少人會用這個。從壓根兒沒幾個人會做豆腐就能看得出來，現在還是有很多人不知道熟石膏的用途。

用的人少，沒有銷售市場，那麼賣的人自然就更難找。她想，反正熟石膏炒製起來容易，她買生石膏回去自己炒熟也是一樣。

掌櫃見來了客人，連忙殷勤地從帳本上抬起頭。「石膏啊？有有有！姑娘要多少？這些都是上好的石膏粉，生肌斂瘡，清熱解毒，都有奇效。」

掌櫃說著，從貨架上搬下一個密封的大罐子，將裡面白色的粉末用木勺舀出一勺來，遞給明玉秀看。

熟石膏在沒有炒製之前是一味藥，它對生肌斂瘡，清熱解毒，透疹化斑，甚至是治療婦人產後缺乳都有顯著的療效。這些在《本草綱目》和《神農本草經》等相關醫書中都有類似的記載，這也是明玉秀為什麼來藥店買石膏的原因。

她前世在廚娘班裡也學過做豆腐，這種石膏做的豆腐叫做南豆腐，與用鹽滷做凝固劑的北豆腐相比，色澤更加白嫩，口感更加細膩、柔滑。

第十七章

「嗯，先幫我包五兩吧，掌櫃的。」明玉秀伸出食指，沾了一點石膏粉末，放在鼻尖下聞了聞，又放進嘴裡嚐了嚐，發現品質還不錯，便決定就在這家買了。

「好咧！」老闆麻利地用牛皮紙包將五兩石膏粉包好，細麻繩索利地交叉一繫，一個包好的藥包就遞到明玉秀手中。「給您拿好嘍！一共是三十個銅板，謝謝惠顧！」

銀貨兩訖，明玉秀牽著明小山的手剛走到藥店門口，就看見慕汀嵐和慕汀珏兄弟倆，正從街道的拐角並肩而來。

「咦，玉姊姊，妳去買藥？家裡有人生病嗎？」慕汀珏大老遠地三步併成兩步，跑到明玉秀跟前，指著她手裡的藥包，然後又低頭過去，戳了戳明小山柔嫩的小臉。

「汀嵐哥哥！汀珏哥哥！」小包子很開心在鎮上遇到慕家兄弟倆，很熱情地和他們打招呼。

走在後面的慕汀嵐聽見他的稱呼，嘴角勾起一抹若有還無的笑，緩步走到他跟前，輕輕摸了摸他的頭。「乖。」

明玉秀見是在大街上，不好直接跟他倆說得太詳細，以免被有心人聽去，只好含糊其辭道：「不是，我買了一點好東西，準備回去做吃的。你們……怎麼也來鎮上了？」

「啊？藥還能好吃？」慕汀珏來不及回答她的提問，一雙眼睛難以置信地看著頭頂上的藥鋪牌匾。他沒有看錯，這的確是藥鋪沒錯啊！

「玉姊姊，妳要做什麼好吃的？吃的時候能不能帶上我？」本著人與人之間的信任，慕汀玨沒有考慮這藥材到底能不能做好吃的，他相信，只要是明玉秀做的，一定差不了。

上次在明家吃的一頓飯，讓他整整兩天都覺得軍營裡的飯菜，簡直就像豬食一樣讓人難以下嚥。正愁不知道什麼時候還能再去玉姊姊家一次，好讓他再飽一次口福，沒想到機會這麼快就來了。

明玉秀聽了他的問話，看了看四周，向兩人招手，示意他們靠近一點。

慕汀嵐和慕汀玨兩人從善如流地將頭靠了過去，三人頭並著頭，將明小山圍在中間，明玉秀小聲說道：「我是要回去做豆腐，你們要是感興趣的話，我做好了再拿給你們嚐嚐。」

聽著明玉秀在自己耳邊小聲的嘀咕，這麼近的距離，慕汀嵐的鼻間忽然聞到一股輕淺的女兒香，他心裡頭那股怪異的感覺突然又升了起來。

轉頭朝明玉秀的髮髻上看了看，並沒有發現他預想中的那抹亮色，慕汀嵐的心裡不知為何，竟然有點不舒服。不是才送了她一千兩謝銀嗎，為何還要讓自己過得這般辛苦？要自己去做豆腐不說，送她的釵也沒有戴。

「豆腐？妳會做呀？哎呀，玉姊姊我跟妳說，我自從到軍營來就沒有吃過好豆腐，青石鎮上的豆腐難吃死了！」

慕汀玨一聽明玉秀要親自做豆腐，眼睛亮了又亮，開啟了抱怨模式。「玉姊姊妳不知道，我們那鳥不拉屎的地方能吃的東西太少，妳會做豆腐真的是太好了，我終於能夠換換口味啦！」

「噓，你小聲點，我還打算靠這個賺錢呢！低調、低調！」

要是讓人家知道她手裡拿的是做豆腐的關鍵材料，聰明人去藥鋪裡一問，再回家細細琢磨，這個根本就不算秘方的東西，很快就會有人研究出「盜版」了，那她到時候還拿什麼去賺錢？

明玉秀連忙伸手要去捣慕汀玨的嘴巴，卻被一旁的慕汀嵐搶先一步代勞了。

「哦哦，我小聲、小聲！」慕汀玨拍了拍自己的嘴，然後又自覺地放低了聲音問道：「妳什麼時候做？」

「買好東西回去就做，我還要去木匠鋪子裡做一個格子模具，不過……」明玉秀抬頭看了看天，日頭已近午時。「現在我要先去吃午飯了。」

逛了半天，她也餓了。時間還算充裕，吃完午飯再去找木匠做模具，順便趁打模具的時間帶山兒去看爹，再趕在酉時末坐上牛車回去應該不成問題。

當然還有更重要的一點，明玉秀在心裡想著，慕汀嵐他們軍營裡每日也是要採買食材的，如果她的豆腐做得好，是不是能跟慕汀嵐打個商量，兩人一起合作呢？趁著吃飯時，可以順便探探他的口風！嘿嘿嘿。

「正好我們也要吃飯，就一起吧。」

明玉秀還沒有開口相邀，一旁的慕汀嵐率先開口，並伸手從地上一把將明小山抱起，堅實的鐵臂，牢牢地將小包子安放在自己的懷裡。

「前面有家小菜館還不錯，明姑娘跟我們一起去嚐嚐吧。」慕汀嵐的聲音沈靜，帶著不容人拒絕的堅定，他話音剛落，就抱著明小山自顧自朝前走去。

坐在他懷裡的明小山眨著閃亮的大眼睛，小手興奮地圈著慕汀嵐的脖子，笑咪咪地衝他姊姊揮揮手。「快點呀，姊姊快點！」

嗯，這是什麼情況？約吃飯就約吃飯，把她弟弟抱走幹麼？還有明小山，還是她親弟弟嗎？這傢伙是什麼時候跟慕汀嵐關係這麼好了？也不怕他是壞人？

見明小山居然這麼毫不猶豫地把自己扔下，然後屁顛顛地跟人走了，明玉秀氣得咬牙切齒。這個小沒良心的！

而另一邊，同樣是被遺棄的「天涯淪落人」慕汀珏，此時也是一臉怨念。「明小山！你給我下來，快下來！」大哥從來沒有這樣抱過他，好氣、好嫉妒！

慕汀嵐抱著格格直笑的明小山走在前面，明小山摟著他的脖子，小聲湊到他耳邊。「汀嵐哥哥，你可不可以當我的師父，教我習武呢？」

慕汀嵐聞言，嘴角彎彎，一臉「慈愛」地看著明小山。「不行。」

「為什麼？」明小山嘟起小嘴巴撒嬌，將自己的臉又朝慕汀嵐靠近了兩分。

「你想習武，我日後有時間就來教你，不用叫師父。」師父什麼的聽起來太老了，跟叔叔有什麼區別？還平白長她一個輩分。

「太好啦！汀嵐哥哥，這樣我以後就能成為跟你一樣厲害的大將軍啦！」

前面兩人聊得歡快，慕汀珏跟明玉秀兩個人憤憤地跟在他們身後，齜牙咧嘴、擠眉弄眼。

「對了，聽你哥說，你們昨夜去剿匪了，剿匪好玩嗎？」本著惺惺相惜、關愛弱小的善良情懷，明玉秀體貼地跟身旁醋意橫生的慕汀玨聊起天來。

畢竟被小弟「拋棄」跟被大哥「拋棄」比起來，她這個大的感覺似乎要好那麼一點點。明玉秀邪惡地咧嘴一笑。受這點詭異的優越感影響，她的心情好像沒那麼糟糕了。

她的話音剛落，走在他們前面的慕汀嵐身子突然一頓，不著痕跡地放緩了腳步。

「剿匪？」慕汀玨摸摸腦門。「沒……」

「汀玨。」

慕汀玨正要開口否認，慕汀嵐突然出聲打斷了他。「那家菜館是在這條街上嗎？怎麼找不到了？」

慕汀玨一愣。那家店還是大哥帶他去的，大哥怎麼可能找不到？

接收到慕汀嵐投射過來的兩道幽光，慕汀玨眨了眨眼睛，瞬間意會，愣怔地回過頭一臉鎮定地朝明玉秀道：「嗯，我是說，剿匪沒什麼好玩的，就是瞎打打唄！」

話一說完，他迅速丟下明玉秀，邁開步子跑到慕汀嵐跟前，指著不遠處的一家小菜館對慕汀嵐喊道：「哎呀，大哥，前面那家不就是嗎？看，他家做新招牌了。」

瞎打打？見慕汀玨有些避諱，不願跟她多說的樣子，明玉秀心想，或許涉及了什麼軍事機密，不能隨便跟人說，於是不再多問，快步跟上前面兩人的步伐。幾個人一起進了一家人頭攢動的小菜館，在大廳裡找了個靠窗的位置坐下。

這還是她來到這個世界以後第一次上館子，明玉秀的心裡隱隱有些期待。不知道這個時代的廚子會有怎樣不同於現代廚師的手藝？

雖說同行是冤家，但這並不妨礙他們相互學習、相互比較，然後以他人之長，補自己之短。

四人才落坐，勤快的店小二很快就搭著白巾殷勤地跑過來。「幾位客官，吃點什麼？小店有鹽水雞、脆皮鴨、清蒸鱸魚、紅燒肉……」

小兒麻溜地報著菜名，一口氣報了二十多道菜，聽得明小山口水橫流、暈頭轉向。

「先給我們上壺茶，再來幾樣招牌菜，要葷素搭配，你自己看著上。」慕汀嵐很隨意地點了菜，抱著明小山坐在他的膝蓋上。

自從在明家吃了頓飯，他感覺自己跟這家人很熟悉，這種感覺就像是他們已經認識了很久一樣，低頭見小包子乖巧地坐在自己懷裡，讓他心裡莫名一軟。

就在明玉秀幾人擺好碗筷，正要開口聊天時，大廳中間的一桌客人突然喧譁起來。

「狗奴才！瞎了你娘的狗眼吧？什麼東西敢往你爺爺身上潑，給爺滾開！」

明玉秀回頭朝那喧鬧處看去，只見大廳中央，一個身穿玉白綢緞的青年男子，正怒氣衝衝地用腳踢打著地上的一個灰衣雜役。

白衣男子身旁，幾個隨從也都跟著主子，見縫插針地朝地上那人身上招呼。

「踹死你個下賤東西，竟敢弄髒我們少爺的衣服！趕緊拿出銀子來賠償，不然今天就把你打死在這兒！」

「對不起、對不起，大爺，是小的不小心，大爺剛才突然轉身，小的沒來得及躲避，這才將茶水潑到您身上，小的不是故意的，求求您饒過小的一次吧！」那匍匐在地上只被挨打，完全不敢反抗的灰衣雜役，抱著頭，低聲哀求著施暴之人。「求求您就放過小的一次吧！您的衣服，小的一定會攢錢賠給您的！」

「放你娘的狗屁！你撞著爺還敢把錯往爺身上推？爺轉身你不知道避開嗎？誰叫你靠爺那麼近，這身衣服把你賣了你都賠不起！該死的賤民！」

白衣男子見那雜役還敢辯駁，不由心頭火氣更盛，腳下的力道又加重了幾分，狠狠地踹在那人腰背上。

整個大廳的客人都看起熱鬧來，紛紛站起身朝那桌觀望，人群一時間嘈雜鼎沸。

「哎呀，肖家的小公子又出來作孽了！那雜役真是可憐啊！」

「也不能這麼說啊！這雜役不惹人家，人家會打他？怎不見肖公子來打你我？」

「嘖嘖嘖，世道變了啊！人命如草芥，活著太過艱辛，人心就容易暴戾浮躁。」

「哪裡是浮躁？肖公子過得可一點都不艱辛，他明明就是故意找碴，圖點樂子。」

有人看好戲，有人道可憐，有人抨擊社會倫理，有人感嘆人心不古，眾生萬相，就是沒上去幫忙的。

明玉秀的視線穿過紛擾的圍觀群眾，看向那匍匐在地上、挨打求饒的灰衣人，眉頭緊緊地皺在了一起。這人的聲音和背影怎麼那麼熟悉？似乎想到了什麼，她的心頭陡然升起了一絲不好的預感，立刻就站了起來。

飯館的掌櫃這時候也察覺到這邊的動靜，連忙跑過來打圓場。

「哎呀，肖公子，今天真是對不住您了，這夥計小的現在就把他攆走，以後再不讓他出現在您面前，您的衣服，小的也一定督促他盡快賠給您！」

這位肖複肖公子是青石鎮鎮長最寵愛的幼子，在青石鎮這塊地界上，他爹就是土皇帝，肖複就是青石鎮的太子爺，是非曲直，是生是死，全憑他父子倆的一句話，所以他才敢如此肆無忌憚地在大庭廣眾之下傷人，旁人卻不敢多說什麼。

若是得罪了這位肖公子，就算他明面上不治你，暗地裡也有得是手段足夠讓你吃一壺。

掌櫃討好地衝肖複笑著，手下快速地推了推地上的灰衣雜役。「還愣著做什麼？還不快把地上收拾乾淨，拎包袱滾蛋！」

「是是是！小的這就收拾。」

那雜役聽了掌櫃的話，如蒙特赦，連忙低下身去收拾地上的狼藉。

「慢著！」跋扈的年輕公子得了理卻不饒人，伸手一揚，橫眉冷笑地看了掌櫃一眼，並沒有要放那雜役離開的意思。

「本公子什麼時候同意讓他走了？剛才竟敢頂撞、誣衊本公子，現在已經不是賠錢能了的事了！給我繼續打，爺今天就要殺雞儆猴，給這些賤民一個教訓！」

肖複說完，一副完全不拿人命當回事的紈袴模樣，勾起一邊唇角，冷眼環顧著四周，眼底卻沒有一絲笑意。

眾人只見那連連告罪的雜役此時已經顧不上被踢打，只知道聽從掌櫃的話，卑躬屈膝、點頭哈腰地掙扎著從地上爬起來，將瓷壺碎片，一片片地撿起來捏在手心。

手掌被劃傷，冒出顆顆血珠，他的臉上卻還帶著諂媚的笑。

碎瓷片散落在地面四周，雜役一點點地四處拾撿，等他轉過身來，明玉秀終於看清了他的臉。「爹！」

沒有想到，那灰衣人竟然真的是明大牛，明玉秀頓時大驚失色！她立刻撥開人群，一個箭步衝上前，迅速拉起跪在地上的明大牛。

她爹怎麼會在這裡？不是說在糕點鋪子幫忙打包的嗎？

「喲，這是哪裡來的小娘子啊？張嘴閉嘴就喊爹，爺我可沒有妳這麼大的閨女，依我看，喊聲相公倒還差不多，哈哈哈哈！」

肖複見個漂亮的小美人兒突然衝了出來，又聽她喊這賤民叫爹，心道也是個好欺負的，言語間自然就輕佻起來，幾個隨從也都跟著哈哈大笑。

明玉秀顧不得理會肖複的輕薄無禮，她緊張地抓著明大牛的手。「爹，可有受傷？」

明大牛見到自己的女兒突然出現在面前，一時間有些不知所措，又有些局促驚慌，潛意識裡，他不想女兒被自己拖下水。

「爹……爹沒事，妳快走、快走吧！爹不用妳管！」明大牛說著，用力將明玉秀往外面推。

第十八章

「站住！」肖複再次吊兒郎當地攔在父女倆跟前。

見明大牛要將如花似玉的女兒推走，他收起臉上的笑，眯著眼睛，冷酷又不屑地上下打量著明玉秀，再看向一旁臉色慘白的明大牛。「爺這身衣裳，想來你沒個幾十兩是賠不起了，不如，就拿你這如花似玉的閨女抵債如何？」

肖複說著就笑了起來，伸手便要摸向明玉秀胸前鼓起的那兩顆小饅頭。明玉秀正欲側身躲開，身旁一直卑躬屈膝、隱忍不發的明大牛，終於忍耐不住，驟然暴起，伸出大手「啪」地一掌重重地打開了肖複的那隻魔爪。

「你敢！」明大牛兩隻眼睛怒目圓睜，憤怒地盯著面前的浪蕩公子，心口還在不停地喘著粗氣，顯然是氣得不輕。

明玉秀被這突如其來的一掌驚了一跳，有些詫異地回頭看向自己的父親。這是剛才那個在眾人面前，對著一個比他小了十多歲的青年，伏低做小的明大牛嗎？他剛才竟然主動跟人家動手，還吼了人家？

明玉秀的心裡瞬間有一絲異樣的感覺劃過，似乎從青城山上下來的那天，自己因為父親不敢違逆祖母而選擇委屈女兒，讓她心中生出的那一絲芥蒂，正在一點點散去。

「狗娘養的賤民，你敢打老子？把這個臭娘兒們給爺綁起來！」

「是！少爺！」

肖複見明大牛一介村夫竟敢跟自己動手，立刻火了。他朝隨從大喝一聲，紅著眼睛瞪向明大牛，掄起拳頭就要往他臉上揍去。

突然，「啪」一聲脆響，猝不及防地敲在了肖複的腦袋上。眾人定睛一看，一個青花瓷的茶盞正落在肖公子的腳邊，碎裂開來，而肖複的腦門上，已經迅速腫起了一個大包，幾個要去抓明玉秀的隨從，也嚇得站在了原地。

「他娘的！是誰敢偷襲老子？給你爺爺滾出來！」

肖複氣急敗壞，摸著額頭上的腫包，憤怒地環顧四周，破口大罵。

人群自覺從窗邊讓開了一條道，慕汀嵐抱著淚汪汪的明小山，從窗邊慢慢走了過來，慕汀珏也皺著眉頭跟在慕汀嵐身後。

明小山看見自己爹爹受了委屈，兩隻大眼睛裡溢滿了心疼的淚，晶瑩的淚珠無聲地一顆顆往下掉，伸出手就要往他爹懷裡鑽。

慕汀嵐拍了拍明小山的背，小聲安慰他。「你爹剛受了傷，哪裡抱得動你？你乖乖的。」

明小山懂事地點點頭，安靜地坐在慕汀嵐懷裡，只用關切的目光，注視著自己的父親和姊姊。

慕汀嵐走到人群前，看了一眼明玉秀和明大牛，示意他們站到自己身後。

明玉秀心知以自己此時的身分地位，若真要跟這樣一個地頭蛇槓上，她絕對討不到便宜。不論一個人再聰明、再能幹，嘴巴再會說，秀才遇到了兵，對方只需要用蠻力就能解決一切，哪裡還有說的餘地？

明玉秀點點頭，扶著明大牛站到了慕汀嵐身後，而看向慕汀嵐的眼神，有了一絲說不清、道不明的感激。

今天如果沒有遇到他，恐怕此事真的難以周全，父親可能會被打傷、打殘，自己的一生也有可能都要毀掉。這樣的慕汀嵐，驀然讓明玉秀有了一種被人保護的感覺，讓她感到十分安心。

慕汀嵐單手抱著明小山，緩步走到肖複的面前，眼神清冷，寬大的袖袍隨意地落在身側，一派雲淡風輕。

「本將軍的爺爺，現在就在京城的定國將軍府榮養，既然你這麼牽掛他，不如本將軍送你去京城與他一見可好？」慕汀嵐冷著臉盯著肖複剛才試圖輕薄明玉秀的手。這隻爪子，真是怎麼看怎麼礙眼。

定國將軍的孫子？那不就是青城山西營的慕大將軍？眾人疑惑不已，不禁議論紛紛。

「這人不是冒充的吧？他還抱著孩子呢，沒聽說過慕大將軍成親了啊！」

「看這渾身上下的氣勢，怕是假不了！」

「沒有娶妻，說不定納了妾室啊！這孩子看起來才四、五歲。」

「是啊！慕大將軍今年二十了吧，有個四、五歲的孩子不是很正常？」

慕汀嵐聽著人群的議論聲，一張冷臉繃不住了，回頭朝人群低吼。「我沒成親！也沒妾室、通房！這孩子是……」

慕汀嵐看了一眼明玉秀。總不能說這孩子是他妻弟吧？慕汀嵐鬱鬱地回過頭。算了，還是不要理這群八卦的人。

見這疑似將軍的大人物居然主動跟他們這些平民說話，人群一下子炸開了鍋，更有不少少女和已婚少婦都抑制不住地尖叫出聲。「哇！將軍好迷人啊！」

「聽到沒有啊？將軍說他沒有娶妻也沒有納妾！」

「是啊、是啊！那我們是不是還有機會！」

人群中一陣騷亂，女子眼冒桃花、狀若癲狂；男子醋意橫生，心中泛酸。

肖複自幼就被家裡寵得無法無天，在青石鎮上橫行霸道了十幾年，他見過最大的官就是自己的爹，何時聽說過什麼定國將軍？

聽了人群裡的竊竊私語，他壓根兒不以為意。強龍還不壓地頭蛇呢，有他爹在，他誰也不怕！「哪裡來的狗雜種，老子根本不知道你在說什麼！」

「嘴賤！」

慕汀嵐話畢，身形一動，沒有人看到他是如何出手的，只一個恍神的工夫，口吐穢言的肖複立刻就摀住了自己的嘴巴，再也說不出一個髒字。

唇齒間溢滿了腥甜的鐵鏽味，肖複痛苦地皺著眉頭往外吐了吐，兩顆斷裂的牙齒和著血水，「啪嗒」一聲掉在了地上。

除了慕汀珏和門外幾個蠢蠢欲動的慕家侍衛，飯館裡的眾人都驚呆了，包括明玉秀。

慕汀嵐看起來斯斯文文的，出手怎麼這麼狠？雖然，她很喜歡。

「你你你！你敢打我？我要回去告訴我爹！」

肖複捂著臉頰，痛苦得直抽氣，又朝一個隨從使了個眼色，示意他立刻回去報信。他戒備地盯著雲淡風輕、一臉無所謂的慕汀嵐，眼眸中露出了一絲驚恐。

慕汀嵐斜眼瞟了那匆匆離去的小廝一眼，絲毫沒有把他放在心上，只看著肖複淡淡道：「看來你還沒有被打夠吧？也是，你剛才打別人打得那麼歡快，輪到自己才兩下子，肯定是嫌少了。慕三！」

慕汀嵐話畢，一個黑衣侍衛立刻出現在眾人眼前。慕三是專門替慕汀嵐外出採買付帳的，他的兜裡揣著慕汀嵐平時出門要用的零碎銀子。

「拿三十兩來，賠給這位肖公子。」

慕汀嵐冷冷地看著肖複笑了笑，直笑得肖複心頭發毛。他橫行青石鎮十六、七載，何時遇到過這麼棘手的人？一言不合就暴力相向，還能好好玩嗎？偏偏適才回去報信的小廝一時半刻回不來，他真的好害怕。

慕汀嵐接過慕三遞過來的一包銀子，「啪」的一聲，丟到了肖複面前的桌子上。

「這是賠你那身衣裳的，雖然以本將軍的眼光來看，你那身下等綢子最多就值個十來兩，給你三倍的賠償，夠誠意了吧？」

肖複壓根兒就沒有想過，慕汀嵐會替這對父女出頭，此時見他主動賠自己銀子，心裡還以為慕汀嵐是覺得理虧，在向他服軟，於是膽子又稍稍大了些。

「哼！你打了我，就是十倍、百倍地賠我也沒有用，等我的家丁回去稟告我爹，打我的帳我們再好好算。有種，你就別走！」

不知道是不是被打怕了，肖複這回再也不敢把什麼老子、狗雜種之類的話掛在嘴邊。

慕汀嵐嗤笑了一聲。

「呵呵，你說得沒錯，還有打人的帳要算。既然銀子我們賠了，那麼接下來，我們就好好算算這打人的帳！」慕汀嵐說著，從懷裡掏出一塊金邊鳥紋的玄鐵權杖，用食指和中指夾著，朝肖複晃了晃。

這塊玄鐵權杖，正是西營兩萬大軍的統領兵符。肖複雖然沒有見過真正的兵符，但身為男兒，對這些或多或少有些瞭解，他一眼就認出，那是青城山西營駐軍首領的金翅令。

這個男人，真的是那什麼慕將軍？意識到慕汀嵐的身分可能是真的，肖複立時便嚇得兩股顫顫，哆囉哆嗦地回頭四處張望。

他爹呢？他爹怎麼還不來？

慕汀嵐手持金翅令環顧四周，然後將權杖收進自己懷裡，朝肖複淡淡勾了下唇角，眸中不慍不怒，似乎還帶著一絲笑意。

「你辱罵當朝一品定國將軍，又對四品崇武將軍不敬，還在大庭廣眾之下毆打良民、調戲良家少女，這些，都是本將軍親眼所見，不知道，數罪並罰，本將軍該如何懲治你？」

明玉秀站在慕汀嵐身後，看著他高大挺拔的背影。明明他是在以權勢壓人，可為何他說出口的話卻是那樣令人心安？這種感覺，似乎很不錯！

一旁的明大牛卻是驚疑不定。他家秀兒是什麼時候認識了這麼個大人物，人家竟然為了點小事替自己出頭？

「我……我……」肖複見金翅令出，早已嚇得臉色發白。在朝廷的將軍面前，自己的鎮長爹怕是連他跟前的一個侍衛都不如，那自己又算什麼？

肖複想到這裡，兩腿一軟，「撲通」一聲跪在了地上，結結巴巴。「將……將軍！」他囁嚅了半天，卻是一句話也說不出來。從小到大，只有別人給他磕頭道歉，何時有過給別人服低做小的經歷？討饒求生的話，他無論如何，真是一個字都說不出口。

就在這時，飯館門外匆匆忙忙地走進一個四十來歲的中年男人，身後還跟著十來個手持木棍的家丁，正是青石鎮的鎮長肖奎。

見到自己的兒子面色蒼白地跪在地上，肖奎連忙衝到他面前，要將他扶起來，誰知道肖複卻是軟趴趴地跪在地上不肯起，只驚惶地拉著他爹的衣袖不撒手。

「爹，他是將軍！慕將軍！」

「什麼木將軍、石將軍的，跪在這裡像什麼話？快給我起來！老子今天倒要看看，是什麼人敢欺負你！」

肖奎怒氣衝衝地說著，又要伸出手去拉肖複，突然反應過來兒子剛才的話，驚訝地回過頭看向慕汀嵐。「慕汀嵐慕將軍？」

慕汀嵐沒有開口，一旁的慕汀玨早已按捺不住。要不是見他哥已經在教訓這無法無天的鎮長公子，他早就想衝上去揍他。

敢欺負他玉姊姊和小包子的爹爹，還想用他的髒手摸玉姊姊，真是吃了雄心豹子膽！不過，這小鎮長倒是有幾分見識，連他哥的名字都知道。

慕汀珏走到肖奎面前，咧嘴一笑。

「嘿嘿，這位小鎮長，我大哥奉聖上之命駐守大寧與南詔的邊界，為得就是百姓安居樂業。沒有想到，你一鎮之長的兒子居然敢在我們眼皮子底下搞事情啊！」慕汀珏說完，又慢悠悠地補了一句。「不知道聖上知道了，會怎麼想哦？」

肖奎沒料到，兒子這次惹上的居然是西營的將軍，一時間也有些發怵，再沒有方才那般囂張的氣焰；身後拿著棍棒的十來個隨從，也都個個跟人精似地，立即藏到了人群之後，儘量縮小自己的存在感。

肖奎斟酌再三，點頭哈腰地朝慕汀嵐做了個揖。「是在下有眼不識泰山，多有得罪，還請將軍勿怪。」

在下？只是個鎮長，居然敢在朝廷命官跟前自稱在下，真會給自己面子！

慕汀嵐淡淡一笑。「本將軍不會把這種小事放在心上，自然談不上怪罪。」

言下之意是——你們是什麼東西？還輪不到我去費那個心！

肖奎聞言心下微定。剛才飯館裡發生的事情，他已經聽回去報信的小廝說了，這會兒知道兒子得罪了不該得罪的人，心裡也是焦急萬分。

「慕將軍，犬子年幼不懂事，都是他娘在家裡給慣壞了，能不能請將軍大人不記小人過，饒過犬子這一次吧？」肖奎的話越說越小聲，眼神閃爍不定，顯然是底氣不足。

這話落在明玉秀耳朵裡，她怎麼感覺聽著那麼耳熟呢？這不就是方才他爹對著肖複說的那番話嗎？還真是風水輪流轉啊！

慕汀嵐笑了笑，沒有開口，抱著明小山坐到肖複方才坐的那張桌子旁，又示意明玉秀、明大牛和慕汀珏三人坐下。

明大牛從來沒有跟村長以上的大官接觸過，更別說此時要一起同桌了，連連擺手推託，最後還是被明玉秀拉著坐下了。

明小山從慕汀嵐的懷裡爬出來，乖巧地坐到了明大牛的身邊，伸出小手牽著他的大手，一言不發。

見慕汀嵐沒有發話，肖奎也有些著急了。他心裡沒底，不知道慕將軍跟這父女倆到底是什麼關係，又會幫他們到哪一步？斟酌再三，他放軟了語氣，從懷裡掏出三張銀票。

「慕將軍，這是小的代犬子賠償這位……夥計的醫藥費，您看？」

肖奎掏出的銀票是五十兩一張的，三張就是一百五十兩，剛好是慕汀嵐方才給肖複銀子的五倍。他出手倒是大方，賠禮道歉而已，一下子就是一百五十兩，可想而知，肖奎這鎮長平日裡當得有多麼的腐敗了。

慕汀嵐坐在椅子上，俯視著地上跪著的肖複，語氣裡帶著一絲不解的疑惑。「唔，這麼說，我祖父堂堂定國將軍，就這樣被一個無知刁民白罵了？」

既然有錢，那就再多賠點吧！

第十九章

肖奎一驚，他怕得就是這個。兒子的脾性他豈會不知？慕汀嵐既然這麼說，那複兒剛才必定是罵了什麼大逆不道之言；如果慕汀嵐非要追究，他家可不是賠錢能了事的！

肖奎想到這裡，連忙撲通一聲跪到地上，再也不敢端鎮長的架子，試圖與慕汀嵐站在平等的位置言和，只一個勁地跪在地上「砰砰砰」地磕起頭來。

慕是國姓，雖然慕家早已與當今聖上的本宗出了五服，但若非要說，他們慕家的確是皇親國戚，豈是他一個小旮旯裡的小小鎮長可以得罪的？

「將軍！是草民教子無方，求將軍千萬不要放在心上，小的這就帶他回去嚴加管教，求求將軍，放過我們這一次吧！」

喧鬧的人群早已在慕汀嵐亮出金翅令的那一刻就逐漸安靜下來，此時大廳裡只聽得見肖奎的腦門，一下一下磕在地上的聲音，沈悶而厚重。

肖複哪裡見過這種陣仗，在他的記憶裡，父親一直都是強大到無所不能的，他何曾見過他在人前像一條狗一樣求人饒恕？而這一切，全都是因為自己！

肖複想到這裡，心裡暗暗升起一絲後悔。是他害了父親，父親那麼愛面子的人，居然為了他在大庭廣眾下跪地磕頭，讓他心裡很難過。不忍父親再繼續替自己受罪，肖複一咬牙、一閉眼，也默不作聲地跟著肖奎一起以頭著地，「砰砰砰」就是三個響頭。

「慕將軍，是我錯了！都是我的錯！我不該仗勢欺人、恃強凌弱，我以後再也不敢了，我這裡還有五十兩銀子，還有您剛才給我的三十兩，這些都給這雜役做賠償。」肖複說著，從懷裡掏出了一張五十兩的銀票，放到桌上，又一咬牙，朝坐在一旁的明大牛也磕了個頭。

明大牛一時間眼眶有些發紅。他心裡不是不委屈，方才端著茶壺，就要往那桌上放了，誰知道這肖公子突然站起身，把他撞了個趔趄，他一時沒站穩，這才將水灑到他身上。

本來一點茶漬，洗洗就好了，不料這公子性情如此乖張暴戾，不僅不同意他賠衣服，還將他暴打了一頓；可現在一轉眼，這跋扈的公子竟然又跪到了自己面前，這種衝擊使他心裡十分不好受。

大廳裡的這一幕，看得圍觀的眾人唏噓不已。肖複在青石鎮裡無法無天了十幾年，不知道欺負了多少弱小無辜，今天總算讓他遇到個厲害的了。

慕汀嵐見罰得差不多了。這人雖有錯，但罪不致死，他不打算再往深裡追究，回頭看了一眼明玉秀，以眼神詢問她的意見。

明玉秀心中也是一嘆，暗道這肖複到底還是有幾分良知的，並不算真的病入膏肓、救無可救，又見明大牛精神狀況尚可，應該是沒有受太重的傷，於是輕輕點頭應了。

只是，父母之愛子，則為之計深遠，肖奎這樣寵溺、縱容孩子，出了事就由自己出來頂包，真不知道是好還是壞？

這次，她就得饒人處且饒人吧！萬事留一線，日後好相見，她爹以後還會常來鎮上，萬一得罪了小人，被人暗地裡使絆子就不好了。

「既然苦主不打算追究，那本將軍最後替他們做個主。」慕汀嵐撣撣袍子，緩緩站起身來，朝跪在地上的兩人開口道：「你這鎮長，連自己的兒子都教不好，想來是沒有能力管好一個鎮了，這鎮長的差事，就由副鎮長替了吧！慕三，由你去辦。」

「是！」黑衣侍衛領命躬身離去。

肖奎聽到慕汀嵐的話，臉色瞬間灰敗了幾分。當了鎮長這麼多年，他明裡暗裡不知道得罪了多少人，這頭銜一拔，他哪裡還有好日子過？

又看了眼地上跪著默不作聲的小兒子，肖奎重重一嘆。都是自己將兒子給寵壞了啊！肖複聽見父親沈重的嘆息，身子一抖，心裡的內疚更甚，一副聳頭聳腦的模樣，再不復之前的跋扈飛揚。

這件事的動靜鬧得太大，旁邊幾桌的客人時不時用好奇的眼光盯著他們看，看得幾人十分彆扭；加上剛才又被肖複父子倆敗了興致，明玉秀幾人，草草地將午飯吃完，一起出了小飯館。

剛走出幾步，軍營裡的副將突然遣人來請慕汀嵐回去，說是軍中有事商議。

慕汀嵐回頭就要與明玉秀告別，一旁的明大牛見恩人要走，站在明玉秀的身邊欲言又止，急得抓耳撓腮。

明玉秀知道自己父親拙於言辭，怕是想謝慕汀嵐又不知該如何開口，於是便主動替他表示感激。「公子，我爹爹感激兩位今天出手相救，這些銀子我們不能拿，將軍拿回去給將士們加餐吧。改天公子若是有空，不妨再來我家用飯。」

慕汀嵐看了一眼明玉秀粉嫩白皙的小臉，輕輕一笑。

「拿著吧，本將軍不缺這點銀錢，餓不著底下那幫小兵。」

這是慕汀嵐第一次在明玉秀面前自稱「本將軍」，但明玉秀卻沒有從他語氣裡聽出一絲絲的高高在上，反而讓她覺察出一股調侃的意味。

慕汀嵐話說完，轉身揚了揚手，帶著慕汀玨離去，一道輕聲囑咐在風中響起。「後日去妳家吃飯。」

因為明大牛剛挨了打、受了欺負，又被掌櫃的給辭退了，明玉秀便沒在這時候跟他提起剛才的事。人都有尊嚴，想必她爹的心裡也是有些不舒服的，先讓他一個人安靜待會兒。不必再去做工，那現在就無處可去，明玉秀牽著明小山，陪著明大牛來到青石鎮口，將他們安頓在鎮口的大榕樹旁曬太陽，順便等鄭鐵柱回去的班車，然後自己去木匠鋪子裡打了一套豆腐模具和過濾網架。

正在樹下曬太陽的鄭鐵柱聽見有人來，睜眼一看，正是他的「情敵」明大牛，登時驚得跳起來。「你、你怎麼會在這兒？」

明大牛剛挨打，心情十分不好，加上他本來就不是愛說話的人，哼哼兩聲算是跟鄭鐵柱打招呼了。

明小山也是悶悶不樂的，一手牽著明大牛，一手拿著手裡的風車，有一下、沒一下地轉著，也不理會那鄭鐵柱。

明大牛的傷都在身上，臉上看不出什麼異樣，鄭鐵柱還以為明大牛是看自己不爽，故意不理他，氣呼呼地轉過頭去，也不搭理這父子倆。

坐了一會兒，鄭鐵柱實在按捺不住。他真的很想知道，自己的媳婦為什麼喜歡明大牛這種不解風情的木頭疙瘩？他搬過自己牛車上的小馬凳，遞給明大牛和明小山，試圖與明大牛進行一次深入的探討和交流。

「喏，坐！」

明大牛見鄭鐵柱遞凳子過來，朝他扯出一個善意的笑，艱難地坐到了凳子上，抽了口氣。「嘶……」

剛挨打那會兒不覺得疼，現在他感覺渾身上下跟腫了似的，挪動一下都不得勁，好在他五臟六腑沒什麼異樣，應該是穿得厚實，沒有受什麼內傷。

鄭鐵柱聽見明大牛的動靜，疑惑地問道：「你受傷了？」

「嗯。」明大牛點點頭，將之前在小飯館裡發生的事情，一五一十跟鄭鐵柱說了。

鄭鐵柱眼睛一瞪。「也太欺負人了！這些有錢人家就是為富不仁，專門喜歡蹂躪我們這些沒錢、沒地位的窮苦百姓！明大哥，你別傷心了，以後等你混好了，再去把他們打回來！」

明大牛見鄭鐵柱如此誠心寬慰他，也很感動，真摯地朝他點點頭。「謝謝你了，鐵柱兄弟。」

鄭鐵柱義憤填膺、憤憤不平地安慰著明大牛，忽然聽見明大牛這話，他一愣。不對、不對，明大牛挨打是好事啊，自己高興還來不及呢，幹麼要安慰他？難道自己腦子有問題？

呸呸呸，鄭鐵柱拍了拍自己的嘴巴，傲嬌地轉過頭去，不再理會明大牛，兩大一小相安無事地坐在一起曬太陽，各自都沒有說話。

明玉秀打完模具和濾網，見天色尚早，又去繡樓給陸氏買了一本時新的花樣冊子，再到之前買石膏的藥鋪，給明大牛買了一瓶上好的跌打酒。

她爹身上的傷，怕是比她娘之前被祖母打得那一棍還要重一些，家裡的紅花油也不知道管不管用，還是買點對症的跌打酒吧。

提著一堆東西往回走，不知為何，她一路上都有些心不在焉，滿腦子都是慕汀嵐剛才護著她和她家人的樣子。到了鎮口，她背著人群，將那一疊銀票和三十兩碎銀塞給明大牛以後，就坐在牛車上發起呆。

見父親和姊姊都不怎麼說話，明小山也不鬧騰，乖巧地拉著他們兩人的手，安安靜靜地坐在兩人中間。

明大牛一路上一直惴惴不安的。這麼大一筆錢，要他拿他還真的不敢拿。到了明家小院門口，明大牛捧著那堆銀子，捏了又捏，最後還是遞給了明玉秀。

「秀兒，這銀子妳拿著吧，爹不能要。」

明大牛是個老實的農戶，除了種地和打零工，他從來沒有以其他的方式獲取過錢財，這種不是自己親手賺回來的銀子，就像是占了他人便宜的不義之財一樣，拿著會心虛。

明玉秀沒有多想，點點頭，就將那堆銀子接了過來。這些錢放在她爹手裡確實不太妥當，以她對她爹的瞭解，她爹一定會忍不住上交給祖母保管，這是深植他骨髓裡的孝道，她也沒有辦法。

只是，進了祖母的口袋，要想再拿一點出來可就難了，這樣的話她家豈不是太虧了？

明玉秀想了想，對明大牛道：「爹，這些銀子等慕將軍後日來用飯，我就還給他。」

明大牛聽了女兒的話，欣然同意了。他潛意識裡也希望這筆錢根本就沒有存在過，免得哪天被母親知道了又惹出什麼風波，鬧得家宅不寧，得不償失。

明大牛的想法和態度悄悄地朝著明玉秀期望的方向轉變，但明玉秀卻絲毫沒有察覺這樣微妙的變化。

幾人回到家時，陸氏已經做好了晚飯。

二房那頭，明彩兒一直關在自己的屋子裡不肯出來，說是心情不好不想見人；明二牛也說天氣太冷，身子不太舒服，晚飯就不去妻氏那裡吃了。

昨晚的風波還沒有平息，文氏去了娘家至今沒有回來，出了那麼大的醜事，明二牛此刻當真是沒臉出去吃飯。

大房裡，明大牛一家四口坐在桌邊擺著碗筷，見丈夫今天回來得特別早，陸氏還以為他是下了早工。

待問清緣由，她才慌忙站起身來，心疼得直抹淚，連連慶幸父女倆今天遇到了貴人。她沒想到，那天來家裡吃飯的兩位公子居然都是西營的人，其中一個還是將軍。

陸氏見丈夫受傷，顧不上吃飯，拉著明大牛就去臥房，將他的上衣一層層扒開。

看見丈夫身上被打得青青紫紫的，紅腫了一大片，陸氏淚水漣漣，擔憂不已，怕他還受了內傷，堅持要去給明大牛請大夫。

婁氏在屋裡聽見大兒媳來說大兒子受了傷，不僅被東家辭退，現在還要去請大夫，她的一張老臉頓時拉得比驢臉還長，罵罵咧咧地朝大房去了。

「真是沒用，不知道你是去賺錢還是去花錢，老老實實地待在那糕點鋪子有什麼不好？非要去飯館跑堂！多的幾個銅板，沒見你拿回來，現在還要老娘出錢給你請大夫！」

婁氏一臉嫌棄地看著垂頭喪氣、坐在炕上悶不吭聲的大兒子，冷聲道：「我看你背上的傷不怎麼嚴重，就是紅腫了些，過幾天不就好了？是藥三分毒，能不吃藥就不要吃，這點小傷還請大夫，哪有那麼嬌貴！」

明玉秀站在屋前聽了會兒婁氏的話，諷刺一笑，並不打算去替她爹說話。祖母對她爹到底怎麼樣，由她爹自己感受，她做女兒的說得多了，反倒影響父女感情。

況且，自從她爹今天為了她跟肖複動手，她也不想再去強迫她爹做什麼了，畢竟在她爹心底根深柢固的想法，是這個時代所有人的通病，不是那麼容易就能改變的。

祖母如此不慈，父親該愚孝還是敬孝，需要他自己去感受、去選擇，旁人多說，反而適得其反。

明玉秀領著明小山拿著買回來的石膏粉和工具躲去徐家，婁氏正好轉身往回走，看見兩人匆匆離去的背影，婁氏立刻氣得大呼小叫。「像個瘋子一樣，整天往外跑！又去那徐寡婦家？她家堆了屎啊，天黑了還這麼吸蒼蠅？」

別人是寡婦，妳不也是寡婦嗎？說得好像那陶大夫真的是妳夫君一樣。

婁氏罵得噁心，明玉秀只當沒聽到。這等沒素質的人竟然是自己的祖母，她真是倒楣。算了，懶得跟她計較！

徐氏見明玉秀領著明小山過來，連忙迎出來，三步併成兩步地走到明小山面前，將他摟在懷裡，心兒、肝兒地喊著。

「哎喲，小山兒啊！徐奶奶聽說你昨兒受了傷，心疼得喲……你現在可好些了？還疼嗎？」

明小山這一路上都沒說什麼話，這會兒被徐氏這一番愛撫，委屈地搖了搖頭，又眼巴巴地看向自己的姊姊。

明玉秀知道山兒的意思，於是將晌午在鎮上發生的事情講給徐氏聽，聽得徐氏抱著明小山唉聲嘆氣、唏噓不已。這世道就是這樣，窮苦人家哪有不受委屈的，有錢、有地位，就有很多別人一生都無法企及的東西。

世間本就沒有公平可言，出身由不得人選擇，有的人一開始就輸在了起跑線上，便是窮極一生，也可能追趕不上前面的人，這就是現實。

廚房裡的黃豆已經泡超過十二個時辰，怕再泡下去會影響口感，明玉秀沒有和徐氏多寒暄，拉著她一起去廚房。

徐氏早知道明玉秀今天要來做豆腐，已經把家裡平時磨米粉的石磨洗乾淨備好了，只等她來。

第二十章

明玉秀簡單給徐氏講解了做豆漿的幾個步驟，然後自己去灶上生火，將買來的石膏炒熟，兩人將泡好的大豆一起瀝乾。

徐氏坐在石磨旁，一點點均勻地往磨孔裡灌豆子，並時不時往裡面加水，明玉秀就拉著石磨在前面專注磨豆漿。

明小山見兩人忙碌，自己低著頭坐在一旁不說話，顯得有些悶悶不樂。或許是今天見到明大牛在眾人面前那般狼狽的模樣，他的心裡受到了不小的衝擊，一時間難以適應。

明玉秀一邊磨著豆漿，一邊打量著弟弟，然後笑盈盈地開口道：「山兒，你覺得父親害怕今天那位肖公子嗎？」

明小山聽見姊姊問話，抿唇思考了一下，輕輕點頭。

「那肖公子要欺負姊姊的時候，爹還打他了呢，怎麼會是怕他呢？」

明玉秀的問題太深奧，明小山想不明白，想起今天一群人圍攻明大牛的樣子，他葡萄似的大眼睛裡又泛起了淚花。

明玉秀雖然心疼他，但有些道理到底是要跟他講明白的，她不願意父親的形象就這麼在幼弟的心裡坍毀了，於是又問：「那麼多人欺負爹的時候，爹都沒有還手，但是他們要欺負姊姊的時候，爹還手了，你可知道為什麼？」

明小山搖了搖頭，明玉秀緩緩解釋。「那肖公子性情那麼暴戾，如果爹今天跟他們打起來，或者是一跑了之，他自己是不用挨打，但是那肖公子肯定不會放過我們家人的。爹挨打是為了委屈自己，保護我們，他很勇敢。」

明小山眼睛裡閃過一抹光彩，抬頭看著明玉秀。「我不想別人打爹爹，我也不想他們欺負我姊姊！我們以後要先去欺負別人，別人就不敢來欺負我們了！」

「噗哧！」一直在旁邊靜靜聽著明玉秀教導弟弟的徐氏，終於忍不住笑出聲來。

明玉秀嘴角抽了抽。這都什麼跟什麼呀？

「嗯，肖公子敢欺負我們，並不是因為他先下手為強，而是他的人品不好。」見明小山眨著眼睛若有所思，明玉秀又道：「喜歡欺負別人的人，最後肯定會有個比他更厲害的人來欺負他，就像你汀嵐哥哥，他不是讓肖公子和他爹爹乖乖給我們跪下了嗎？」

所謂強者，並不是把別人踩在腳下，而是要讓他人真心景仰你；所謂弱者，不是被人暴打卻不敢還手，而是危難之時只顧自己，卻不顧所愛之人安危。

明小山聽了明玉秀的話，忽然茅塞頓開，臉上也露出消失了一個下午的笑容。

隨著磨盤慢慢轉動，乳白色的豆汁順著石盤邊緣的窄口，絲絲縷縷地落進地上的大木桶裡，不一會兒，木桶就盛滿了新鮮的生豆漿。

明玉秀見明小山似是想開了，便專心忙碌起來。她將讓木匠打好的過濾架子繫上一層細棉紗做濾網。十字形的網架有四個角，剛好將一層濾網撐成一個兜，豆漿從網裡過去，豆渣就全部留在網裡。

徐氏幫忙拿著網架，明玉秀自己從木桶裡舀出豆漿，反覆過濾三次，直到木桶裡的豆漿變得細膩黏滑，再不含一絲雜質後，便將網拆下來，把裡面的豆渣反覆揉壓，將最後一滴豆漿都擠出來。

有徐氏幫忙，十斤豆子很快就磨完了。豆漿濾好以後，明玉秀將木桶裡的漿液都倒進大鍋裡開始煮沸，濃濃的豆香味隨著熱氣蒸騰慢慢飄散開，明玉秀閉著眼睛深吸了一口氣。

嗯，真香啊！

一旁坐著玩手指的明小山也聞到香味，眼睛亮亮地朝鍋裡看了看。「是什麼呀？」見弟弟又「活」了過來，明玉秀寵溺地點點他的小鼻子。「是豆漿，等會兒留一些給你喝。」

「嗯！」明小山乖乖點頭。

豆漿煮好後，接下來就是點滷和成形了。明玉秀按照之前想好的比例，將石膏粉慢慢倒進鍋裡，然後拿了根擀麵杖，將鍋裡的豆漿和石膏粉，順時針攪拌均勻。

冷卻兩刻鍾之後，在豆腐模具中墊上一層吸水的紗布，將鍋裡的豆漿翻過來，倒進格子模具中，再將模具蓋子蓋上往下壓，讓豆腐裡多餘的水分都被擠壓掉。等到模具裡的豆腐完全冷卻成形，白嫩嫩的豆腐就做好了。

徐氏拈起模具旁邊的碎豆腐扔進嘴裡嘗了嘗，眼睛一亮，拉著明玉秀。「味道真不錯，妳嘗嘗！」

徐氏高興得不行。秀兒做的這個豆腐比起她年輕時在婆家吃的還要嫩、還要好，真是難得。

明玉秀也很高興。能夠一次就做成，對她來說是種鼓勵。

按照之前的法子將剩下的豆漿都做成豆腐，明玉秀將最後一鍋豆漿留下小半鍋，加了糖，給徐氏和明小山喝，自己又用水壺裝了一些帶回家給父母親。

聽明玉秀說明天早上準備出去賣豆腐，徐氏主動請纓，幫她攬下這活。

「妳一個姑娘家，走街串巷地像什麼？我整天在家沒事做，眼睛也不大好，繡品做不了，這賣豆腐的事情，就交給我老婆子去打發時間吧！」

「您都六十了……」

明玉秀不放心。這麼大年紀的老人，哪裡挑得動擔子？剛想要勸退徐氏，她話還沒說完，徐氏連忙打斷她。「哎呀，我又不出村子，村裡多得是六十多歲的老頭、老太太還下地幹活呢，我沒那麼嬌氣。」

明玉秀無奈一笑，想著讓徐氏去賣豆腐也好，省得她整天一個人待在家裡孤單，自己又不能時常來陪她。老年人寂寞的時候，難免會胡思亂想，加上抵不過徐氏熱切的眼神，最終還是同意了她的請求，將賣豆腐的重任交給她。

明玉秀跟徐氏約好，以後每天晚上來和她一起做豆腐，早上出去賣，每板一百斤，每斤兩文錢。這樣除去成本，一板豆腐大概能賺一百四、五十文，比起做繡活，不知道要快多少。

豆腐做好，天色也不早了，明玉秀將要賣的豆腐幫徐氏裝到了扁擔筐子裡，又用紗布蓋好。

想到這擔子不輕，怕徐氏挑不動，她又謹慎地囑咐她，每次只能挑五十斤，慢慢賣就可以，冬天豆腐不容易壞，做一天，賣三天都行，千萬不能把人累壞了。

徐氏知道明玉秀體貼孝順，也不叫她擔心，聽話地點點頭，感覺自己好久沒有這麼充滿活力過了。

一個人太久不事生產，總會感覺自己沒有什麼存在的意義和價值，特別是家裡沒人的時候，負面情緒壓都壓不住，現在秀兒能幫她找件事情做，她便感覺自己再也不是那無用之人，心裡很是歡喜。

因為家裡很快就要有進項，明玉秀回家時便帶了兩塊豆腐回去，跟陸氏和明大牛交代了一下豆腐的進展。

陸氏瞪大了眼睛，看著女兒拿回來的兩塊白嫩嫩的豆腐，難以置信。女兒自從青城山回來以後，帶給她的驚喜越來越多了。

陸氏迫不及待地想要去廚房把這豆腐做來嚐嚐，想了想，這事還是得先跟婆婆說一下。

「秀兒，這豆腐是不是先給妳祖母看一下？」

明玉秀雖然不大情願，但還是點點頭。她也知道，但凡涉及錢，婁氏都是錙銖必較的，賣豆腐這件事情，無論如何都藏不過去。

況且她之前還許諾婁氏過年買肉的事情，這買肉的錢總得有個正當來由，免得婁氏小人之心，以為她有什麼見不得人的財路，到時候生出更多的事情來給她和家人添堵，還不如現在就把這豆腐的事，明明白白地攤到她面前。

見女兒同意了，陸氏就要去婁氏房裡，又被閨女一把拉住。

「娘，先別去，先嚐嚐這個。」明玉秀從腰間解下裝豆漿的葫蘆，讓小山去廚房裡拿了兩個碗，分別給陸氏和明大牛倒了一碗。「喝完再去。」

雖然豆漿以後天天都會有，算不得什麼矜貴的東西，但她還是想先給爹娘喝。

「秀兒，這是……」陸氏驚奇地看著碗裡奶白的液體，聞著空氣裡的甜香，嚥了嚥口水。「這是奶？」

「不是的。娘，這是用黃豆磨出來的豆漿，您快嚐嚐。」

黃豆磨出來的沒有黃豆味，還有股奶香，真是讓人意想不到。

「妳跟山兒喝了嗎？」陸氏端起碗放到嘴邊，想起孩子，又問了一句。

「做豆腐的時候都喝飽了。」明玉秀將陸氏的碗朝她嘴邊推了推，又將另一只碗遞到明大牛手上。「爹，您也喝！」

明玉秀說著，又從懷裡掏出在鎮上買的跌打酒遞給明大牛。「爹，這是白日在藥鋪裡買的跌打酒，掌櫃的說，這是鋪子裡最好的一種，晚上讓娘給您塗上。」

明大牛的眼眶驟然微紅，默不作聲地接過女兒遞過來的藥酒，輕輕點了點頭。

剛才芸兒要去請大夫，娘說什麼都不肯，還跑過來罵了他一個狗血淋頭，芸兒難過得半天都沒說話，自己好說歹說，又抓著她的手，朝傷處按了幾下她才放心。

兒子今天在外頭也很懂事，知道他受傷了，一直安靜乖巧地坐在身邊，沒有來鬧騰他；而女兒，沒有任何人說，她的心裡也知道惦記著自己這個沒有用的爹，還給他買藥酒。

家裡人都記著他、心疼他，只有他的母親，絲毫沒有將他的痛楚和委屈放在心上，回來這麼久，她連事情經過、身上疼不疼都沒有問過一句。

想到自己往日總是因為母親委屈妻子、兒女，明大牛的心裡一時五味雜陳，對自己的母親，有了一種說不清、道不明的失望。

嚐過女兒做的豆漿，陸氏像喝了瓊漿玉液一樣，臉上笑開了花。「呵呵呵，我家秀兒真是女大十八變，越變越能幹了！」

女大十八變是這樣用的嗎？明玉秀好笑地看了娘親一眼。將明小山留在屋裡陪爹爹，自己陪陸氏去婁氏的屋子。

「什麼？妳說妳做的豆腐，給徐氏那個老寡婦去賣了？」

婁氏先前聽明玉秀說豆腐做好了，她還不信，看了陸氏拿過來的樣品，她這才喜不自勝，覺得自己家就要發財了。

明玉秀才做了塊豆腐，婁氏甚至能想到自己以後住的大房子要糊什麼樣的窗紙了。此時乍一聽說明玉秀居然把豆腐拿給徐氏賣，她氣得直跳腳。「妳是不是傻啊？我們家怎麼生出妳這麼個蠢貨！妳訂價兩文，她要是賣個三文、四文，妳找誰要去？」

婁氏越想越擔憂，想趁著現在天還不算太晚，趕緊去徐氏家裡把那些豆腐都給拉回來。

正好明大牛也沒事做，明天就跟她去村裡賣豆腐！這豆腐可是稀罕玩意兒，以往只聽人說過，沒見誰真的做出來。快過年了，別說兩文一斤，就算翻倍，怕也是有人要買的。

這丫頭怎麼就這麼蠢，居然把這麼賺錢的生意交給一個外人！

婁氏正要起身去徐家，明玉秀輕輕地丟出一句話。「那方子是徐奶奶從她婆家帶過來的，我只是給她打下手，您要去就去吧！」

這個說辭是明玉秀一早就想好，並與徐氏對好說辭。如果婁氏知道做豆腐的方子是明玉秀自己的，那她說什麼也不可能讓其他人插手這個進項。

但如果方子是別人的，明玉秀只是去幫忙，婁氏卻要把人家的豆腐全都要過來自己賣，就怎麼說都說不過去了。

況且徐氏是從大戶人家出來的，村裡很多人都知道，她有豆腐方子不稀奇，這樣說出去也比較不讓人懷疑。

「是她的？那她這幾十年怎麼不拿出來用？她夫婿在的時候，他倆怎麼不去賣豆腐？」婁氏不傻，愣怔了片刻，立刻問到了關鍵點。

明玉秀抿嘴一笑，立刻解釋。「徐奶奶家是隱居到我們村裡的，祖母不會不知道，賣豆腐這樣拋頭露面的事情，您覺得他們會做嗎？」

「她可以請人啊！」婁氏的聲音拔高了個調。她始終覺得，孫女讓徐氏去賣豆腐不讓她去，她這心裡就是過不去這道坎。

「祖母您別忘了，咱們村還是這幾年日子才好過些，十多年前徐爺爺還在的時候，咱們村裡大多數人連飯都吃不飽，哪有錢請人？再說那時候也沒有現在這麼多的黃豆。」

「豆腐是黃豆做的？」婁氏一聽回過神，眼睛大亮。

「嗯。」明玉秀不鹹不淡地點頭。將主材料告訴婁氏沒關係，反正她也不會做。

「那妳告訴奶奶，這豆腐是怎麼做的？」婁氏笑容滿面地湊近明玉秀。

明玉秀不耐煩地皺了皺眉。「這絕密的技術，徐奶奶怎麼會告訴我？誰都會做了，那賣豆腐的喝西北風去啊？」

婁氏沒有理會明玉秀語氣裡的不敬，只不屑地盯著桌上那兩塊豆腐。「哼！我還以為徐老婆子多疼愛你們姊弟倆呢，天天往她那兒獻殷勤。瞧瞧、瞧瞧，現在連個做豆腐的方子都捨不得給妳，看見了吧？在利益面前才能見人心，妳還真以為她死後能留遺產給妳！」

婁氏刻薄地挑撥大孫女和徐氏之間的感情。她就是見不得徐氏那副惺惺作態的大小姐模樣，年輕時就是那個樣子，明明大家都是普通農婦，憑什麼別人都下地去幹活，她就能坐在家裡享她夫君的清福？

最後好了，把那俊俏的徐清澤給活活累死，自己也成了寡婦，真是活該！還整天巴著她家的孫子、孫女。這不下蛋的老母雞，看著就討厭！

第二十一章

得知豆腐方子是徐氏的，婁氏無法再打其他主意，一心關注起銀錢。「那妳們是怎麼分成的？可說了？」

「嗯，徐奶奶八，我二。」明玉秀又開始糊弄。

「什麼？這麼少？這怎麼行！」

婁氏一聽不滿意了。「不行、不行，最少也要五五分吧？沒有妳，她一個人能做成豆腐？」

「人家有方子在手，沒有我，她怎麼就做不成了？是我沒有她才做不成。況且人家豆腐也是自己挑出去賣的，您要再有不滿意，傳到徐奶奶耳朵裡，不讓我摻和了，那咱家一分錢都拿不到，過年別說買豬肉，就是連豬毛恐怕都看不到一根。」

婁氏聽明玉秀這麼一說，心裡老大不高興，可是即使再不願意，她又有什麼辦法呢？秘方在人家手裡，她能如何？就像明玉秀說的，人家一個不高興，隨時可以換幫手，哪有小二跟掌櫃叫板的？

氣憤了半天，婁氏終於洩了氣。算了、算了，這樣也好，淨拿工錢少操心。婁氏在心裡默默地安慰著自己。

「那妳們做豆腐的時候，妳多留心學學，儘早學會了，咱們家以後可以自己做！」

明玉秀從婁氏屋裡出來時，陸氏的興奮勁已過，將那兩塊豆腐拿進廚房，準備第二天中午再做閨女說的白菜豆腐湯。

婁氏從屋裡追出來，嚷嚷著肚子餓，讓大媳婦去做宵夜。明玉秀瞧婁氏那副饞嘴的模樣，鄙視地看了她一眼，轉身回大房。

陸氏無奈，只得去廚房裡做豆腐湯，將大半的豆腐都裝在碗裡給婁氏端過去。婁氏吃得連連咂嘴，很快便吃飽喝足，心滿意足地睡了。

大房一家在屋裡喝完了剩下的豆腐湯，哄了明小山睡覺之後，見陸氏拉著明大牛進屋搽藥，明玉秀便回去自己的房。

隔天，明大牛因為昨日的事情，便沒有再去鎮上打工，但他人閒不住，一大早就上山，準備去砍些木柴回來存著。

明玉秀見明大牛精神不錯，又聽陸氏說，昨晚上藥時都檢查過了，都是些皮外傷，便也沒有阻攔，只是囑咐他不要太往山裡走。

陸氏帶著明小山下地之後，明玉秀轉頭往徐氏家去了。她想來想去始終還是不放心。讓徐氏一個快六十的老太太獨自挑著擔子去賣豆腐，是不是有點心太寬了？

徐氏見明玉秀又跑來了，也是歡喜一笑。「不是說我自己去嗎，妳怎麼來了？」

「還不是不放心您，我還是跟著您一起吧！萬一您這老胳膊、老腿有個閃失，我也好在旁邊搭把手。」

明玉秀笑著調侃徐氏，徐氏親暱地一巴掌拍到她腦門上。「壞丫頭，沒大沒小！走吧！」

徐氏知道明玉秀是不放心自己，她也不矯情。孩子要盡孝心，她高興都來不及呢！

因為有明玉秀幫忙，徐氏這一擔子就挑了八十斤，一邊四十斤，兩人在路上換著挑，也不算辛苦。

馬上要到除夕了，臨山村的村民們，這幾天在村口自發組織了一個，以物易物的小型交易市場。

市場裡有拿魚換肉的，雞蛋換大米的，燒酒換果蔬的等等，很是熱鬧。

兩人走到村口的小市場，找了個地方放下擔子，然後妳看著我，我看著妳，大眼瞪小眼，誰也不好意思先開口叫賣。

徐氏是大家出身的千金小姐，明玉秀是個現代來的廚娘，誰都沒有做過街邊小販，一時竟都有些踟躕臉紅。

最後還是明玉秀豁出去，她牙一咬、眼一閉大聲吆喝起來。「賣豆腐、賣豆腐咧！臨山村只此一家的徐氏豆腐，兩文錢一斤，又白又嫩，不買也過來看看啊！」

明玉秀一口氣喊完，臉都紅透了，徐氏在一旁笑得直喊肚子疼，明玉秀惱羞成怒地瞪著她。「徐奶奶，再笑馬上就輪到您喊！」

「不笑，我不笑，哎喲，哈哈哈哈。」徐氏笑得眼淚都快流出來了。其實仔細想想，她也不是真覺得有那麼好笑，只是不知道為何，這樣的氛圍，讓她覺得很開心，笑著笑著，就有些停不住。

明玉秀作勢要去搗徐氏嘴巴，一個藍衣婦人這時候走到了兩人的擔子前。「哎呀，秀兒，這是妳家做的呀？這玩意兒看起來白白嫩嫩，倒是稀奇得很。」

來人正是住在明家隔壁的劉氏，之前還借過雞蛋給她家做醃菜蛋餅。

明玉秀見來的是她娘親的熟人，立刻停止跟徐氏的打鬧，站直身子，笑咪咪地指著筐子裡的豆腐。「嬸子，這是我們昨晚才做出來的，新鮮著，兩文錢一斤，您要不買點回去嚐嚐鮮，咱們村裡除了這兒，別處可都沒得買！」

明玉秀說著，用刀子割下個豆腐角，遞給劉氏。

「嬸子先嚐嚐，生的也能吃，做熟了更好吃！煎炸燒煮，夏日加點小蔥涼拌著吃都可以。」

劉氏聽明玉秀介紹得花兒滿天飛，也很有興趣，她將那塊豆腐角丟到嘴裡嚐了嚐，一股清香頓時溢滿唇齒之間，這滋味倒很特別。

劉氏爽快地笑起來。「那行吧！給嬸子來兩斤嚐嚐。我說妳這個小丫頭，真是越來越能幹了啊，妳娘親真是有福氣！」

「好咧！謝謝嬸子！您回去吃了要是喜歡，我以後都給您便宜算。」

明玉秀麻利地抄起刀子，切了兩塊豆腐，又另外多切了一小刀，一起裝到劉氏菜籃裡的瓷碗中。

劉氏笑呵呵地從荷包裡撿了四個銅板，也沒討價還價，痛快地遞給明玉秀。

有一就有二，有二就有三，不一會兒，明玉秀她們的小攤上就圍滿了看新鮮的村民。

還有三天就是除夕，今天出來買菜的，很多都是為了辦年飯，見村裡有這新鮮又不算太貴的吃食在賣，很多人都樂意來嚐鮮。不到一個時辰，挑出來的八十斤豆腐都賣了個精光。

徐氏喜孜孜地數著銅板興奮不已。這還是她除了繡帕子以外，頭一次靠自己的勞動賺錢呢！這種體驗真是新奇，讓她很是歡喜。

見場面熱絡，明玉秀便讓徐氏占著攤位，自己回去挑剩下的豆腐。

剩下的只有二十斤，她一個人就能搞定。就這樣，總共才來回兩趟，明玉秀和徐氏昨晚做的一百斤豆腐便全部賣完了。

光王地主一家的採買小廝，一口氣買了十斤回去，說是王老太爺牙口不好，就愛這個軟和的口味；除了一些討價還價和多買少算的，不到一個時辰，明玉秀就收了一百八十個銅板。

要是讓她娘繡帕子，沒有五、六十條哪裡賺得到？明玉秀喜孜孜地握著手裡的錢袋子，對未來充滿了憧憬。

大致瞭解了村民們的購買力，明玉秀決定以後每天泡三十斤黃豆，差不多每天能做三板，也就是三百斤豆腐，以後就算村裡賣不完，也可以拿到鎮上去賣。

第一次試水溫成功之後，明玉秀從錢袋子裡撿出九十個銅板，遞給徐氏。

徐氏連連推託。「這是做什麼呀傻孩子！奶奶幫妳做事高興還來不及，怎麼會要妳的錢？妳自己收著。」

明玉秀搖搖頭，固執地將銅板塞到她手裡。「您現在沒什麼收入，這點錢不算您賺的，就當是我孝敬您的。」

這次做豆腐用的黃豆、石磨、場地都是用徐氏家的，就連挑豆腐、賣豆腐這樣的辛苦活，也都是徐氏在一旁幫忙，分給她一半真的不算多。

明玉秀甜甜一笑又道：「我和山兒不能天天陪您玩，您喜歡吃什麼就自己去買，只要不是太貴的就別省著，以後我天天都給您零花！」

徐氏知道明玉秀這麼說，是怕自己心裡有壓力，心裡感動這孩子的一片真心，便紅著眼眶點頭。

跟徐氏一起回徐家將擔子洗淨放好之後，明玉秀揣著剩下的九十個銅板回家。

她掏出三十六個銅板，遞給正在院子裡曬太陽的婁氏。「祖母，今天豆腐賣了一百八十文，這是分的錢，給您拿去買肉吧！虎子以後就只歸我管了。」

「一百八十文！」婁氏一聽徐氏一天的進帳居然這麼多，立刻眼紅得如同火燒，哪裡還顧得上一條狗。「才給妳這麼點，三十六文最多就買兩斤肉，這就是妳之前答應我的過年吃肉？」

明玉秀心裡暗斥婁氏貪得無厭。以往過年別說兩斤，連二兩肉都沒有呢，現在還嫌少？

「明天賣多少，明天再給您拿回來。」

「妳這是什麼意思？那後天就不拿了？哎喲妳這小丫頭片子，妳身上可流著祖母的血，妳這是想要忤逆祖母藏私房錢啊！我告訴妳，咱明家可沒有這個規矩！」

明玉秀心道：早知道妳會如此厚臉皮！

好在她上有政策、下有對策，大頭早就自己藏了起來。反正她和徐氏每天有多少收入只有她們自己心裡清楚，兩人也早就對好了說辭，以後每天就拿三十六文來打發婁氏，難道婁氏還能跑到她們攤子上，一個一個客人地去數嗎？

「知道了祖母，您別計較字眼，我哪裡能藏私房錢？以後每天得的錢，我都會讓爹拿給您的！」明玉秀輕輕地撂下這句話就出了婁氏的院子。想起昨天給陸氏帶的花樣冊子，她又去自己的房裡拿了禮物，準備去孝敬娘親。

剛走到門口，明玉秀就聽到母親屋子裡傳來劉氏爽朗的笑聲。「哎喲，我說芸娘，妳家這個閨女可真是越來越能幹了！咱村子平日看著就屬她最伶俐，如今還自己搗鼓起豆腐來了，真好、真好！」

明玉秀見母親屋裡有客人，準備待會兒再來，剛轉身，就被眼尖的劉氏看見，連忙招呼她進來。

明玉秀踏進屋門，朝劉氏問了聲好，劉氏笑咪咪地握著她細白嫩滑的小手，越看越喜歡，連聲誇讚。

明玉秀突然覺得，劉氏此刻過分的熱情跟早上買豆腐時有點不太一樣，連忙將手裡的冊子遞給娘親，就要藉口離去。

陸氏捧著冊子，歡喜地來回翻看了數遍，嘴裡不停罵著明玉秀敗家，嘴角卻掛著怎麼藏都藏不住的笑意。

一旁的劉氏更是羨慕得直誇明玉秀。「嘖嘖嘖，這冊子沒有一兩銀子怕是買不到吧？妳家閨女也是真捨得啊，都不知道偷偷為妳攢了多久呢！要不怎麼都說，女兒是娘的貼心小棉襖呢？我家那兩個臭小子，就沒這份孝心！」

劉氏一邊說著，一邊摀著嘴偷笑，又拉著明玉秀的手道：「哎，我只盼著我家那兩小子，日後能娶個像秀兒這樣貼心的小媳婦兒，我這做娘的就死而無憾嘍！」

明玉秀乾笑兩聲，連忙做了個害羞的模樣，不著痕跡地抽出自己的手，「嬌羞」地退出了屋子。「娘、劉嬸嬸，我今天晚上還要做豆腐，現在要趕去鎮上買點材料，劉嬸嬸您先坐會兒，我先去忙！」

婦女們待在一起，果然不是八卦就是作媒，她生怕自己再待下去，她娘親跟劉嬸馬上就會說到她的婚事了，那場面，光想想她都覺得可怕。

明玉秀「落荒而逃」之後，劉氏和陸氏坐在屋裡又說了會兒悄悄話，到午飯時，才起身告辭。

因為想起慕汀嵐昨日臨走時說過明天要過來吃飯，明玉秀需要採買一些要用的食材，加上今晚做豆腐的石膏也需要重新購置，去跟陸氏說明了緣由，便準備出門。因為今天時間太趕，所以沒有帶明小山一起，讓明小山繼續陪著陸氏去地裡玩。

明玉秀剛走到院子門口，就遇到隔壁劉氏家的劉大郎也準備出門。

劉大郎今年十七，長得粗壯高大，黝黑的皮膚，養了一個冬日也不見白，被陽光一曬，整個人看起來健康又精神。

他正推著一輛板車在關院門，見到明玉秀出來，不知想到什麼，臉上一紅，結結巴巴地跟明玉秀打了個招呼。「明……明大妞子，妳出門啊？」

明玉秀一口老血差點噴出來。明大妞子？什麼鬼稱呼，怎麼不直接叫她明閨土好了？明玉秀瞪了劉大郎一眼，關上院門朝外走去。「劉大哥，我要趕著去鎮上呢，先不跟你說了啊！」

「欸，大妞子，妳等會兒，我娘剛才也叫我去鎮上買年貨，我推妳去。」

劉大郎見明玉秀走得飛快，連忙快步跟上，幾個箭步，就走到明玉秀的身旁。「妳……妳上車來吧，我步伐大，比妳走路快得多！」

想到他娘今天跟他說，準備年後就去明家跟明玉秀提親的話，劉大郎一顆火熱的心在胸腔裡猛烈地跳動，按都按不住，此時看向明玉秀的眼神中，也多了一絲往日不敢有的期盼和渴望。

「嗯，這不好吧，你推我去，給人看到會說閒話。」明玉秀往旁邊挪了挪，腳下步伐不停。

臨山村裡思想開放的人少之又少，幾乎沒有。雖說在山野鄉村，男女大防不如城裡，但要是被熟人看到她跟劉大郎兩人一起去鎮上，而且還是被劉大郎推著去的，保不齊今天晚上就會有閒言碎語傳開。

為了少些麻煩，明玉秀決定入鄉隨俗，跟「外男」保持距離。

劉大郎愣了一下，眼底隱去一抹失落。是啊，他怎麼忘了，他和她現在還沒有成婚呢。

劉大郎明白明玉秀說得一點都沒錯，為了顧及未來媳婦兒的名聲，他沒有再堅持讓明玉秀坐他的板車，而是推著車子，亦步亦趨地跟在明玉秀身後七、八步的距離，並時不時用貪戀的目光打量著前面的姑娘。

慕汀嵐領著兩個隨從進村時，看到的就是這樣的畫面。一個猥瑣的黑臉壯漢，偷偷摸摸地尾隨在明家丫頭身後，還用一種讓人看了十分不爽的眼神偷看她，似乎在圖謀不軌著什麼。

慕汀嵐吩咐兩個隨從，將帶過來的食材送到明家去，然後自己大步往前，走到那黑臉壯漢跟前，袖袍一揮就將他攔了下來。

「做什麼？」劉大郎見一陌生男子擋在自己面前，第一反應是——莫不是來找麻煩的？可他最近沒有得罪人啊！

明玉秀聽見動靜，回頭一看，見是慕汀嵐，也很意外，連忙又走了回來。「不是說明天來嗎，怎麼今天就來了？我正準備去鎮上買點好菜呢！」

劉大郎見明玉秀跟這男子說話的語氣那麼隨意，心裡不知為何竟有點酸酸的。他看了兩人一眼，靈機一動開口道：「秀兒，這位是？」

第二十二章

秀兒？咳咳咳！劉家大郎的稱呼還真是一會兒一個變啊！

明玉秀被劉大郎驟然親密了數倍的暱稱給驚起了一層雞皮疙瘩，連連乾笑。

「呵呵，這位是我的朋友。」

「我是她表哥。」

兩人的聲音同時響起，明玉秀驚異地盯著慕汀嵐。表哥？我哪來的嵐表哥？

慕汀嵐面無表情地回了她一眼，也不說話，接收到他眼底四溢的寒氣，明玉秀很識相地沒有對「表哥」兩字進行反駁。她怎麼覺得，平日裡如春風般和煦的慕汀嵐，今天心情好像有點不太好呢？

「你又是……」慕汀嵐的視線從明玉秀的臉上，轉移到劉大郎的臉上。這傢伙看起來跟明家丫頭認識啊，還秀兒、秀兒的，也不嫌肉麻！

明玉秀見慕汀嵐看劉大郎眼神不善，連忙上前一步，抓住慕汀嵐的袖子，完全沒注意自己方才還在想著要遠著「外男」、注意「男女大防」。

「公……嗯，表哥，這是我家鄰居，劉大郎。」

慕汀嵐的視線落在明玉秀拽著自己衣袖的那隻手上，又聽見她對自己的稱呼，嘴角緊抿的一條直線，幾不可見地微微彎了個弧度。

劉大郎也看到明玉秀這個不經意間的小動作，心底一滯，面帶黯然。他在明玉秀家隔壁住了這麼多年，何時聽過她家有這麼大一個表哥？難道是明嬸子已經給秀兒找好訂親對象了嗎？

劉大郎有些失落，朝慕汀嵐點了點頭，站在那裡留也不是、走也不是，最後還是紅著眼眶，推著車子走遠了。

劉大郎一走，小道上就剩下明玉秀和慕汀嵐兩人，慕汀嵐不說話，明玉秀只好先開口打破這種詭異的沈默。「公子怎麼今天來了？可是吃飯的時間有什麼變化？」

明玉秀說話間，已經放開了慕汀嵐的袖子，慕汀嵐看著明玉秀放下去的那隻手，又聽她恢復了往常的稱呼，突然沒頭沒腦地來了一句。「我送妳的釵呢？怎麼不戴？」

「嗯？釵子啊，在我身上呢！」

明玉秀感覺臉有些發熱，連忙將手伸進懷裡掏出那支海棠釵，朝慕汀嵐晃了晃，又將慕汀嵐那天放在她鋪蓋下的一千兩銀票拿出來。

「我祖母在家，釵子給她看見，定會被沒收的，以後有機會再戴吧！還有這銀票……」

明玉秀看了看慕汀嵐，有些不好意思道：「我那天就是順手幫忙，這謝禮實在太貴重，我受之有愧，你還是拿回去吧，給西營的將士們多買點好吃的，把他們養壯點！」

這一千兩謝禮到底跟昨天賠償的那些銀子性質不一樣，那賠償的銀子她還可以對自己說，那是她爹挨了一頓打換回來的。

但這一千兩，她始終覺得付出和回報不相稱，讓她受之有愧。

慕汀嵐看也沒看那銀票，將明玉秀的手推了回去。

「拿著吧，西營自有朝廷軍餉供養，不差妳這點，以後我和汀玨每日都來妳家吃飯，妳要是實在過意不去，這一千兩就當作飯錢吧！」

什麼？每天來她家吃飯?!不是吧？

「你、你是認真的？」就算一日三餐帶宵夜地吃，這一千兩也要吃好幾年呢！

明玉秀有些瞠目結舌。西營距離他們村，騎馬少說要半個時辰，來回就是一個時辰了。一天包括睡覺在內總共才十二個時辰，真的要每天花這麼多的時間在路上，就為了一頓飯嗎？

「有何不可？」慕汀嵐淺淺一笑。既然有些事情想不明白，那就隨著自己的心意好了。初心不改，持之以恆，方得始終。

明玉秀還想開口確認，突然腳下一個踉蹌，差點被一顆石子絆倒。

慕汀嵐眼疾手快，一把將她攬住。「沒事吧？」

「我沒事！」男子陽剛的氣息撲面而來，差點就將她淹沒，明玉秀一剎那的驚慌之後，很快就穩定下來，站直了身子。

感受到身前空落落的，慕汀嵐皺了皺眉，開口道：「明天的菜我已經帶來，剛讓隨從送去妳家。回去吧，今天不必再去鎮上了。」

「呀！」差點忘了，她還要去鎮上買石膏呢！

明玉秀突然回過神來，想到晚上還要做豆腐，明玉秀連忙跟慕汀嵐道別。「你先回去吧，明天再來，我現在還得去鎮上買石膏，晚上要做豆腐，天色不早了，我得早去早回。」

明玉秀說著就要跑，衣袖卻被慕汀嵐一把拉住。「妳要走過去？」

「嗯，是啊。」牛車只有早上有，現在走過去差不多一個時辰，應該能在晚飯時分趕回來。

慕汀嵐不贊同地瞥了她一眼。「跟我來。」

此處距離村口不遠，慕汀嵐很快就領著明玉秀，走到自己的「黑風」身前。在明玉秀還來沒來得及出聲的驚呼下，先把她丟上馬，然後自己一個飛身躍起，落在了她的身後，朝著青石鎮疾馳而去。

明玉秀伸出手摀住自己的臉，又覺得手都快被風颳破了，疼得她皺緊了眉頭。坐牛車還不覺得冷，這會兒坐在馬背上，冬日的寒風像刀子一樣割在臉上，難受得緊，並沒有電視上看起來那麼恣意瀟灑。

慕汀嵐低頭看了她一眼，收回正在策馬的手，將她的腦袋轉向自己的身體，然後輕輕按到了自己懷裡。

明玉秀如同挺屍一般，閉著眼睛躲在慕汀嵐懷裡一動不動，心裡不斷地安慰著自己——這不過是躲風的權宜之計而已，千萬不要多想、千萬不要多想。

可是她耳朵裡傳來那急速的心跳聲又是怎麼回事？這……這慕將軍也太主動了點吧？怎麼一點都不矜持？還有自己……自己為什麼不知道反抗一下？真是沒出息！

明玉秀一路上渾渾噩噩、不知今夕幾何，直到慕汀嵐陪著她買好石膏回到村子裡，她這才如夢初醒。

文氏回娘家去已經是第二天了，馬上要過年，明二牛不可能真的把妻子丟在娘家不管，早起後便去了岳家，準備把她接回來。

而明玉秀和慕汀嵐回到明家後，便一起待在廚房裡生火備菜，準備做晚上的晚飯。不知為何，兩人騎馬去了一趟小鎮以後，彼此間好像就多了一種心照不宣的感覺。

不過片刻的工夫，明大牛已經扛著一棵碗口粗的柳樹進了小院，他的身後還跟著從地裡一起回來的陸氏和明小山。

見到院子裡站著兩個帶刀的黑衣人，陸氏和明大牛立刻嚇懵了，想起大女兒還在家，兩人齊齊拔腿往大房裡跑去。「秀兒、秀兒！」

明小山見爹娘都跑了，他站在院子裡盯著那持劍的兩人看了半天，倒是沒有覺得害怕。他記得這兩個人，那天在飯館外面他見過的，他們是汀嵐哥哥的護衛。

明小山咧著一排潔白的小乳牙，朝慕四和慕七很友好地笑了笑，兩人冰山似的冷臉上，也很友好地對他扯出了一個疑似微笑的小彎彎。

陸氏夫婦倆見屋裡沒人，又連忙跑到廚房裡看，見到女兒安然無恙地站在灶前忙碌，兩人提著的心這才放了下來。輕呼一口氣後，這才發現灶膛下還坐著一個氣質沈穩，芝蘭玉樹的年輕公子，正是兩人之前都見過的慕汀嵐。

慕汀嵐之於明大牛可算是恩人了，明大牛沒想到，本來約好明天過來的慕汀嵐，今天就來了，連忙走上前去與他道謝。

「草民多謝……多謝將軍昨日搭救之恩。」

慕汀嵐見明玉秀的父母進來，從灶膛下的小馬凳上站起身，將打躬作揖的明大牛扶了起來。「大叔不必言謝，我身為寧國將領，若連自己眼前的一點不平事都管不了，何談保家衛國？」

明大牛平日裡本就寡言，現在是在自己家裡，才能放得開與這位將軍多說了幾句話，此時聽見慕汀嵐如此親切地稱呼自己為「大叔」，他立刻又有些局促了。

一旁的陸氏卻沒有他那麼拘謹，看了眼閨女之後，連忙招呼慕汀嵐去院子裡喝茶。「慕公子，灶房裡油煙大，你隨我夫君去院子裡喝杯茶、曬曬太陽吧！這裡我和秀兒來做就好。」

明大牛一聽妻子竟然要慕汀嵐和自己單獨相處，頓時瞠目結舌，咿咿啞啞地半天都沒說出一句完整話來。

一旁一直忙著洗菜、切菜的明玉秀看得好笑，連忙出聲替父親解圍。「算了吧，娘親，您還不知道我爹，悶葫蘆一個，您讓他招待客人，我怕我爹頭髮都要愁白了。」

被女兒這麼一打趣，明大牛倒是一下子放鬆不少，摸著自己的後腦勺，嘿嘿傻笑。

慕汀嵐知道，陸氏可能是覺得他一個外男，與明玉秀這個未出閣的姑娘家同處一室不太好，也不戳破，很隨意地對幾人道：「昨日答應過小山，有空來教他習武，我出去看看他。」

慕汀嵐說著，便抬腳朝門外走。

院子裡的明小山正用癡迷的眼神，看著慕四和慕七手裡的寶劍。「四哥哥、七哥哥，可不可以給山兒摸一下？」

慕四和慕七抽了抽嘴角。這小傢伙還真是活潑啊，半天蹦蹦跳跳地竟沒歇過一刻，不過這劍……

兩人正要出聲拒絕，看見慕汀嵐從明小山身後走過來，連忙恭敬地彎腰行禮。

明小山回頭看去，發現是慕汀嵐來，連忙蹦到他懷裡。「汀嵐哥哥！」

慕汀嵐微笑著摸摸他的頭。「這劍太重，你還太小拿不動，你現在該從蹲馬步練起，等你長大了，我給你配一把更好的。」

「真的嗎？那我們現在就去蹲馬步！」明小山興奮地拉起慕汀嵐的手，在院子中間蹲起了馬步，那小胳膊、小腿竟也有模有樣的，十分可愛。

晚飯因為食材比上一次要豐富，各種調味料也備得很足，陸氏燒火，明大牛打下手，明玉秀掌勺，一家三口配合完美，很快色香味俱全的八菜一鍋就都做好了。

明玉秀跟慕汀嵐吃過兩次飯，發現他們兄弟倆和自己家人口味一樣，都對辣的食物更加偏愛，於是今天做的八道菜中，有六道都是川菜：麻辣香水雞、水煮魚、水煮肉片、油燜大蝦、香辣蟹、夫妻肺片……

除此之外，她還特地用小火爐架了個鐵鍋，用骨頭湯和雞湯以及辣子、花椒、香葵等各種調味料配成鍋底，讓明大牛在飯桌中間鋸了個與鐵鍋大小一致的洞，做了個簡易的火鍋。

剛把鍋子端上桌，被大哥留在軍營裡訓練的慕汀珏，就跟聞著味道似地衝進了明家小院，人未至，聲先到。「大哥、大哥！你們慢點吃，等等我！」

陸氏自從上次見識過女兒的廚藝以後，這次淡定不少，站在桌子旁邊的明大牛卻是一邊嚥口水，一邊瞪大了眼睛，看著正在桌邊擺放碗筷的女兒。

女兒的廚藝什麼時候比他還好了？這香味一聞就知道，道行比他高了不少，一種青出於藍而勝於藍的喜悅，讓明大牛的臉上綻開了一抹與有榮焉的傻笑。

幾人落坐後，明大牛忽然想到什麼，看著明玉秀欲言又止。明玉秀知道她爹是想給妻氏送飯，又怕自己會不高興，心裡微微嘆了口氣對陸氏說道：「娘，我先拿些飯菜給祖母送過去吧！」

陸氏當然不會反對。明玉秀起身去廚房，見女兒如此體貼，明大牛舒心一笑，這才隨著慕汀嵐哥兒倆一起舉起筷子。

廚房裡還有一些沒下鍋的食材，是陸氏之前準備留給二房的，明玉秀很快就將那些菜炒好，端到妻氏屋裡。

東屋一片溫馨和諧，其樂融融，西屋裡明彩兒攥著自己的袖子，粉拳緊緊捏成一團，面上滿是陰鷙。

明玉秀這個賤人，到底給慕汀嵐吃了什麼迷魂藥，他居然派侍衛將她拒於門外！

想到自己剛才捧著娘親在她出生那年埋在地下的女兒紅，準備去大房給慕汀嵐添酒助興，卻被他兩個侍衛給擋回來的場景，明彩兒整個人氣得渾身發抖。

「這酒是我母親年輕時最喜歡的梅花釀，酒性溫和，不太醉人，妳嚐嚐。」慕汀嵐的手如一縷清風，執著一個看似普通的白瓷壺，往明玉秀面前的杯子裡倒了一杯酒。

陸氏和明大牛相視一眼，本想說什麼，猶豫了一下還是沒有說出口。罷了，雖然姑娘家沾酒有些不太妥當，但到底是在自己家裡，沒外人知道。

明玉秀倒沒有爹娘那麼多顧忌，她前世酒量還行，各種果酒、啤酒、紅酒、洋酒、雞尾酒都嚐過，甚至自己還釀過一些。

今天興致不錯，就喝點吧！

清澈微涼的液體入喉，一股淡淡的梅花香沁入心脾，隨之而來的一絲淺淺的辣味，和一縷若有還無的甜香。這梅花釀口感細膩柔滑，酒香醇厚綿軟，的確是難得的佳品。

清酒入腹，明玉秀感覺到一股暖流充盈於心間，寒冬臘月裡的寒氣也隨之減退不少，歡喜之餘，她又將杯子推到了慕汀嵐面前，示意他再添一杯。

慕汀嵐見明玉秀喜歡，也是展顏一笑，又給她滿上，嘴上卻道：「梅花釀雖比其他酒清淡，但小飲酌情，大飲傷身，只許三杯。」

三杯？三杯還不夠她漱口。明玉秀撇撇嘴，很珍惜地慢慢品味著手裡的第二杯酒。

「慕公子，你們男兒不都是喜歡烈酒的嗎？這梅花釀這麼溫和，你們喝得有勁？」明玉秀捧著酒杯邊淺酌，邊疑惑地問道。

慕汀嵐放下酒壺，正欲開口，一旁埋頭苦吃的慕汀珏抬起頭來搶話。「我們軍營裡不喝這個，將士們最喜歡的是燒刀子，那個喝起來才夠味！這個是妳們女兒家喝的。」

慕汀嵐的額角跳了跳，挑眉看了弟弟一眼。慕汀玨嚇得一個哆嗦，連忙低下頭去，老老實實地繼續埋頭苦吃。

今天的菜，實在是太合他口味了！他就知道玉姊姊對他最好，做的菜都是他喜歡的！

第二十三章

明大牛沒有聽出慕汀珏話裡的意思，但一旁心思細膩的陸氏卻是憂心忡忡。

慕將軍這般作為，到底是何意思？聽慕小公子的話中之意，這酒似乎是慕將軍特地拿來給秀兒的，他怎麼看都不像是只要來她家吃飯這麼簡單。莫非……他其實是衝著秀兒來的？

想到女兒已經到了出嫁的年紀，長相又是那麼出挑，被將軍看上也不是不可能的事情，陸氏的心裡這下更慌了。

以她家的門第要配統領一方的將領，怎麼都不可能是做正妻；更何況慕汀嵐本身除去將軍的身分之外，他還是豪門世家的子弟。大家族裡規矩森嚴，不可能會娶一個山野村姑回去做媳婦，若是慕汀嵐真的對秀兒有意，他們家一個小小的農戶，根本無法與之抗衡。

難道她的閨女也要步上姪女的後塵，去給人家做妾嗎？

陸氏想到這裡，頓時覺得面前的一桌山珍海味全變得淡然無味，如同嚼蠟。

「將軍，昨天要不是你，我恐怕就回不了家了，以後……以後有什麼需要我幫忙的，只管開口，我……我一定會努力幫你的！」

明大牛喝了兩杯酒，膽子大了些，舉起酒杯朝慕汀嵐，結結巴巴地說了一大串話。

慕汀嵐聽了明大牛的話，溫和一笑，也不推辭。「說到幫忙，在下確有一事需要大叔相幫。」

聽見恩人有所求，明大牛立刻激動地站起身來。「將軍儘管吩咐！」

明玉秀無奈地看了她爹一眼，將他扯回椅子上，朝慕汀嵐道：「公子有什麼需要幫忙的，只管讓我爹做吧，正好他這幾日在家無事可做，只要不是什麼危險的事就成。」

慕汀嵐點點頭。「妳放心，只是我最近想在你們村裡買間屋子，當作閒暇時散心的住處，想煩勞明大叔幫我找找。」

明大牛受慕汀嵐所託，吃過晚飯、送走哥兒倆後，他就在臨山村裡四處幫慕汀嵐打聽。住在徐家後面的胡衛，聽說有貴人要來他們村買院子，連忙拉住了明大牛，跟他說起自己家的情況。

胡衛是個鰥夫，妻子生下兒子後，血崩去世了，留下的獨生子胡小栓，今年已經六歲，早已到了開蒙的年紀。胡衛想要送兒子去隔壁村子的私塾唸書，可惜家境貧寒，根本無力支付高昂的束脩，現在正是為銀錢焦頭爛額的時候。

胡家的院子原本是按照三房建的，每房又有三間屋，父母一房，大哥胡進一房，他自己一房。

八年前，他新婚的大哥在地裡幹活，不慎被金環蛇咬傷腳踝，丟了性命，大嫂傷心之下沒多久也投了河。

加上妻子難產離世，父母連番受到白髮人送黑髮人的打擊，心力交瘁，前幾年便都相繼去世，偌大的屋子不過七、八載，就只剩下胡衛和他的兒子相依為命。

胡家連續幾年辦了好幾場喪事，底子早已掏得不能再空，這些年家裡、地裡全靠胡衛一人操持。他平日當爹又當娘，幸虧胡小栓乖巧懂事，四歲的時候就跟著他一起下地，但父子倆的日子過得依然是十分貧苦。

明大牛本就是心軟之人，有心想要幫幫他們父子，去胡家看了以後，覺得院子確實很不錯。

雖然有些屋子多年沒有人居住，但都打理得十分乾淨整潔，回家跟明玉秀商量一下，然後去胡家，幫慕汀嵐訂下來。

胡家的屋子就在徐家後面，距離明家十分接近，明玉秀聽了，覺得位置倒也適合，只是她有些疑慮。「爹，如果他們把房子賣了，那他們以後住哪兒啊？」

明大牛一時被女兒問住，愣愣地摸了摸頭。是啊，他好像忘了這問題。胡衛要是把房子賣了，那他帶著兒子住哪裡去？他正準備轉身再去胡家問問，突然，院子外面傳來一陣嘈雜的吵嚷聲。

「婁翠屏，妳給老娘滾出來！妳這個不要臉的老騷貨，一大把年紀，胸都垂到湯碗裡去了，還要勾引我家老陶！」

明玉秀一聽有人罵婁氏，頓時來勁了。要知道，婁氏可不是好欺負的，從她手上沾上明玉秀前身那條人命就知道，她根本不是個省油的燈。

而門外這個，聽這中氣十足的吼聲和潑辣粗俗的言辭，明顯也是個潑悍的，戰鬥力不容小覷。

此時正是剛吃過晚飯的時間，鄉下人家平時沒有什麼娛樂，天一黑不是坐在屋裡八卦，就是躺在床上造娃，平時哪家吵個小架、動個小手什麼的，都能讓村裡人談笑三天，何況是這種潑婦罵街的大動靜？

這時候大夥兒聽見明家又出事了，連忙搬起小馬凳、抓了瓜子坐到明家院子前，準備看戲。

明家這些天宛如是一個戲臺子，各種鬧劇精彩上演，完全沒有停歇，眾人隱隱都有些期待和興奮，不知道今天唱得哪一齣？

還有幾個看熱鬧不嫌事大的，見院子裡半天沒動靜，也跟著外面那罵街的婆子一起喊起來。「屏兒，妳銀哥哥的娘子來找妳了，快出來！快出來！」

屋裡的婁氏此時是如坐針氈。外面那潑婦她知道，是陶銀家那個臭婆娘，只是，這麼多年她都沒有發現，怎麼今天突然就跑到她家裡來了？

「婁翠屏妳這個老娼婦，還不快滾出來！老娘就說，陶銀那個老狗怎麼對個撿來的孩子那麼上心？原來是妳這個臭不要臉老狗婆給他生的私生子！」

眾人一聽，四下譁然。什麼？陶鶴橋是陶大夫跟婁婆子的私生子？這不可能吧？陶鶴橋今年都二十四、五了，明老爺子才走了不過二十年，這時間對不上啊！

正往外走的明大牛和明玉秀突然聽到陶家婆子說出這話，驚得連忙停下了腳步。明玉秀還好，只是覺得不可思議，明大牛的心裡卻是驚濤駭浪，怎麼壓都壓不住。

陶家婆子不能生育，早年陶大夫從鎮上撿了個棄嬰回來養著，這件事情在臨山村裡無人不知、無人不曉；可是，如果陶家婆子說的都是真的，陶鶴橋是婁氏和陶大夫的私生子，那明家的老爺子豈不是綠了？

按照時間來推斷，早在明繼祖去世的五年前，婁翠屏就已經與這陶銀有了首尾，而且還給他生了兒子。這件事情，明繼祖知不知道？甚至，他的死因，會不會也跟這件事有關？

村民們你一言、我一語嘰嘰喳喳地討論起來。明大牛則呆在原地，他恍惚記起二十年前，父親去世前夕，尚年輕的婁氏經常外出，有時候夜裡很晚才回來。那時候父親已經纏綿病榻多年，常常躺在床上，看著母親出門的背影若有所思，又對自己欲言又止，沒多久，便抑鬱而終了。

明大牛突然覺得自己失去了往外走的勇氣，他害怕自己心裡的猜想變成事實。

陸氏聽見動靜，抱著明小山出來，見到丈夫失魂落魄的模樣，連忙放下兒子，上前扶住了丈夫的胳膊，無聲地寬慰他。

在屋裡焦灼不已的婁氏也是急得站也不是、走也不是，抓著門框的手緊了又緊，恨不得將門閂丟出去塞住那臭婆娘的髒嘴。

「老娼婦，妳出不出來？再不出來老娘就拉著妳的小雜種去見官！妳跟陶銀這對狗男女敢在老娘眼皮子底下通姦，老娘看妳是不要命了！」

通姦？嘖嘖嘖，這年頭通姦可是大罪啊！名聲沒了是小事，豬籠木驢，火焚絞殺，各種刑法五花八門，可都是要丟性命的！

婁氏聽見陶婆子要拉著自己的寶貝兒子去見官，再也忍不下去，推開房門衝出來大罵。

「周荷花妳不要血口噴人！妳說我跟陶銀有私，妳有證據嗎？」

婁氏梗著脖子怒瞪著周氏，周氏冷冷一笑。「哎喲，不要臉的老騷貨終於肯出來了，這院子裡好大一股騷味啊！」

周氏冷嘲熱諷，還從懷裡掏出一方洗得發白的帕子，摀住了自己的鼻子。「熏死老娘了！」

人群裡見她這副作怪的模樣，都隨之鬨然大笑。

婁氏氣得臉色脹紅。「妳這個不下蛋的老母雞，妳再敢胡說八道，我就讓我兒子出來撕爛妳這張臭嘴！」

農村人講究的就是子嗣，誰家兒子多，誰的腰桿子就直，特別是這種關鍵時刻，人多力量就大，這大概是婁氏唯一能想起明大牛好的時候了。

周氏一聽婁氏在炫耀她會生兒子，唇角剛揚起的那抹譏諷的笑意，瞬間就垮了下去，一張利嘴毫無顧忌地，把婁氏最醜陋不堪、最見不得人的隱私撕扯開來，攤在眾人面前。

「老狗婆妳還裝！今天老娘提前回來，在門外親耳聽見的！陶鶴橋那個狗雜種喚妳做娘親，陶銀那老狗還說，最近村裡風言風語都在傳你倆的事，事情早晚有天會被戳破，不如早點找個藉口，把老娘休了，與妳兩家合一家，好讓陶鶴橋那狗雜種光明正大喊妳做娘。妳說，這還能有假！」

婁氏乍一聽周氏這話，眼裡湧起抑制不住的喜悅。「妳說陶銀要休妳？」

這一幕落在周氏眼裡，更是讓她怒火中燒。「婁翠屏！妳這個不要臉的賤婦居然還敢在老娘面前幸災樂禍？老娘今天就跟妳拚命！」

周氏見不得婁氏臉上的笑容，一想起這個女人背著自己偷了她夫君二十多年，她瞬間就像發了瘋一樣衝到婁氏跟前，抓起她的頭髮撕撓摳扯、踢捶掐咬，十八般武藝盡數使出。

兩個年紀加起來超過一百歲的婆子，就在大庭廣眾下短兵相接、貼身肉搏，看得圍觀的眾人瞠目結舌。

屋裡的明大牛再也看不下去。縱使母親有再多不對，那也是他親娘，他怎麼能眼睜睜看著她在自己眼皮子底下與人如此廝打？

「娘、陶大嬸，有話好好說呀，先……先別打了！」

明大牛走到院子裡，艱難地將眼眶紅腫、失去理智的兩個人分開，混亂中他自己也挨了好幾下，胳膊上、脖子上落下了七、八道血痕，一時竟分不清是婁氏還是周氏留下的？

兩個人被力大如牛的明大牛硬拉開來，周氏看著被兒子護在身後的婁氏，忽然覺得無盡悲涼。她生不出孩子，這是天生的，又不是她的錯，為什麼上天要這麼懲罰她？

這麼多年，她因為自身的缺陷，在陶銀面前小心翼翼、伏低做小，從年輕時就是，她嫁進來這幾年後，一年比一年活得卑微，這一輩子過得連個婢女都不如。

不論嚴寒酷暑，陶銀只管坐在家裡舒舒服服地，田裡、地裡的活，全由她一個女人家去做。她每天起早貪黑、沒日沒夜地幹活，殷勤地伺候丈夫和養子，沒有想到，都已經過了天命之年，一輩子都快熬過去了，丈夫居然在這個時候想著要休棄她？

周氏臉上揚起一抹慘笑。她本也是好人家的姑娘啊！是什麼時候變得像個潑婦一樣了？

她多年來辛勤勞作、收斂自己的脾氣、嚥下所有委屈，結果換來什麼？一輩子替別人伺候丈夫，一輩子替別人養兒子！

周氏忽然好羨慕徐氏。她和徐氏真的是同人不同命啊！她冷冷一笑看向眾人。「我的話是不是真的，等你們見到陶鶴橋以後，一看便知！」

陶鶴橋這些年都由陶銀出錢，送到鎮上去學藝了，逢年過節都不回家，別說村裡人，就連周氏自己都有好幾年沒有見到他。

周荷花原本以為養子是知道了自己的身分，心裡有了想法，不願意跟養父母親近，所以她雖然傷心，卻並沒有多做他想；萬萬沒有想到，這父子倆會給她這樣一個打擊！

她今天本來是去鎮上的一個老姊妹家做客，因為姊妹家臨時出了點狀況，她提前回來，結果還沒進門就聽見丈夫和養子的對話，又見到發現自己回來，匆匆忙忙想要離開的養子，這才明白了一切。

養子和明家那個老婆子長得實在是太像了！比小時候還像一百倍，簡直就跟一個模子裡刻出來似的，走出去說他們不是母子都沒人相信，難怪陶鶴橋這些年都不敢回家，想必也是怕私生子的名頭扣到他頭上，往後羞於見人了吧？

周荷花冷冷拋下那一句話之後，理了理散亂的髮髻和被撕破的外衣，步履堅定地朝門外走去。她蕭條而瘦弱的背影，看得所有人心裡都是一陣嘆息，小院外圍觀的眾人，再無一人還有剛才那樣起鬨發笑的心思了。

人群漸漸散去，院子裡披頭散髮、滿面抓痕的婁氏一屁股坐到地上，長長地吐出一口氣。

「娘，這……到底是怎麼回事啊？」明大牛站在一旁眉頭緊鎖，終於按捺不住地問出聲。

婁氏一聽怒了，立刻從地上爬起來，指著明大牛破口大罵。「什麼怎麼回事！你娘在外面被人欺負了那麼久，你是聾了還是死了？在屋裡磨磨蹭蹭！是想看我被人打死嗎？」

婁氏氣怒的口水如同雨點一般，噴灑在明大牛的臉上，還摻雜著晚飯時的碎屑和殘渣，看得明玉秀一陣噁心。

明大牛站在婁氏跟前任由她捶打，悶不吭聲，明玉秀見婁氏在外人面前受了氣，卻拿明大牛發洩，三步併成兩步衝到了她跟前，將明大牛拉離婁氏的攻擊範圍。

「祖母有時間在這打罵我爹，不如好好想想今天的事情該怎麼解決吧！」

這事鬧得不小，臨山村百來年的歷史裡，雖曾出過幾個紅杏出牆的例子，但從來沒聽說有哪個不要命的敢這麼大膽，不僅跟人有私，還生了個那麼大的兒子，恐怕要不了多久，村長和里正就會找上門來了。

第二十四章

明玉秀雖然很討厭婁氏，但事情沒有弄清楚之前，她不會輕易給婁氏定罪；只是萬一這事是真的，那她祖母恐怕有苦頭吃了，眼下還是先去見見周氏口中所說的陶鶴橋為妥。

「這件事情越快解決越好，萬一時間拖久了，越傳越離譜，到時候假的也傳成真，對我們一家都不好！」

婁氏一聽明玉秀說要去找陶鶴橋，整個人更加癲狂，搖頭晃腦連連擺手。「不行、不行！不能去找他！我……我……」

婁氏支支吾吾半天，最後一雙眼睛死死地瞪著明大牛，眼底竟然泛起了淚花。「兒啊！你可要救救娘啊！」

就在婁氏號哭的瞬間，本就沒關的院門，被人「砰」地一聲，從外面大力踹開，去岳家接妻子回來的明二牛怒氣衝衝地走進來，他身後還跟著俯首帖耳的文氏。

丈夫一路上聽了許多婆婆和那陶大夫的閒言碎語，此時心情非常不好，文氏很自覺地沒有開口說話，只乖乖站在他身後，一言不發，但她臉上幸災樂禍的神色卻是掩都掩不住，還時不時用八卦的目光瞟著院子裡六神無主的婆婆。

老妖婆，不是要休了我趕我出家門嗎？現在我們就看看，到底是誰該滾出家門！

一家人都到齊了，眾人聚到婁氏的屋子裡想要瞭解真相，所有人的目光都看向婁氏，等待著她的答覆。

婁氏抬起頭，見兒子、兒媳、孫子、孫女都盯著她，一時也有些煩悶。「我想……我想把橋兒接過來，他……他都二十四了還沒有成婚……我……」

「娘，您在胡說八道些什麼？到底在說什麼?!什麼橋兒、路兒？他成不成婚跟您有什麼關係！」滿屋子的人在聽到婁氏莫名其妙的話語後，都睜大了眼睛，明二牛更是沒等婁氏把話說完，就已經跳了起來。

他萬萬沒想到，這件事情居然是真的！

婁氏這話一出，相當於已經認了陶家婆子那些指控，她真的背著明繼祖，跟別的男人有了個那麼大的兒子。

他們家到底是怎麼了？就跟被人下了咒一樣，小的事情還沒解決好，老的又出狀況，還偏偏都是這種跟香豔扯上了邊的醜聞，這叫他該如何是好！

婁氏對從文的二兒子，一向比對只知道出蠻力的大兒子態度要好許多，見二兒子發脾氣，她想要解釋，卻不知該從何開口？

正在糾結之時，院子外面忽然傳來一陣嘈雜的腳步聲。「大牛、大牛快讓你娘出去看看，陶家婆子跳河輕生了！」

什麼?!眾人大驚！

婁氏立刻嚇得癱軟在炕上。怎麼……怎麼會？周荷花死了？那她會不會有罪啊？那麼多人看見她和周荷花打架，周荷花一回去就跳河，那她……她會不會有事？

不對啊，周荷花熬了這麼多年都沒想過死，怎麼這會兒突然想死了？她一定是裝的，對！就跟上次彩兒一樣，她裝死，她想陷害自己！

婁氏目光灼灼，似溺水者抓到一根浮草，倏地一下從榻上下來，跟著眾人匆匆忙忙地往青河邊趕去。

寒冬臘月的河面上，結了薄薄的一層冰，明玉秀他們趕到時，周氏已經被人救了起來。救她的人正是胡衛，看見明玉秀他們過來，胡衛哆囉哆嗦地衝他們點了個頭，就跑回去換衣服了。

周氏面色發青，嘴唇烏紫，一動不動地躺在地上；她渾身上下濕淋淋的，深色的襖子浸滿了水，像一塊厚重的冰殼子，將她整個身軀裹在其中。

眾人遠遠地站在一旁圍成一個圈，朝著周氏指指點點，又用鄙視和厭惡的目光看著躲在最後面的婁氏，紛紛與她拉開距離。

突然，人群裡衝出一個俏麗的人影，她大步跑向周氏，雙手相疊，按在她的胸口上，一下一下地用力擠壓，並時不時往她嘴裡送氣。

圍觀人群簡直都驚呆了。

「明家大丫頭是不是瘋了？她摸了陶婆子的胸……」

「還親了陶婆子的嘴！」

「她是中邪了吧？」

「那可是屍體啊……」

「好可怕……」

眾人的議論紛紛明玉秀權當沒有聽到，她正在奮力地對周氏實施急救。周氏剛才沒走多久，就聽說她輕生了，她落水時間並不長，應該還有救。

「咳咳咳！」

果然，人工呼吸做了沒多久，周氏很快就醒了過來，往外吐了幾口河水後，便幽幽睜開眼睛。

明玉秀見她醒了過來，連忙叫明大牛和陸氏兩人一起，將周氏給抬到自己家裡。

婁氏見周荷花醒了，心道自己猜得果然沒有錯，這老刁婦就是在耍心機！

這會兒聽見大孫女說要把周荷花送到自己家裡去，立刻氣焰又囂張起來。「這種晦氣之人怎麼能往家裡帶？秀姊兒，祖母還在呢！這個家輪得到妳發話嗎？」

明玉秀見婁氏在這個時候還不知死活地鬧事，根本就不想搭理她。

婁氏見大孫女不理她，噔噔兩步就跑到她跟前，想要將周荷花扯下來，明二牛連忙上前一步攔住了婁氏，阻止她再繼續壞事。

陶家婆子沒事真的是太好了，不然他們家怕是在這臨山村裡再待不下去。

周氏渾身被凍得直打哆嗦，人雖醒了，但狀況十分不好，必須趕緊把她送到被窩裡去暖暖。

村民們見明玉秀竟能讓死人復生，紛紛對她敬佩不已，竟不知道明家的大丫頭什麼時候學了醫，看起來倒是比她那個祖母要可靠得多。

見眾人都隨著明玉秀和明大牛他們往自己家去，婁氏一個人站在空曠的青河邊，氣憤不已。

這時候，從楓樹後走出一老一少兩個布衣男子，兩人猶如驚弓之鳥，看著主心骨兒地一樣看著婁氏。

「娘，怎麼辦？我養母她這次怕是不會輕易原諒我爹了。」

「是啊翠屏，她……她這幾十年一直都很老實、很聽話，怎麼這次就……變得如此可怕？我們該怎麼辦？」

婁氏看著陶銀跟陶鶴橋，心裡亂成一團糟。怎麼辦、怎麼辦，她怎麼知道怎麼辦？

「陶銀，你到底是怎麼回事，怎麼就給她知道了？」兩人這麼不小心，不是把自己往死裡害嗎？

「我也不知道啊！她說去鎮上見個老姊妹，我就想著，橋兒許久沒見妳了，安排你們母子倆見面，誰知道她就在門外偷聽。我……」

陶銀現在腦子裡也是一鍋粥。他一邊慶幸妻子跳河沒死成，不然鬧出人命就是要見官的大事；一邊又希望妻子死了也好，死無對證，再沒有人能抓住他和人通姦的把柄，反正那麼多人看著，是她自己跳河的，沒有人害她。

但是不管他怎麼想，周氏這條命目前看來是救回來了。

明玉秀讓陸氏幫周氏將濕衣服脫掉，然後用熱帕子把她渾身上下都擦了一遍後，再將周氏塞進燒得火熱的暖炕，又去廚房裡熬了一大碗薑湯給她灌下。

周氏喝完薑湯，昏沈沈地睡去，明大牛跟明二牛在院子裡商量著這事該怎麼辦？不一會兒就見婁氏帶著陶銀和陶鶴橋進來了。

「大哥、二哥！」陶鶴橋倒是不見外，看見兩個哥哥便很禮貌地打招呼。

明大牛一時不知道該如何回應他？畢竟是上一輩的事情，陶鶴橋自己又不能決定出身，便朝他點了點頭，算是回應。

一旁的明二牛卻沒有明大牛那麼好性子，他伸手攔在院子門口。「我父親只有我和我大哥兩個兒子，沒有其他兄弟，你莫要胡亂攀扯！」

這兩個人害他還嫌不夠嗎？當今陛下最重德行和道義，被他們這樣一搞，有個不檢點的女兒就算了，還有個不檢點的娘，自己的前程算是完了！他看著陶鶴橋跟自己母親幾乎一模一樣的面容，哪裡還能給他好臉色？

見明二牛這樣不給面子，陶鶴橋的臉也黑了。「哼，二哥不承認也沒關係，反正血緣在那兒，我和娘長得這麼像，就是母子！」

「你！厚顏無恥！」明二牛被陶鶴橋氣得七竅生煙，不停地給自己順氣，心道這個年怕是過不好了。

見兩個兒子就要吵起來，婁氏一個頭兩個大，又想起那個晦氣的周荷花還在自己家裡，冷著臉朝二兒子道：「橋兒是來看他養母的，你給他讓開！」

天色漸漸暗下來，明朗的月色緩緩升起，明二牛看著月光下，母親那張冰冷不帶一絲溫情的臉，突然有些想發笑。事情都到這個地步，母親根本沒有想過這件事情會給他帶來什麼影響，反而還如此護著眼前這個野種！

明二牛往後退了兩步。「我回鎮上去了，今年就在書院裡過年！」

婁氏見二兒子這般反應，心裡隱隱有些後悔，暗道自己方才的語氣確實太過生硬，連忙伸出手去拉明二牛的衣袖。「二牛啊，娘不是那個意思，這周荷花躺在我們家不死不活的叫什麼事啊！總得讓她的家人把她領回去吧？難道要把她留在咱家過年嗎？」

明二牛見母親到現在還抓不住重點，心裡不由對她失望不已。

周氏是因為他母親行事作風不正，這才氣得跳河，他家如果能盡心盡力善後，將這件事情的影響竭力縮小，最後對他造成的波及也能夠減到最小。

可是看看他娘，到現在還只想著怎麼把人趕走，好給她自己省麻煩，壓根兒就沒有為他考慮過一星半點兒，她的心裡只想著她自己！

明二牛對婁氏心灰意冷，收拾了幾件衣物，連夜去找鄭鐵柱，包了他的牛車，回去鎮上的書院。

婁氏和陶銀面面相覷，一時間有些尷尬；陶鶴橋反倒不見外，大剌剌地跟明大牛稱兄道弟起來，還衝著明玉秀喊了一聲大姪女。

因為周氏感染了風寒，一直昏昏沈沈、睡睡醒醒，明大牛便跟陸氏分別搬到了明小山和明玉秀的房間裡，打算等過了這一晚再說。幾人剛將鋪蓋鋪好，村長和里正便到了。

「明婁氏、陶銀！你們兩個到底是怎麼回事？誰來給我說說?!」

老村長已至古稀，鬚髮皆白，但依然精神矍鑠，看見這兩個給他臉上抹黑的人渣就氣不打一處來，拄著枴杖，就朝他們身上一人一棍子狠狠招呼過去。

村裡出了這麼大的醜事，等於是在他臉上打了一巴掌，這叫他在其他村的村長面前怎麼抬得起頭來？

婁氏和陶大夫被村長打得抱頭鼠竄。陶銀是悶不吭聲、一動也不敢動；婁氏沒忍住痛，嚎了一聲後也立刻噤聲。村長在他們眼裡就是最大的官，他都發威了，誰還敢造次？

較年輕一些的里正沒有動手，他橫眉冷眼地看著這兩人，又盯著站在旁邊眼珠子四處亂轉的陶鶴橋。這張跟婁氏長得極其相似的臉，真是叫他越看越生氣！里正氣得一跺腳。「這都叫什麼事？怎麼這麼沒皮沒臉！明婁氏，是浸豬籠還是絞刑，妳自己選一個！」

婁氏聽了里正這話，當即就嚇得差點尿褲子，雙腿一軟跪到地上，竹筒倒豆子般極力為自己辯解。「里正、村長，我……這都是我年輕時候不懂事才犯的錯啊！我是被人矇騙的！是陶銀這個老賊勾引我！他……他說他媳婦生不了孩子，只要我給他生個兒子，他就一輩子對我好，我是被他的花言巧語給迷惑了啊！」

「婁翠屏！妳在胡說八道些什麼？明明是妳，是妳說明繼祖是個病秧子，滿足不了妳，妳才來找我的！妳現在怎麼能倒打一耙?!」

兩個人維持了二十多年的姦情，被村長和里正這麼輕巧地一嚇，迅速就從內部開始土崩瓦解了。

眼看著兩人你一句、我一句地爭執不休，說得還都是那些不堪入耳的骯髒事，村長將枴杖往地上重重一碰。「都給我閉嘴！老夫現在給你們兩條路。一，兩個一起浸豬籠，一個都別想活！老夫倒要看看，誰敢再助長我們臨山村的歪風邪氣？二，你們兩個，兩天之內給我把這件事情徹底抹平！我不想在卸任之前，平白無故多這麼一個污點給別人說道，聽明白沒有！」

老村長疾言厲色的沈聲重喝，嚇得陶銀和婁氏兩人一哆嗦，連連點頭。

「明白、明白！我們明白！保證兩天之內解決！」

老村長嫌惡地瞪了兩人一眼，拂袖而去，婁氏和陶銀很快便如蒙大赦，感激涕零地朝轉身離去的村長連連作揖。

里正回頭朝兩個猥瑣的小人看去，心裡暗道，這兩個敗壞風氣的姦夫淫婦真是運氣好，碰上老村長就要卸任，想在最後有個好口碑，這才讓他們如此輕易地逃過一劫。

村長和里正走後，婁氏耷拉著腦袋，枯坐在暖炕上愁眉不展。

明大牛將妻子和兒女都支開了，獨自一人留在正屋裡，面對他娘和他娘的姦夫。這種事情，他不想污了孩子們的耳朵。

婁氏滿面憂愁地嘆了口氣，向明大牛求救。「唉，這下可怎麼辦啊！我不想死啊，大牛，你快幫娘想想辦法呀！秀兒不是認識那個有錢的慕公子嗎？你去問問，看看那公子能不能幫幫我們？要不把秀兒送給他當謝禮也成啊！」

明大牛心裡一堵。娘還真是會動歪腦筋，這樣都能把主意打到秀兒身上！

他沒有回答婁氏的話，而是回頭看了一眼陶銀，這個給自己親爹戴了二十幾年綠帽子的老王八，握緊拳頭，將心裡的火氣忍了又忍，朝他道：「陶大夫，你怎麼說？」

陶銀現在也是亂了方寸，既想要保住臉面，又想要保住性命，一時急中生智。「翠屏，要不我們改名換姓，去別的地方生活吧？妳手裡不是還有……」

第二十五章

「你閉嘴！」

陶銀話還沒說完，婁氏立刻慌張地喝止他，眼神閃爍地看了一眼旁邊的明大牛，見他面色無異，這才放下心來。她手裡的銀子，可都是她半輩子省吃儉用，一點點從牙縫裡摳出來的，那是要留給橋兒成親和自己養老用的，千萬不能被大牛他們知道。

「你說的什麼胡話？就這樣跑了，能跑到哪裡去？沒有戶籍我們就是流民、是賤民！那跟死差多遠？」

「那要怎麼辦？」陶銀被婁氏一吼，也沒了主意，又期盼地看著明大牛。「大牛，要不就像你娘說的，讓你家秀兒去問問那個公子？」

站在門外偷聽了半晌的明玉秀終於忍不住。怎麼什麼事都能扯到她頭上？這些人還真是厚臉皮！

她毫不客氣地推開門，大步朝房間裡走去，皺著眉頭，瞪了那陶大夫一眼。

「陶大夫，上次就是你給我祖母迷藥把我迷暈的吧？你一個大夫居然藏著害人的藥，要是再敢出餿主意，信不信我立刻就去報官抓你！」

明玉秀說著，舉起拳頭朝陶大夫晃了晃。陶銀心虛地往後側了側身子，不敢再多說一句話。

明大牛的臉色更加黑了。原來他娘一直都跟這姦夫暗中保持聯繫，還跟他一起合謀坑害自己的女兒，這都是些什麼事？

婁氏見大孫女又端出這樣一副天不怕、地不怕的模樣，心裡越加對她生厭。「秀兒，妳祖母有難，作為孫女的能為祖母盡孝是妳的福氣，這怎麼能叫餿主意呢？」

婁氏不喜歡明玉秀，明玉秀也不見得多喜歡她，特別是這段時間，這個祖母屢屢出狀況，她早就不想對她客氣了。「祖母，您要是再這樣倚老賣老，我保證在慕公子幫您解決完這件事情之前，您和陶大夫的春宮冊子就會遍布我們方圓十里所有的村莊！」

明玉秀這大逆不道、駭人聽聞的一句威脅，一瞬間驚得屋子裡鴉雀無聲，包括一直站在陶銀身後的陶鶴橋在內，所有的人半天都沒有反應過來。

做孫女的怎麼能這樣恐嚇自己的祖母，說的還是這樣犯上不敬的狂妄之言？可是偏偏婁氏和陶銀還真就被她這一句話給嚇到了。

「妳……妳一個未出閣的姑娘家，怎麼能說出這樣的話！還要不要臉了？」婁氏哆囉哆嗦地伸出一根手指指著明玉秀罵道。

「祖母聽說過上梁不正下梁歪嗎？」明玉秀挑起唇角，眨眨眼睛扯出一個天真無邪的笑。「我都是跟祖母學的，都是祖母教得好！」

明大牛在一旁看著女兒古靈精怪的模樣，不知道為什麼，突然想笑，並沒有阻止她。

明玉秀眼角的餘光看著明大牛抽動的嘴角，心裡暗自喜悅。她爹這樣真算是個不小的進步了。

「大牛！你看看你的好閨女，你媳婦是怎麼教得？這樣頂撞我，是要把我氣死了好讓你媳婦當家嗎？」

婁氏說不過明玉秀，在她那兒碰了個大釘子，轉眼就把怒氣撒到自己兒子身上。

「娘，秀兒她說得也有道理！」明大牛硬邦邦地吐出這樣一句話，轉過頭去不再看屋裡的眾人。

「你……你們！咳咳！」

見一向對自己唯命是從的大兒子竟然也變了，婁氏氣得握起拳頭，不停地捶打著自己的心口，儼然一副要被兒子和孫女氣死的模樣。捶了半天，她見明大牛也沒來給自己順氣，原本三分真、七分假的痛楚頓時變成十足十。

「祖母別忙著咳嗽，這事也不是沒法解決，如果祖母還想繼續完好地留在臨山村，我倒有個兩全其美的法子，不知道您願不願意聽？」

臨山村裡鬧了個大笑話，陶家婆子因為自己的養子跟明家婆子長得像，就誤會明婁氏跟自己的丈夫有染，還跑去跳河，誰知昨天滴血驗親以後，才曉得自己居然搞錯了。

在眾人的議論紛紛中，傳言越演越烈，而周氏這個流言的正主，卻坐在徐氏的屋子裡，和明玉秀互相打量對方。

周氏休息了一晚以後，今天的氣色已經好了很多，明玉秀早上徵求了徐氏的同意，將她暫時安頓在徐家，正好給徐氏做個伴。

看著面前這個面色沈靜如水、做事有條有理的小丫頭，周氏捏著手心裡的一百兩銀票，心裡滿是感激。

這一百兩銀子可是婁氏省吃儉用，攢了一輩子的棺材本，就這麼輕易地落在了她的手裡。要說她除了得到銀子的喜悅，更開心的是還有一種報復的快感。要不是這丫頭肯幫自己，自己哪裡能得到這麼一大筆養老錢，還能狠狠打擊一下，這個偷了自己漢子大半輩子的下作老婦？

明大丫頭說得對，自己就這樣死了，是便宜了那對狗男女，還不如趁著里正和村長在給他們施壓，好好從他們身上討點利息！婁氏不是一向看錢如同看命一般嗎？那她就要婁氏將這些年攢的每一個銅板都給她吐出來！她替婁氏養兒子，婁氏就替她賺錢，這很公平。

想起那個老賤婦從肚兜裡掏出這張銀票時，如喪考妣的模樣，周氏的心裡就感到一陣暢快。

至於滴血驗親，那不過是明大丫頭在碗裡滴了幾滴清油造成的假象，讓婁氏和那個野種趁著天黑，當著眾人的面上演了一齣掩人耳目的把戲罷了。

她既然已經對陶銀死心，那陶鶴橋是誰的兒子又與她何干？反正婁氏願意用一大筆銀子來換他們一家三口的平安，她成全他們又有何妨？

沒有了感情，她就要錢，只要她手裡有錢，這輩子一個人過還自在些；有了錢，她再也不用看任何人臉色了。她賣了大半輩子的命，最後不還是落了個一場空嗎？她何必再委屈自己去迎合他人？

周氏從銀票底下抽出那張和離文書，反覆看了幾遍。這是陶銀在婁氏給了她銀票以後，被她逼著寫下來的。為了防止陶銀以後找藉口將銀子要回去，她必須斷了他的退路，只有陶銀不再是她的夫君，他才沒有理由再來找她要錢。

周荷花閉了閉眼睛。自己勞碌了大半輩子、辛苦了大半輩子，嚥下了那麼多辛酸苦楚，到最後只剩下手裡這一百兩銀子，也不知道到底是值還是不值？

徐氏同情地看著眼前這個與自己同人不同命的老姊姊，心裡一陣感慨，也越發念起亡夫的好來。

周氏已經與陶銀和離，這件事給村民們的說辭是，她為陶家勞碌了一輩子，這次跳河雖然是誤會，但是陶銀人分明在現場，卻沒有想要跳下去救她，反倒是胡衛一個不相干的外人伸出了援手，這讓她實在很寒心，所以她想要與陶銀脫離夫妻關係，後半輩子只為自己而活。

臨山村的民風雖然淳樸，大家都謹守本分，並沒有幾個人敢做出如此出格的事情，但是周荷花這幾十年來是怎麼在陶家做牛做馬、吃苦受累的，眾人眼裡都看得明白，紛紛表示理解。

於是，周氏就暫時在徐家住了下來。二十八、二十九這兩天，她晚上幫著徐氏一起做豆腐，早上兩人一起挑著擔子出去賣，這幾日的心情也好了許多。

二十九這天下午，明玉秀按照之前和徐氏的約定，早早就領著明小山到徐氏家裡，給她做了一大桌子豐盛的年飯，就連明大牛和陸氏也借著看望明玉秀東家的理由，到徐家來陪徐氏一起吃年飯。

徐氏這些年對自己兩個孩子的疼愛，明大牛夫妻倆是看在眼裡的，沒奈何婁氏平時太過霸道。她自己對孫兒、孫女不慈，也絲毫不喜歡他們接近徐氏。

兩個孩子還好，人小臉厚不怕罵，陸氏和明大牛卻是頂不住婁氏口不擇言的污言穢語，所以很少往徐氏這邊來。

今年趁著婁氏元氣大傷，躲在屋裡像挖了心肝一樣地心疼她那一百兩銀子，明大牛和陸氏便抽空跑出來。四個大人、兩個孩子圍坐在一張桌上正準備開飯，門外忽然響起了敲門聲，明小山起身蹦蹦跳跳地去開門，發現來的人竟然是慕汀嵐哥兒倆。

「汀嵐哥哥！」明小山歡喜地抱住慕汀嵐的大腿就要往上爬，慕汀嵐微微一笑，拎小雞似地將他拎到了自己的懷裡。

徐氏和周氏都是第一次見到慕汀嵐和慕汀珏，看他們穿著華貴，兩人都有些局促地站起身來，只是一見明大牛夫妻倆面色如常，便很快鎮定下來。

「慕公子，我爹前天給你找了間屋子，就在這個院子的後面，待會兒你要不要去看看？」

飯桌上，明玉秀將胡衛家的情況跟慕汀嵐說了，慕汀嵐聽說胡衛家賣了房子以後就沒有地方可住，又聽說父子兩人都是有情有義之輩，當下便很痛快地決定讓他們還是住在原來的屋子裡。

反正胡家房間多，他買了房子以後不一定常來住，就當作請兩個人幫忙照看家門也好，既能方便自己，也能方便他人，一舉兩得豈不甚好？

「汀嵐哥哥，我現在就去喊小栓子哥哥來徐奶奶家吃飯好嗎？」明小山閃著亮晶晶的大眼睛，很盡心地替自己的小夥伴謀福利。他可沒忘記，小栓子哥哥自己都沒有雞蛋吃，還給他送鳥蛋的事情，姊姊說過，滴水之恩當湧泉相報。

慕汀嵐很好說話地點了點頭，明大牛便起身帶著明小山去胡家，將胡衛父子倆都喊過來，胡衛還很自覺地帶了罈自釀的百花酒。

桌子上一下子熱鬧許多，幸好明玉秀今天做的菜足夠多，原本冷冷清清的徐家，今年一下子聚了這麼多人吃飯，徐氏的眼眶紅了紅，心裡一片溫暖。

徐氏的老家位於寧國最南邊的嶺南，考慮到她的口味，明玉秀今天一共做了十道粵菜。有廣式燒乳豬、白切雞、脆皮燒鵝、八寶冬瓜盅、上湯焗龍蝦、清蒸海河鮮、紅燒乳鴿、香滑魚球、糖醋咕咾肉，還有一道老火靚湯。

慕家兄弟和胡衛父子過來以後，她又去廚房多做了上次曾做的那八道川菜，用得全都是慕汀嵐之前送給明玉秀的那一大擔子食材。今天要拿走食材前，婁氏瞧見，心疼得直罵明玉秀敗家，死活不讓人把那些山珍海味給拿走，最後明玉秀以一句「慕公子要去徐家吃飯」為由，給堵了回去。

桌上十八道美味佳餚，鮮甜的、麻辣的、清淡的、重口的，葷素搭配，老少皆宜，一群人個個都吃得很盡興。

慕汀玨兩腮鼓鼓，口齒不清地朝明玉秀舉手示意。「玉姊姊，我以後要天天來吃妳做的飯！」

明小山舔了舔嘴角的米粒，露出幾顆潔白的小乳牙。「汀玨哥哥那你要早點來，來晚了，山兒和小栓子哥哥都會替你吃光的！」

在明小山身旁坐著的胡小栓眨著亮晶晶的小眼睛，友愛地拍了拍慕汀玨的胳膊。「汀玨哥哥，你放心，我和山兒弟弟會給你留的！」

幾個半大孩子你一言、我一語，引得明玉秀失笑連連，看向他們的眼神也帶著幾分愉悅。明玉秀將離明小山最遠的一碟河蝦，挾了幾隻到他的小木碗裡，忽然，她感覺到有一道灼灼的視線停在她的身上。

明玉秀回眸，與慕汀嵐還來不及收回的目光在空中交錯，她臉上一熱，連忙裝作不經意地偏過頭去，這副嬌羞的模樣，看得慕汀嵐不禁莞爾。

臨近新春，軍營裡的瑣事比較繁忙，慕汀嵐哥兒倆吃過飯後照例趕了回去，準備接下來搬些日常用品過來，到胡家住下。

胡家的房子在慕汀嵐的堅持下，以三十兩的高價成交了。胡衛父子照舊還是住在原來的屋子，晚上替慕汀嵐看院子抵房租，白天還是該幹麼就幹麼。

徐氏和周氏兩個孤家寡人相互做伴，加上胡衛父子倆自從在徐家吃過年飯以後，與徐氏她們走近許多，徐家這個年過得終於不再冷清。

第二日便是除夕，村民們從卯時開始就陸陸續續地點起了炮仗，明玉秀陪著徐氏和周氏一起去村口賣完豆腐，就回到自己家裡開始準備晚上的年夜飯。

陸氏這幾天被女兒的廚藝激起了興趣，十分想學，明玉秀便手把手地教她做菜。母女倆一個指導、一個實踐，明小山就在一旁負責給陸氏打分。到了晚上，明家一家人圍坐在婁氏的偏房裡，開始吃團圓飯。

婁氏這兩天心情十分不好。大孫女之前以性命相脅，哄著她，將她的棺材本都賠給那不要臉的周荷花，她當時真是被村長和里正給嚇懵了才會上當受騙！

事後想起來，她真是掐死明玉秀的心都有了。這個養不熟的白眼狼，怎麼盡幫著外人，還問她要錢還是要命？現在倒好，她錢沒了，命也快心疼沒了，哪裡還有心情吃飯！

挾了顆珍珠丸子放到嘴裡一咬，婁氏立刻就吐了出來，將筷子往桌上重重一拍。「大媳婦，妳做的這是什麼鬼東西？這是人吃的嗎？餵狗還差不多！」

明玉秀皺了皺眉。這老東西真是沒有一天消停，做了那種醜事還敢這麼大聲說話，要是她，早就羞死了！

陸氏忍了忍心裡的不滿，耐心地跟婁氏解釋。「娘，這是秀兒親自寫的菜譜，外面是糯米，裡面是肉餡，餡裡還加了雞蛋清呢，您要是吃不慣就嚐嚐別的菜吧！這些可都是您喜歡的肉菜。」

婁氏一拳頭打到陸氏這團棉花上，一時找不到話繼續罵，一口氣憋在心裡，狠狠地瞪了她一眼。

一旁的文氏見婁氏為難陸氏，也不出聲，只在心裡幸災樂禍地暗自偷笑。

「乾娘、乾娘我來啦！快來開門啊！」

婁氏拿起筷子剛要開動，忽然聽到門外陶鶴橋的叫門聲，她那張菊花似老臉上的戾氣，頓時消散，連忙笑咪咪地起身去開門。

「是橋兒啊！橋兒快進來、快進來！」婁氏看見小兒子來了，喜孜孜地將他往屋裡引。

第二十六章

自從陶銀跟周荷花和離之後，陶鶴橋就與婁氏認了乾親，說兩人長得像是親母子，這是天定的緣分，不可辜負。

村民們不明真相全都當真了，但明家人心裡跟明鏡似的，沒有人不知道這只是個藉口。雖然明大牛很想靜下心來問一問婁氏，這件事情到底是怎麼回事？但是每次只要他一開口，婁氏就跟打了雞血一樣，立刻叫囂起來，將他的疑問一股腦兒地給堵了回去。

此時見陶鶴橋竟然厚著臉皮跑到自己家裡來蹭年夜飯，明大牛他們倒是沒有什麼多餘的想法，可文氏卻是十分的不高興。

婁氏偷偷藏了一百兩銀子，本來就已經讓人很不爽，陶鶴橋是婁氏私生子這件事情，更是給明家一家人臉上都抹了黑，更何況受到最直接衝擊的那個人還是明二牛。

現在明二牛這個正經兒子被氣得跑到書院裡去過年，陶鶴橋這個野兒子卻登堂入室，占了人家的位置，也難怪作為妻子的文氏心裡會不舒服。

「呵呵呵，這是哪裡來的孤兒啊？自己沒家嗎？大過年的跑到別人家裡來蹭吃蹭喝！」文氏對著陶鶴橋，絲毫不給面子，陰陽怪氣地嘲諷過去。

婁氏聽了文氏這尖酸刻薄的逆耳之言，立刻就站起身來，「啪」地一巴掌拍到她頭上，打亂了她的髮髻。

「妳個狗婆娘是在咒老娘死？別以為老娘這幾天沒工夫找妳算帳，妳上次騙銀子的事情就這麼揭過去了！」

桌上眾人都被這一巴掌驚呆了，特別是文氏。今天可是過年啊！她怎麼都沒想到，婁氏竟然會為了這個野種，在除夕夜裡當著這麼多人的面，掌摑自己。她這才回家待了幾天啊？難道這次又要往娘家跑嗎？

文氏的腳步往外動了動，想到明二牛已經回鎮上去，女兒今兒個又被王斂帶去王家，自己要是再跑回娘家，恐怕一時半刻沒人去接她回來。她顧不上捣著自己的臉頰，憤恨地瞪了一眼一臉無辜的陶鶴橋，端起飯碗就怒氣衝衝地回自己房間。

婁氏見文氏走了，笑咪咪地拉著陶鶴橋坐在自己身旁，將桌上的好菜一個勁地往陶鶴橋碗裡挾。「橋兒啊，多吃點，多吃點啊！你看你都瘦了！」

婁氏一邊給小兒子挾菜，一邊埋怨地盯著明玉秀。「秀姊兒今天怎麼不下廚？妳看妳娘做的這都是些什麼啊？手藝越來越差！妳三叔難得來一次，也不知道自覺點！」

明玉秀翻了個白眼，將心口的血氣往下壓了壓，看了婁氏一眼沒有說話。這老東西能不能不要這麼厚顏無恥？往年除夕連個肉末都看不到，今年這麼多菜給她吃，她還在這兒挑三揀四的，非要餵把豬糠給她才舒服嗎？

今年的年夜飯因為有了陶鶴橋的加入，原本就不怎麼和諧的氣氛變得更加詭異。

「哎呀大牛，你把這塊豬蹄放下，這是你三弟最愛吃的，他平時都吃不到，你做哥哥的讓著他點！」

婁氏的嘰嘰喳喳還在耳邊，明玉秀幾個人都沒什麼吃飯的興致，看著她如同一個慈母般，悉心呵護著自己的幼子，明大牛他們這些真正陪伴她幾十年的親人，反倒更像是外人。

明玉秀實在不懂，為什麼祖母在這個野三叔面前，跟在自己父親面前簡直是判若兩人？難道就因為陶鶴橋長得跟她最像嗎？就算是這樣，也不至於這麼偏愛他吧？

其實明玉秀猜得還真是一點都沒錯，人的喜好就是那麼沒有道理。婁氏偏愛幼子，完全是因為他的相貌，看見陶鶴橋，她就好像看見了年輕時候的自己，哪能有不愛的？

陶鶴橋在明家吃完年飯後並沒有立刻就走，而是到了文氏的屋子裡去給她賠禮道歉，婁氏見小兒子執意如此，說了聲傻，就由他去了。

大房的幾個人很快吃完了年飯，一起起身回房守歲，飯桌上留下婁氏和陶鶴橋兩人繼續交流感情。

陸氏關上房門，笑咪咪地將早已準備好的壓歲錢裝在兩個小紅包袋裡，遞給兩個孩子。「秀兒、山兒，這是娘給你們的壓歲錢，一人五十文，願我兒在新的一年裡健健康康、平平安安。」

明小山開心地捧著陸氏給的紅包，笑得見牙不見眼，抱著陸氏的胳膊撒起了嬌。「謝謝娘親！」

明玉秀也滿心歡喜地道謝。這還是她有生以來第一次收到壓歲錢呢！雖然錢不多，但是這樣暖融融的心意讓她打從心底裡感到溫暖。

明大牛見妻子拿紅包出來，也從懷裡掏出兩個小袋子，樂呵呵地遞給兩個孩子。「這是爹給你們的，一人一個！」

明玉秀接過袋子打開一看，裡面裝的是一個小小的銀錁子，還是個長耳朵的小兔子，大約有一錢重，正是她的生肖。

明小山的袋子裡是顆小銀牛，圓滾滾的牛肚子像顆小圓球，憨狀可掬，正是明小山喜歡的樣子。

「爹爹，您真好！山兒好喜歡！」明小山捧著手心裡的小銀牛，扯過爹爹的袖子親熱地在他臉上啄了一下，又笑咪咪地拉著明玉秀的手，去看她的小兔子。

明玉秀寵溺地將兔子遞給明小山，然後側頭過去看父母，正好看見了他們臉上慈愛的笑，她的心裡感覺有一道暖流淌過。忽然間，她明白了她爹之前為什麼背著家人從糕點鋪子跳槽到酒樓去打雜，原來竟然是這樣。

見天色還早，尚不到戌時，明大牛和陸氏便打發明玉秀姊弟倆出去玩，明玉秀惦記著徐氏，帶著明小山一起去了徐家。

徐氏見兩個孩子終於來了，連忙喜孜孜地點燃掛在門口的一小串鞭炮，然後在噼哩啪啦的爆竹聲中，往他們懷裡一人塞了一個紅包。「這是徐奶奶和周奶奶一起給你們的壓歲錢，辟邪驅鬼，保佑你們明年一整年都平平安安！」

「謝謝徐奶奶！謝謝周奶奶！」

明玉秀領著明小山乖巧地接過紅包，又朝一旁笑盈盈的周氏也道了謝。

徐氏會給他們紅包她是知道的，往年她都會給，但是沒想到今年連周氏也給了他們壓歲錢，這還真是讓她有些意外。

周氏將明玉秀的疑惑看在眼底，上前一步握著她的手，一臉感激。「這次要不是妳，我老婆子怕是活不過來，妳在青河邊救了我一命，又在事後幫了我這麼大的忙，真是多謝妳了！」

原來是這樣啊。明玉秀有些汗顏。沒想到周氏不僅沒有因為婁氏的緣故不喜自己，反而還這樣真誠相待，她有些不自在地朝周氏道：「是我祖母造的孽，委屈您了！」

周氏搖搖頭，面色一片祥和，跟那天在明家院子外面破口大罵的粗俗村婦，彷彿不是同一個人。

「都過去了，我現在覺得很好。」這兩天她陪著徐氏賣豆腐、種種花草，覺得過得很是自在開心。當一個人不再把另一個人看作自己人生的全部時，她才能隨著自己的心意去過真正想要的生活。

如果不是明玉秀，她哪裡有機會知道，原來日子還可以這樣過，原來生活是這般美好？

幾人手拉手話家常，不一會兒，慕汀嵐哥兒就從院子外面走了進來。慕汀嵐吩咐隨從將置辦的一應生活用品搬到胡家，然後過來跟明玉秀打了聲招呼後，就要急著趕回軍營。

今天是除夕夜，在這個闔家團圓的日子，將士們為了保家衛國而不得與家人團聚，身為將領的他，自然要回去活絡一下氣氛。

見慕汀嵐立刻就要走，明玉秀將徐氏做好的豆腐，拿了一板放進籃子裡，讓慕汀嵐帶回去軍營裡給將士們嚐嚐。

將他們送出門，慕汀嵐偷偷往明玉秀手中塞了一個小盒子，輕聲在她耳邊低語。「有一個新年禮物在妳屋裡，回去看。」說罷，他勾唇一笑，領著一直在一旁怪笑的慕汀玨策馬離去。

明玉秀的臉燙燙的。若說她之前尚不確定慕汀嵐的意思，現在她就算再遲鈍，也該有所察覺。

只是……他們兩個人，真的有可能嗎？

剛進自己的房間，她便發現屋內多了一個半人高的木箱子，打開一看，明玉秀的眼睛驀然睜大。這是煙花？

明玉秀欣喜難耐地將箱子打開，慕汀嵐還細心地在箱子裡寫了一張字條：人畜要遠離，會炸的。

明玉秀會心一笑，連忙把那箱煙花搬到院子裡，大聲朝屋裡的陸氏和明大牛喊道：「爹、娘，快出來看！」

沒有想到在這個落後貧瘠的小山村裡，居然還能看到煙花，明玉秀心裡那點浪漫的粉紅色期待，早已經被無限放大。

「姊姊，這是什麼呀？」明小山眨巴眨巴大眼睛，莫名其妙地看著一臉興奮的明玉秀。

「待會兒你就知道了！你去徐奶奶家，讓她也到院子裡等著看。」明玉秀神秘兮兮地朝明小山一笑。

明小山點點頭，乖乖地跑到徐氏家報信去，然後又顛顛地跑回來，等著看這讓明玉秀激動的東西到底是什麼玩意兒？

見爹娘都出來了，明玉秀讓他們抱著明小山都站到屋簷下去，然後自己從懷裡掏出火摺子，將那箱煙花的引線點燃，也退到了屋簷下。

院子中間，引線迅速地燃燒著，很快就點燃了煙火，「砰」地一聲，一道尖銳的呼嘯從小院裡直衝天際，在高空中炸開了一朵粉紫色的花朵。接著紅色、黃色、藍色……各色各樣的火花在星空下交相綻放，璀璨生輝，明大牛和陸氏都驚呆了，張大了嘴巴仰望著天空。

今晚的月色很美，天上的繁星閃爍，夜空下綻放的煙火如同天女散花，比群星還要閃耀。

策馬離去的慕汀嵐回頭看了一眼星空下盛放的煙花，想起明玉秀站在院子裡看煙火的模樣，他抿唇一笑，揚起馬鞭，加快了步伐。

「砰砰砰」連續好幾聲，煙火急促地一發接一發，金色和紅色的「瀑布」從九天之上傾瀉而下，大有「飛流直下三千尺，疑是銀河落九天」之勢。

明小山驚奇地盯著天上綻放的花朵，大大的眼睛裡滿是喜悅。

呼嘯的炸裂聲，將整個臨山村的男女老少都給驚動了，大家紛紛跑出來觀望。只見夜空裡似是孔雀開屏，又似流星群落的五彩火焰，沒有一個人不震驚的。

臨山村裡百年以來，何曾有過這樣的盛況？再瞧那火花的起源之處，竟然是最近事端頻發的明家，人人眼裡都多了一絲驚奇。

屋裡的婁氏聽到外面的轟隆聲，嚇得臉色慘白，立刻從屋裡衝了出來。「這是哪裡炸了？是哪裡炸了？橋兒，咱們快跑哇！」

正在二房裡跟文氏促膝長談的陶鶴橋也聽到了動靜，連忙跑出來，見到外面的煙火，他也吃了一驚，不過很快就鎮定下來。「娘，別怕，這就是個玩意兒，沒事的！」

婁氏見陶鶴橋這麼說，又見自家屋子確實完好無損，這才放下心來。這個秀姊兒，又搞什麼么蛾子呢？是不是故意想把自己嚇死她就高興了？

婁氏走到院子裡，抬頭朝天上看了看，也有些愣住。她活了這麼大歲數，還從來沒有見過天上還能開花的，這是個什麼玩意兒？

見孫女和兒子、媳婦都看得專注，婁氏也目不轉睛地盯著天上瞅了半晌，放下驚惶後，她也覺得這東西還怪好看的。

很快地，煙火都放完了，院子充斥著一股火藥的味道，明玉秀將燃燒完的煙花殼子搬到了院子的角落裡，開心地將明大牛夫婦及明小山都引進了屋裡。

陸氏這時才反應過來，一進房，她就拉著明玉秀的手問道：「秀兒，這是那慕將軍送來的？」

明玉秀點了點頭沒有否認，陸氏憂心忡忡地看了她一眼，皺著眉頭，欲言又止。

「娘，怎麼了？可是有什麼話要跟女兒說？」明玉秀見陸氏這般模樣，便自己問了出來。

陸氏咬了咬牙朝她道：「娘瞧著，慕將軍怕是對妳有意，只是……咱們家這樣的門第，妳要是嫁給他，怕是要委屈妳，依照娘的意思……」

陸氏看了眼明玉秀的神色，接著道：「妳劉嬸子那日來探過娘的口風，娘聽她的意思，是開年有意來替她家大郎求親。娘覺得大郎人不錯，勤快、老實、聽話，劉嬸子人又好相處，妳要是嫁到她家去，跟娘家又近，比跟著慕將軍，怕是要強些。」

明玉秀見她娘這般為難的模樣，噗哧一笑。「娘，我還沒及笄呢，婚事還早著！要說劉大郎，女兒對他也沒那種意思，不喜歡的人，如何能勉強湊成一堆？」

聽見女兒這麼說，陸氏心裡更加地擔憂了。對劉大郎沒意思，那就是對慕將軍有意思了？陸氏又欲開口，明玉秀連忙伸手摀住了她的嘴巴。

「娘，我是不會嫁給別人做妾的，真心喜歡我的人，也不會讓我做妾，如果讓我做妾，我也不會嫁，自己一個人過不也挺好嗎？」

明玉秀自信自己有一手好廚藝，也有掙錢的本領，就算此生遇不到真愛，大不了自己一個人過就好了；到了不得不成婚的年紀，就收養一個孩子，把孩子教得懂事孝順，就像明小山這樣，自己老了也不一定會過得很慘。

明玉秀說完這番話，陸氏的一顆心當真是懸到了房樑上。

哪有做母親的會希望聽到自己女兒，說什麼一輩子都不嫁人這種話的？

每個人的人生都有相同的階段，什麼年紀該無憂無慮、什麼年紀該學習本領、什麼年紀該談婚論嫁、什麼年紀該相夫教子，這些都是有定數的，一旦和別人不同，就會被排擠、被其他人用異樣的眼光看待，這豈是自己異想天開，說不在乎就能不在乎的？

見明玉秀不欲多說，陸氏也止了話頭，暗想等下次慕汀嵐再來，她再好好打聽打聽他的想法，只希望是自己誤會一場就好了。

第二十七章

明玉秀洗漱完畢回到房間裡，從懷裡掏出慕汀嵐走時交給她的那個木盒，打開盒子一看，裡面是一支普通的木簪。

簪子雕得很低調，土黃色的簪身光溜溜的，除了尾端有一朵五瓣海棠的暗紋外，其他的地方與她平時配戴的木簪並沒有什麼兩樣，只是隱隱有些香味。

明玉秀將木簪放在鼻尖下聞了聞，一股清淺的沉香便鑽入鼻尖，原來竟是一支沉香木雕刻的簪子。

明玉秀心中一甜，想起上次慕汀嵐問她為何不戴海棠釵的事情。她當時說過，那支銀釵太惹眼，會遭來婁氏覬覦，沒想到慕汀嵐竟將她的話放進了心裡，特意為她刻了這支奢華而低調的沉香簪。

明玉秀躺在床上把玩著木簪，將陸氏方才的話又想了一遍。

她只要想像自己下半生若要和劉大郎同床共枕，就覺得很尷尬；再想想慕汀嵐，好像這種尷尬的感覺消失了，甚至還有一絲說不清、道不明的的期待，腦子裡不由自主地幻想起自己和慕汀嵐成婚的時候，會是什麼樣子？

握著木簪，她想到兩人的門第差距，思緒很是矛盾，就這樣胡思亂想地進入夢鄉。

元宵過後已進二月，慕汀嵐哥兒倆卻已經有半個月沒有再來村子裡，陸氏想找個機會問問慕汀嵐的想法，卻一直沒有等到他來，便暫時先擱下了。

明彩兒還有半個月就要出嫁。自從除夕那天她被王斂帶去王家以後，就一直沒有回來，文氏跑到王家去問，才知道明彩兒被李氏留了下來。

李氏這些年盼孫子跟盼什麼似的，只可惜王斂後院裡的那些個丫鬟們，雨露承了不少，卻沒見一個能開花結果的。這回李氏聽了個雲遊道士的話，說是自家二月裡，弄璋之喜和連理之喜將要雙喜臨門，樂得她連忙讓王斂去將明彩兒給接回來。

王家後院裡，李氏殷切地拉著面色陰沈的明彩兒，坐在墊了棉絮墊子的大椅子上，將她的袖子拉到腕上，遞到那陳大夫的面前。

「陳大夫，你快來看看，我這媳婦的喜脈現在能診出來了嗎？」

陳大夫將手指搭在明彩兒腕上，細細替她聽診。半個月前，他曾被夫人喊過來替二少爺這未過門的妾室診過一次脈，當時並沒有如夫人所願診出喜脈。

見李氏滿心歡喜，陳大夫不忍打破，只道是日子太淺，得再遲些才能得出結果。這才過了半個月，夫人又巴巴地將他找來。

陳大夫沈吟了一會兒，捋了捋鬍子，站起身來，一臉為難地朝李氏做了個揖。「夫人，在下仔細診過了，這彩姨娘並未有身孕啊！」

「什麼？沒懷孕？這怎麼可能？那老道……」李氏一聽陳大夫的話，臉上的笑容立刻垮了下去，看向明彩兒的目光也不善起來。

明彩兒臉上的表情僵了僵。她這是倒了什麼楣了？除夕那天好端端地被王斂給拉到王家，非要說她懷孕了，還鬧得全村人都知道，現在又診出她沒有懷孕，這不是在故意玩她嗎？

「夫人、夫人，不好了！二少爺屋裡的芳兒吐了！」在李氏失望地盯著明彩兒肚子看的時候，屋外匆匆跑進來一個綠衣小丫鬟。

「吐就吐了，這麼晦氣的事情告訴我做什麼？滾出去！」李氏不高興地斥責小綠。

小綠連忙知錯地低下頭去，又立刻抬起頭來。「不是……夫人，于大娘說，芳兒那症狀怕是有喜了！」

「什麼？是芳兒有喜？」李氏一聽小丫鬟的回稟，看了眼椅子上的明彩兒，又看了眼那小丫鬟，剛才垮下去的笑容，立刻又重新掛回了臉上。

她連忙把明彩兒丟到了一邊，招呼著家醫往外走。「走走走，陳大夫，我們趕緊去看看！」

明彩兒看著被丫鬟簇擁著離去的李氏，這樣的態度讓她感覺受到了莫大的羞辱。她抓起桌子上的一個琉璃茶盞，立刻就要往地上摔，卻想起這東西貴重，摔碎了，李氏肯定不會輕易放過她，於是她咬了咬牙死死忍住了。

放下那琉璃盞，明彩兒趁著王家人都去關心疑似有孕的通房丫鬟，偷偷從後門溜回了自己家。這些天在王家雖然好吃好喝，但是晚上還要伺候那花樣繁多、索取無度的王斂，這樣的日子真是叫她一刻都不想待下去。

剛回到明家小院，明玉秀正端著碗豆漿，坐在院子裡陪著明小山扎馬步，見明彩兒一臉不愉快地朝她走過來，明玉秀輕輕地瞥了她一眼，並沒有和她說話。

明彩兒柳眉一豎，正欲開口挖苦明玉秀幾句，這時候，院子外面突然匆匆跑進來一個小男娃，正是胡家的小栓子。

胡小栓一見到明玉秀，小短腿飛快地跑著，一下子衝到她面前，氣喘吁吁地拍著自己的胸脯。「秀姊姊，妳……妳快去、快去看看牛大叔！牛大叔出事了！」

明玉秀一聽明大牛出了意外，心裡一驚，立刻站起身來，將手中的木碗放在椅子上。「小栓，我爹怎麼了？你慢慢說！」

胡小栓站定，努力地嚥了口唾沫。「秀姊姊，牛大叔和我爹去山上砍柴，不小心滑到落峰崖下面去了！我爹讓我先回來給你們報信，他去崖下面找牛大叔了！」

胡小栓話音剛落，明玉秀已經像一陣風似地跑了出去。「小栓子，你帶著山兒快去地裡叫我娘回來，快！」

明小山聽見自己爹爹出事，小臉瞬間煞白，一句話也沒說，乖乖地跟在胡小栓的身後，往地裡去了。

明彩兒看著狂奔而去的明玉秀，鼻間發出一聲輕蔑的冷哼，轉身就朝西屋走去，還在心裡默默地詛咒明大牛。

這次大伯要是死了才好呢！到時候大伯娘帶著明玉秀姊弟倆，那就是沒有依仗的孤兒寡母，那時，看她還敢不敢再在自己面前囂張！

明玉秀跑上青城山，又飛快地朝落峰崖下跑去，遠遠就看見胡家大叔胡衛正揹著滿身是血的明大牛吃力地往回走。

看見明玉秀來了，胡衛將失去意識、往下滑的明大牛往背上掂了掂，快步地朝她走過來。「秀姊兒，妳爹身上有幾處骨折，我這就把他揹回去，妳趕緊去請個大夫來看看！」

明玉秀疾步走上前，有些顫抖地撥開明大牛額前的幾縷碎髮，見他雙目緊閉，面色慘白，額頭上還有一大塊鮮血淋漓的傷口，她的心裡湧起了一絲強烈的不安，朝胡衛點了點頭，匆匆忙忙地朝鎮上跑去。

陶銀那個老東西是靠不住的，她不能像上次治黑虎那樣，因為緊急就讓庸醫害了自己的父親，雖然鎮上有些遠，但是現在當務之急，還是先去找個可靠點的大夫要緊。

就在明玉秀匆匆趕往青石鎮的當口，一匹快馬正從西營往臨山村的方向狂奔，馬上的慕汀嵐皺緊了眉頭，馬鞭狠狠地抽在胯下的快馬身上。

半個月前，休沐時去青城山打獵的幾個士兵，回來都染上了一種怪病。他們身上接二連三地長起了白斑，先是四肢，再到軀體，最後是面部，膚色所變之處，還伴隨著強烈的痛癢和持續不退的高熱。

起初軍醫還以為是在山裡招惹了什麼古怪的蟲蟻，但是現在病情嚴重的那幾個士兵，都已經昏迷不醒了，並且，與他們同寢的其他人也被傳染了，病情在迅速擴散。軍醫說，青城山上可能正在爆發一種瘟疫。

這半個月以來，慕汀嵐時刻關注著自己的身體狀況，直到確認自己並沒有被傳染，這才不放心地趕到村子裡來看明玉秀。

慕汀嵐到達村口時，正好看見明玉秀行色匆匆地往外跑，她的眼裡似乎還有淚光，連忙策馬追到她跟前。「秀兒，出什麼事了？怎麼這副模樣？」

明玉秀抬頭，看清眼前正是半月不見的慕汀嵐，也來不及跟他解釋，連忙把手伸給他。「將軍，帶我去鎮上醫館，我爹受傷了！」

慕汀嵐一聽明玉秀要去鎮上請大夫，也不多問，連忙伸手將她拉上馬背，靠在自己的胸前，調頭朝青石鎮策馬而去。

一路上明玉秀都沒有說話，慕汀嵐兩手策馬，將下巴擱在明玉秀的頭頂上，輕輕碰了碰，低聲道：「別擔心，有我呢！」

明玉秀怔了怔，回頭看了一眼慕汀嵐，輕輕「嗯」了一聲，一直緊繃的身體微微放鬆下來。

兩人一去一來，不到半個時辰就將大夫帶了回來，明玉秀到家時，發現陶大夫竟然也在自己家裡，他正在給明大牛把脈，陸氏、婁氏還有胡衛父子倆都靜靜地站在一邊等候。

見明玉秀又帶著慕汀嵐來了，婁氏不自覺地將步子往裡縮了縮。自從上次見識到慕汀嵐的隨從隨身攜帶兵器之後，婁氏心裡就對慕汀嵐這個表面上看起來純良無害的公子，多了幾分畏懼。

陸氏攥緊了手裡的帕子，牽著明小山，不時地抹著眼淚，見明玉秀回來，她的淚珠掉得更快了。

明玉秀走上前握了握陸氏的手，無聲地安慰著她，又走到榻前看了一眼榻上的明大牛，沒有說話。既然陶銀已經在診脈了，且讓他診診看。

見這屋裡已經有大夫，跟著明玉秀他們從鎮上顛了一路的許大夫，有些不高興，正欲抬腳往外走，慕汀嵐伸手將他攔了下來。

明玉秀掃了一眼許大夫，然後將視線投向閉著眼睛，假模假樣聽診的陶銀，輕聲問道：「陶大夫，我爹怎麼樣了？」

陶銀捋了捋鬍子，小眼珠滴溜直轉。「大丫頭啊，妳爹這回怕是慘嘍！凶多吉少哦！」

陸氏一聽陶大夫的話，心裡驚得怦怦直跳。丈夫正值壯年，莫非這就要離她而去？一想到這裡，陸氏頓時感覺天崩地裂，眼前一片發黑，整個人都有些站立不住。

明玉秀眼明手快，連忙上前扶著陸氏站穩，又快步上前將陶銀從凳子上拉了起來。「盡說晦氣話！又想騙錢是不是？走開！」

陶銀被明玉秀拉了個趔趄，見明玉秀這麼不信任自己，連自己後面要說的話都不給機會說，心裡也有些不高興了，不屑地開口道：「妳爹骨折的幾個地方倒是不嚴重，在床上養個百來天也就沒大事了，只是他額頭上的傷，我看是摔下山的時候，撞到石頭上去了，能不能醒得看造化！依我看，這麼深的口子，怕是醒不了了！」

醒不了了？那不就是個活死人？婁氏一聽大驚。這怎麼行？活死人都得拿人參吊命，醒不醒還得看老天爺的意思，她可養不起活死人啊！

別說她手裡已經沒有多少銀子了，就算有，她也不能拿錢出來養個不能幹活，還要燒錢的廢物，哪怕那個人是她兒子也不行！

「你給我閉嘴！上次你故意給黑虎動的手腳是不是忘了？還有迷藥的事，要我重新再說一遍嗎？」明玉秀皺著眉頭，將陶銀往旁邊推了推。「再詛咒我爹，我就把那天滴血驗親的真相告訴所有人！」

陶銀被明玉秀一句話說得面色發黑，他僵硬地扯了扯嘴角，最終還是沒有笑出來，沈著一張臉，拂了拂衣袖，冷哼一聲就往外走去。

明玉秀用袖子擦了擦凳子，恭敬地將許大夫請到榻前。「許大夫，您醫術高超，麻煩您幫我爹看看，他身上的傷到底如何？」

許大夫是慕汀嵐用金翅令從鎮上最好的醫館裡拉過來的，這位大夫在青石鎮上名氣不小，一般只坐堂，並不出診，為人頗有些恃才傲物。

見明玉秀對方才那位同行和對自己的態度差別這麼大，又聽她口中說起什麼迷藥、什麼手腳的，許大夫心裡大致有些瞭解那個同行不是她請的，頓時心情好了許多，點了點頭，認真地替明大牛檢查起外傷來。

都說同行是冤家，明玉秀越是在他那同行手裡吃過虧，對他的態度又如此恭敬，他此時就越是想要好好表現一番，這大概就叫做虛榮心。

明大牛的外衣已經被陸氏脫掉了，此時他只著了單薄的中衣，許大夫掀開被子，仔仔細細地檢查著明大牛身上的每一處口子。

陶銀這回確實沒有說錯，明大牛的身上一共有三處骨折，分別在左膝、左手腕和右手肘處，大大小小的擦傷數不勝數；但是，明大牛身上最嚴重的地方並不是外傷，而是他額前的撞傷。

這塊撞傷有手巴掌心大，傷口上的血已經結了厚厚一層血塊，應該是落地時正好碰在了石頭上，也正是這塊撞傷導致明大牛一直昏迷不醒。

「許大夫，有什麼辦法能讓我爹快點醒過來嗎？」明玉秀擔憂地看著床上雙眼緊閉的明大牛。如果她爹真的變成植物人，那她娘親該有多麼傷心？怕是後半輩子都沒有快樂可言了。

「妳爹頭上這撞傷，在前額，並不在後腦，依老夫拙見……」

許大夫正要接著往下說，站在他身旁的慕汀嵐揚手止住了他的話頭。「大夫，可否借一步說話？」

慕汀嵐的聲音沈肅冷清，眉頭緊鎖，許大夫狐疑地看了他一眼，又想到他身上那塊權杖，點了點頭隨他站起身來。

兩人走到無人的角落，小聲嘀咕了幾句，起初眾人還聽不清他倆在說什麼，漸漸的許大夫的聲音越來越大，甚至還帶了幾分難忍的激憤。「不不不，這怎麼行？這人明明就是不好了，我身為一個人品貴重、醫德高尚的醫者，大人怎麼能叫我去欺騙病人家屬呢！」

第二十八章

許大夫的話剛說完，一揮袖子就丟下慕汀嵐，轉身氣呼呼地走到病榻前，朝眾人交代。「這活死人須得用人參吊命，上好的百年白參切成薄片，每日九錢分三次，照著飯點熬成汁餵給他喝，能不能醒就看他的造化了。」

他說完，便埋頭去給明大牛接骨包紮，再也不理會屋子裡的眾人，顯然是被慕汀嵐惹怒了，心中餘怒尚未全消。

聽了大夫的話，明玉秀皺緊了眉頭，重重地往外吐了一口氣，此時她那顆沈甸甸的心，早已經不知道該往何處安放？

明大牛好著的時候，她並不覺得父親有多麼強烈的存在感，但是真當他出了事，人事不省地躺在床榻上時，她這才覺得，如果父親不在了，那麼他們這個溫馨的小家，可能就再也不復存在。

見許大夫這般反應，慕汀嵐有些尷尬地咳嗽了兩聲，回過頭來朝明玉秀認真解釋。「妳爹定會好起來的，我沒有別的意思，只是不想你們太擔心。」

他的聲音不大不小，剛好讓屋子裡的人都能聽見。那許大夫聽了慕汀嵐的解釋，冷冷地「哼」一聲，手中動作未停，兩撇鬍子一翹一翹的，表情甚是古怪。

妻氏見狀，心裡早已經認定明大牛是不行了，此刻她的心情也是萬分複雜。她萬萬沒有想到，早上還是活蹦亂跳的一個人，怎麼一會兒工夫就成了活死人？以後他再也不能掙錢了不說，還成了一個大累贅！

不行，她不能讓兒子這麼拖累她，她還有自己的後半生要過呢！她的橋兒還沒有成婚，她怎麼能把餘生耗在一個廢人身上？大牛現在都已經三十五，她生他、養他一場，讓他好好地活到這麼大，她這個做娘的已經對得起兒子了，現在是他命不好，可怨不得她！

婁氏握了握滿是皺皮的拳頭，在心底萌生了一個決絕的想法——分家！

家中突逢變故，每個人心思各異，送走了許大夫，婁氏讓陸氏和文氏帶著幾個孩子齊聚一堂，就連一直在書院裡待著的明二牛也被婁氏差人喊回來。

慕汀嵐和胡衛見明家有家事要處理，便先打道回府，去胡家等消息。

明玉秀的心裡千迴百轉，將目光放在神情有些恍惚的陸氏身上。陸氏自從看見丈夫這般模樣，便一句話再沒有說過，只不停地拿著帕子抹眼淚，顯然已經是六神無主。

明小山緊緊地牽著明玉秀的手，大大的眼睛裡滿是對未知的恐懼。當意識到父親可能永遠都醒不過來時，他感到前所未有的恐慌，這是他第一次懂得生離死別的可怕。

「祖母要說什麼？」明玉秀看著婁氏坐在炕沿，欲言又止的模樣，心裡一百個不耐煩。現在她爹還躺在床上人事不知，有多要緊的事情非要現在說？

婁氏見明玉秀開口問，心一橫，朝明二牛撇了撇嘴道：「二牛，你大哥落崖摔壞了腦子，要拿百年人參續命，你看這錢……」

明二牛的心裡現在也是一團糟。在家待著的時候是天天丟人，好不容易跑到書院去清淨了半個月，又被叫回來丟財。百年人參品相最劣的也要五十兩一支，半年以後就要秋闈了，他哪來那麼多閒錢給大哥買參？母親這麼問他，不是存心叫他為難嗎？

「娘，那人參的價您是知道的，我在外面全靠寫字畫賺點錢餬口罷了，哪有餘錢去買參？還是叫大嫂自己想想辦法吧！」

「嗯，你的難處娘也知道。」婁氏見明玉秀睜著雙大眼睛等著她的下文，慢悠悠道：「我這裡也只剩十兩銀子了，既然這樣，樹大分枝，人大分家，你們兩房一家五兩，現在就把家分了，以後是生是死，各安天命吧！」

明玉秀一聽這兩人的對話，簡直快氣笑了。祖母這是要棄她爹於不顧了嗎？什麼叫患難見真情，這就是了。原本以為祖母只是對孫輩們的感情淡薄，沒想到對兒子也是一樣。

要說人大分家，她爹現在早已經過了弱冠之年，要分，剛成婚的時候就應該分！

而且分家雖然是明玉秀一直在琢磨的事情，但是她自己想分是一回事，被人主動分出去又是另外一回事。

「祖母，我爹現在還躺在榻上生死未卜，您這是打算不要這個兒子了？五兩銀子分家？祖母能告訴我，哪裡有這麼便宜的人參買嗎？」

明玉秀勾起唇角，諷刺一笑，目光掃向屋內眾人。陸氏和明小山淚汪汪地盯著榻上的明大牛一動不動，也不知道有沒有把婁氏和明二牛的話聽進去？

文氏聽了明玉秀的話，抬著脖子，像隻隨時準備戰鬥的母鵝，不屈地盯著明玉秀。「秀姊兒，妳也不要怪妳祖母，妳爹這病可是個無底洞啊！咱們家情況妳又不是不知道，咱們這樣的人家，哪裡能買得起百年人參？何況還是日日都要。妳爹現在人已經不好了，可家裡其他人還得繼續活啊！總不能叫全家人都陪他搭進去吧？」

「就是，大伯成了活死人，日日要用好參，你們自己去想辦法就是，叫我爹娘拿錢出來算什麼事？我們還想過幾天好日子呢！」明彩兒皮笑肉不笑地看著明玉秀，眼裡沒有一絲作為姪女對大伯應有的尊敬，有的全是害怕被連累的急不可耐。

明玉秀沒有理會文氏和明彩兒，眼底劃過一抹嘲諷。錢她有的是，一千兩百多兩，就是百兩一支的上好人參，也夠她爹吃一整年的，何況她還能出去掙錢。

她現在就是要看看，這家人到底能夠冷血到何種地步！明玉秀輕輕扯了扯唇角，淡淡朝婁氏道：「家裡的房地不都是錢嗎？而且祖父臨走時也給家裡留了筆錢吧？怎麼會只有十兩？再不濟，村裡左鄰右舍總可以借一些啊！祖母連面上的客氣話都不說，直接就要分家，是要讓我爹就此自生自滅去嗎？」

婁氏的手一頓，被明玉秀這麼赤裸裸地打臉讓她有些不爽，唾沫星子立刻四濺開來。

「不然妳還想怎麼樣？妳祖父留的那些銀子我早賠給那周荷花了，妳要錢找她要去！賣屋、賣地，那我喝西北風去啊？妳還想著借錢，鄉里鄉親借了錢都不用還的嗎？我都這麼大年紀了，後半輩子難道要每天愁著給人還債？妳就這麼忍心糟蹋妳的祖母？妳的孝道都學到哪裡去了！」

「呵，既然祖母都這麼說了，那我們想繼續賴在家裡怕是不成了，就是不知道二叔、二嬸是不是也和祖母一樣的想法？」

明玉秀冷冷一笑，將最後一個問題拋給了明二牛跟文氏。有些事情還是確認一下比較好，這樣她好清楚明白，以後該用怎樣的態度去對待這兩個人？

明二牛有些訕訕地撇過頭去，有些心虛地將目光投向別處，並沒有接話。

文氏見明二牛不言語，立刻站出來朝明玉秀連連點頭，生怕遲則生變。「我們同意，同意分家，現在就分吧！」

文氏還真怕明玉秀剛才會說出讓她去女婿家借錢的話，還好她還算是懂點人事的，沒有提出那沒皮沒臉的要求。

「那就分吧！」正待明玉秀要開口再同明二牛確認時，一直在明大牛榻前沈默的陸氏，突然開口。「既然婆婆和小叔子都想分家，那就分吧！」

明玉秀看向陸氏滿臉縱橫的熱淚，心裡一縮，方才的鎮定也有了片刻動搖。「娘！」

陸氏將臉上的淚擦乾淨，將手裡的帕子揣進懷裡，面上一片平靜。「我們大房淨身出戶，那五兩銀子也不要了，都留給婆婆吧！就當是大牛做兒子最後給您的孝敬。」

什麼？要淨身出戶？屋裡的幾個人聽了陸氏的話，都有些愣怔。淨身出戶等於什麼都不要，兩手空空滾出家門，什麼都沒有，出去以後靠什麼生活？

「我娘家已經沒人了，陸家村的老房子沒有人住，我和大牛可以帶著孩子回去住，自己開荒種地，沒什麼活不下去的。」

明二牛見陸氏似乎都已經將退路都想好了，他的心裡忽然有個模糊的念頭一閃而過。

「大嫂可是有什麼條件？」

「哼，小叔倒是聰明，不愧是多讀了幾天書的人啊！」陸氏語帶譏諷地瞥了一眼明二牛，又看向婁氏一字一句道：「我要婆婆簽一紙文書，斷絕大牛的母子關係，斷了明家人與我們大房的所有恩情！」

明二牛心裡一咯噔。這是做什麼？只是分個家而已，大嫂何必做得如此決絕？不管是小門還是大戶，哪一家不走這個過程的，至於因此跟他們決裂嗎？

明玉秀見陸氏在關鍵時刻如此果敢，心裡不禁對她豎了個大拇指。與明家撇清關係這件事她也是想過的，只是礙於明大牛在，她不敢妄自替父親做決定，怕他醒後會怪罪自己，現在由母親將這話說出來也是剛剛好。

「婆婆，文書簽了以後，東邊屋裡的一應財物，除了衣裳、被褥，其他的我都不要了，分家的銀子、田地，所有的一切都歸您。」

婁氏先是被陸氏的話驚了一跳，接著情不自禁地湧上一陣狂喜。大媳婦願意淨身出戶，可真是太好了，東邊的屋子空出來，她正好可以給橋兒住啊！這些田地、房產，也都可以留給橋兒娶媳婦！

「大媳婦，妳可是認真的？」婁氏眼巴巴地看著陸氏，生怕她說出個不字。

明玉秀的目光掃過屋內的眾人，將他們臉上的表情一一收入眼中。

金用火試，人用錢試，明大牛的事情發生得太突然，讓所有人都猝不及防，往往是這種突如其來的考驗，才能反映出一個人心底最真實的想法。

在眼下這個最需要親人支援的時候，明玉秀再一次深刻地看清祖母和二房幾人自私涼薄的嘴臉。

「再認真不過。反正這些年大牛在婆婆和小叔的心裡，也不過是個免費的勞力罷了，大牛他一向孝順婆婆，如果他現在醒著，也一定不願意自己拖累你們。」陸氏的眼眸中冰冷一片。明明是通情達理的一番言辭，聽在眾人的耳朵裡卻有些微微帶刺。

可婁氏卻管不了那麼多，她這個人一向很懂得審時度勢，如果大牛還醒著，她也許做不出這麼絕情的事情，畢竟就這樣將他掃地出門，等著他的很有可能就是個死字。

面對自己的親生兒子，她也會覺得心虛，但是現在明大牛已經什麼都不知道了，她那一點點尚未泯滅的人性，便全然沒有了顧忌。

「這可是妳自己說的啊！妳自己都說大牛已經廢了，不能拖累我，可不是我這個做娘的心狠。妳要簽文書可以，文書上必須把妳主動自願淨身出戶這些都寫清楚，不然別人還以為是我這個做娘的存心苛待你們。」

婁氏的兩眼裡熠熠生輝，宛如天上掉下個大餡餅，將她砸得眉開眼笑。要不是因為屋裡還有人，她差點就樂得合不攏嘴了，此刻她儼然已經忘記還有個兒子正躺在鬼門關前。

就在婁氏期盼地看著陸氏，等待著她答覆的時候，躺在床上被所有人遺忘的明大牛，眼角滑下了一行淚。

陸氏一改往日的謙恭和氣，逕自走到明二牛面前朝他道：「是，是我說的，麻煩小叔這就去取紙筆吧！」

明二牛嘆了口氣。不知為何，他總覺得今天如果答應了大嫂，他們家日後必定會有後悔的那一天；但是比起這種未知的預感，顯然叫他拿錢出來給大哥治病更讓他為難。明二牛沒有猶豫多久，立刻就去西屋取了紙筆來。

在眾人的見證下，寫好了一份明大牛一房與明家斷絕關係淨身出戶的文書，文書一式三份，婁氏一份，陸氏一份，還有一份會送到村長那裡備案，在場的幾個人都在紙上按下了手印。

明玉秀將幾張墨水已乾的紙張從明二牛手裡接過來，想了想，又將文書拿到明大牛的榻前，將他的手印也摁了上去。

這場變故來得實在太快，明玉秀還以為她要在明家耗上好一陣子，至少要待到她出嫁；沒有想到，只是因為這樣一次意外，她和父母、弟弟就要離開這個家了。

陸氏去找隔壁劉氏借了一輛板車，在板車上鋪好鋪蓋，跟明玉秀兩人合力將明大牛搬到板車上，站在一旁的明二牛看見兩人搬得吃力，忍不住朝她們伸了伸手，卻覺得尷尬，又默默地放下了。

不一會兒，劉氏不放心地趕過來了，隨同一起的還有剛好賣完豆腐回來的徐氏，徐氏聽劉氏說明玉秀一家要搬到陸氏娘家去，連忙跑來問清楚緣由。

得知明家就這樣分家了，徐氏驚愕不已。世上竟然會有如此冷情薄倖的親娘，真能狠下心來將自己生死未卜的兒子趕出家門啊！

徐氏從懷裡將這二十來天賣豆腐得來的三兩多碎銀子，都掏了出來，放到陸氏手裡。

「芸娘，這些錢妳先拿去用，其餘的我們再想辦法。大牛一定會沒事的！妳別回陸家村，你們要是走了，我以後想見秀兒和山兒都見不著了；再說，妳娘家都空了好些年頭，怕是什麼都沒留下，我那兒寬敞，你們搬到我那裡去住吧，正好陪陪我這孤寡老婆子啊！」

第二十九章

徐氏一番言辭說得懇切，眼裡滿是真誠的期盼，陸氏壓抑許久的心酸和委屈在徐氏溫柔的安撫下，終於再也忍不住。

她趴在徐氏的肩膀上嗚嗚地哭出聲，劉氏站在一旁拍了拍陸氏的肩膀，也從兜裡掏出一個錢袋。「芸娘，我這裡也有一兩多，妳拿去給大牛哥用吧！咱們再去村裡各家各戶借一點，妳和孩子們還年輕，不愁還不上。」

見兩個沒有血緣的外人都在關鍵時刻伸出援手，而嫡親的祖母和叔叔卻「各有各的難處」，明玉秀冷冷地看了他們一眼，輕聲朝陸氏道：「娘，我們就去徐奶奶家住吧，以後徐奶奶就是我親奶奶，我和山兒一定會像孝順爹娘一樣孝順奶奶的！」

「是啊，芸娘，妳就去徐嬸嬸家住，以後咱倆還可以繼續做鄰居，妳要是走了，我以後找誰一起繡帕子呀？」劉氏也笑著安慰陸氏。陸氏知道徐氏一向和自己兩個孩子感情好，並沒有把他們當外人，猶豫一下，便同意了。

雖說回娘家也是條退路，但是父母已經去世了十來年，唯一的兄長跟個行腳商人外出跑商，已經五、六年沒有消息了，怕是在外面凶多吉少。她帶著明大牛回去，一無所有，一切都要重新開始，她也不知道自己能不能支撐下去？

陸氏想起明玉秀跟徐氏合作的豆腐攤子，覺得去徐家也好。田地沒了，以後她們可以一起做豆腐去鎮上賣，徐嬸子年紀大了一個人忙不過來，她正好可以給她當幫手，加上有秀兒的手藝在，能掙錢買菜、買人蔘，大牛一定會好起來的。

陸氏振作了一下心情，點點頭，讓明玉秀去將被褥和衣裳收拾好，牽著明小山的小手，步履堅定地朝門外走去。

一直看著這幾個人「相親相愛」的婁氏和明二牛等人，心情都有些複雜。家裡一下子走了四個人，整個明家立時顯得空盪盪的。

婁氏撇了撇嘴，不高興地朝遠去的幾個人冷嗤了一聲。「哼！喪門星走了好！剋爹、剋娘、剋兄長，現在還剋夫！早就知道這陸芸不是個好東西，果然把我家搞散了！」

文氏心裡倒是雀躍不已。明大牛一家子都走了，以後婁氏就只有她一個媳婦，要是婁氏再敢欺負她，她以後就不給她養老！

臨山村的房屋格局都差不多，陸氏帶著一家人搬到徐家後，依舊住在東邊屋子。

徐氏樂得臉上笑開了花。打從明玉秀一家人進屋以後，她就不停地忙前忙後，替他們收拾屋子；若不是因為明大牛重傷在身，徐氏都想擺上一桌酒慶祝他們的喬遷之喜了。

明玉秀跟幾人合計了一下以後的打算。雖然她身上已經有買參的錢，但是她爹不知道什麼時候能醒，她不能坐吃山空，更不能再像以前那樣小打小鬧，必須要認真賺錢。

明玉秀從包袱裡將慕汀嵐給的一千兩銀票和上次肖複賠償的兩百多兩銀子，都拿出來擺到了桌上，冷靜地將這些銀子的來源詳細地說給徐氏和陸氏聽。

陸氏一見家裡居然有這麼多銀子，驚嚇之餘，頓時為明大牛鬆了一口氣。不管這些錢是怎麼來的，至少丈夫現在急需的續命良藥暫時是不用愁了啊！

想到這些銀子多虧了慕汀嵐，陸氏對這個可能成為她女婿的孩子也多了一分感激。若是慕汀嵐真能一心一意對待她的女兒，倒是個不錯的人選，至少他知道知恩圖報，人品看起來也是不錯的。

「娘，這些天您就好好照顧爹，人參的事情交給我，這些錢足夠我爹吃一年了，以後的我再想法子去掙。」

現在離開明家，她可以放開手腳去掙錢，不用再怕婁氏搜刮，也不在乎二房的眼紅覬覦，她想做什麼都可以，隨心所欲，再也不用擔心替他人做嫁衣，這也是分家給她帶來的最大好處。

雖然陸氏之所以要與明家斷絕關係，怕是因為見到婁氏如此狠心拋棄將死的明大牛，心裡有氣，才會那樣決絕，但是卻是實實在在地給明玉秀行了一個方便。

明玉秀正欲將今後的打算跟陸氏和徐氏細說，等在胡家的慕汀嵐得到消息，緩步走了進來，見明玉秀和陸氏都在，慕汀嵐握著拳頭清了清嗓子。「秀兒，其實妳爹……」

「什麼？你說許大夫是騙我們的？」明玉秀睜大了眼睛，難以置信地看著面前眸中含笑的慕汀嵐。「公子，這是怎麼回事？」

那大夫剛才不是還義正辭嚴地表明自己的品格有多麼高尚、思想有多麼正直，是絕對不會欺騙病者家眷的嗎？

「許大夫不過是配合我演了一齣戲罷了，至於目的，我想妳已經看到了。」慕汀嵐說著，逕自走到明大牛躺臥的病榻前，將緣由對明玉秀幾人娓娓道來。「有些事情，能有個機會去面對總是件好事，就像一個人的身上長了膿瘡，捂著、藏著是好不了的，須得將它挑破方可痊癒。」

他也是看到秀兒的祖母、叔嬸在聽到那無良庸醫斷定明大牛難以再甦醒時的那番態度，又聽許大夫當時的語氣似有不同的見解，這才靈機一動，中途出言打斷了他。

兩人走到一旁，悄悄一通氣，果然如他所料，明大牛只是撞傷了額頭，有些輕微的腦損傷，雖然他額頭上的傷口猙獰可怖，但並未傷及根本，昏迷也只是暫時的。

慕汀嵐細細一斟酌，覺得這正是明玉秀及陸氏認清人心的一個好時機，這才與許大夫一起設了一個小小的局。幸虧陸氏不負眾望，斬釘截鐵地做了這番決定，當真令人刮目相看，此刻慕汀嵐只希望明玉秀不要怪他多管閒事才好。

「這麼說我爹沒事了？那他為什麼還不醒啊？」

明玉秀此時不知道該說什麼好，心裡又驚又喜，彷彿天上掉了塊大石頭下來，眼看就要砸到她腦袋上，突然那顆石頭又不翼而飛了。

「妳父親身子還虛著，許大夫在包紮的繃帶上塗了些麻沸散，又給他餵了些助眠的藥丸，他睡一覺，大約就會醒了。」

「你確定？真沒騙我？你可別哄我。」明玉秀猶自不敢相信。沒有親眼見到父親醒來，她實在無法放心。

「那許大夫，妳可知道他是什麼人？」慕汀嵐無奈地看了眼面前睜大眼睛看著他的少女，眸中帶了一絲寵溺。

「我不知道，這跟你騙沒騙我有什麼關係？」

「他可是許家的人。」慕汀嵐看了屋內的眾人一眼，將他知道的，緩緩告知。

九年前，先帝的幼子，也就是如今的定王慕秉堯患上了一種嚴重的頭疾，每逢初一、十五，這頭疾必定發作。

痛起來時，向來寬和有禮的定王爺便如同陷入癲狂，有一夜甚至在狂暴之下，連殺了六名御醫，整個王府因為王爺的病，陷入了一片恐慌。

先帝當時召集了御醫院裡所有的御醫前去王府會診，都沒能緩解定王的頭痛，後來便命人張貼皇榜，去民間尋找良醫。當天晚上，便有一位民間大夫揭了皇榜，三個月後就成功將定王救離苦海，這位民間大夫就是姓許，也是渝南郡人士。

「那位神醫就是這位許大夫？不是吧？他這麼有本事，為什麼還要待在這窮鄉僻壤？」明玉秀有些不能理解這些有才之士的所作所為。如果她有這樣的本事，早就吃香喝辣去了，幹麼要在條件這麼落後的小鎮當什麼閒雲野鶴呢？

「定王和先帝當初也以御醫院院判之職招攬過那位許大夫，不過那位大夫當時已經九十高齡，替定王解了頭疼之症後，不久就在家中壽終正寢了。」

「啊？那今天那位是？」原來說了半天不是說的正主啊！

「那位許老神醫有個兒子，就是今天來給明大叔看診的許大夫。許大夫跟他爹一樣，性子有些孤傲，並不喜歡宮廷裡的勾心鬥角，便一直待在老家開醫館坐堂。」

慕汀嵐看了明玉秀一眼，又朝她微微一笑。「這下妳該相信我了吧？妳爹很快就會好的，妳不要擔心了。」

慕汀嵐的嗓音沈靜有力，給人一種值得信賴的感覺，一直在旁邊靜靜聆聽的陸氏長長地舒了一口氣，癱坐在床榻邊，緊緊地握著明大牛的手，眸中滿是溫情。

她並不怨怪慕汀嵐擅自做主，與那大夫演了這麼一齣戲，誆她與明家斷絕了關係；若不是大牛是婆婆的兒子，二房是她家的親戚，她早不願意與那群人為伍。

而現在，事情都已經發生了，婆婆和二房當時的態度作不了假，她並不後悔做那樣的決定。現在，沒有什麼比一家人健健康康、平平安安地生活在一起更能讓她滿足的了。

「哈哈哈！」這時候，終於反應過來的明玉秀突然捂著肚子，大笑起來。「慕汀嵐，你真聰明啊！這樣就讓我們輕輕鬆鬆擺脫我祖母那隻貪得無厭的吸血鬼了！」

笑起來的明玉秀，眼睛很明亮，像有璀璨的星光在眸中流淌。

慕汀嵐嘴角彎彎，自動忽略明玉秀口中對長輩的大不敬，他定定地看著捧腹大笑的少女，不自覺地跟著她笑起來。這還是秀兒第一次喊他的名字。

「妳不怪我就好，接下來有什麼打算嗎？」

明玉秀笑夠了，心情十分舒暢。「如今我們沒田沒地，光靠賣豆腐是維持不了生活的，雖然手裡還有些銀子，但是總不能坐吃山空，我打算去村裡大批量收黃豆，開個黃豆小作坊。」

明玉秀將自己的初步打算跟慕汀嵐說了。她要開個黃豆小作坊，做一切跟黃豆有關的食品加工。難得臨山村有這麼多廉價的黃豆，大大地降低了她的生產成本，現在做這個是最好不過的。

陸氏和徐氏聽了明玉秀的想法，也都頗為贊成。自從明玉秀將做豆腐的法子教給徐氏，幫她支起了豆腐攤子以後，陸氏也開始正視女兒的這些小本事了。

明小山莫名其妙地看著轉憂為喜的明玉秀和陸氏，眨巴著大眼睛，走到明玉秀跟前。「姊姊，爹爹不會死了對不對？」

慕汀嵐伸手將明小山拎起來抱在懷裡。「你爹沒事了，明天就會醒，不過要在床上躺好久呢！你這段時間可要乖。」

慕汀嵐說著，抱著明小山就往院子外面走。

「我半個月沒有來，你這段時間有沒有好好練功？」

驚蟄已過，萬物復甦，徐家小院裡的滿園花草都萌出了新芽，整個小院裡充斥著清新的草木香氣。

明小山知道自己父親沒事了，一張小臉終於又重新掛上笑容，抱著慕汀嵐的脖子朝他炫耀。「我這些天每天都有練功，我現在已經能扎馬步半個時辰不動了呢！」

「哦，這麼厲害？」慕汀嵐挑了挑眉，頗有些意外。他自己比明小山稍大的時候才將將能扎大半個時辰，這小子看來是個有毅力的。

「當然啦，姊姊每天都看著我的！」明小山怕慕汀嵐不相信，連忙給自己找了個證人來作證。「姊姊，妳快告訴汀嵐哥哥，我說得是不是？」

「是是是，你最能幹、最厲害！」明玉秀無奈地看了兩人一眼，默默地扶額。這是什麼節奏，小山長大以後當真要去當個武夫了嗎？

「哦，對了！」明玉秀忽然想到了什麼，回頭朝慕汀嵐道：「你這半個月去哪裡了？怎麼都不見你來？是發生什麼事情了嗎？」

慕汀嵐眸中閃過一抹溫柔，似笑非笑地看著明玉秀開口問：「妳在等我？」

明玉秀臉一熱。這人怎麼這麼不害臊，誰等他了？只是好奇隨口問問罷了。

「我是擔心我家裡那些食物沒人來吃會壞掉，你不要自作多情。」

「煙花好看嗎？簪子喜歡嗎？」慕汀嵐見明玉秀面色有些發紅，忍不住想逗她，又不依不饒地追問了一句。

誰知道明玉秀突然「噗哧」一聲，笑了出來。「將軍到底是何意？是在討我歡心嗎？」

慕汀嵐一愣，見明玉秀問得如此大方，也不遮掩，坦坦蕩蕩地看著她的眼睛回答。「是啊，在討妳歡心，想要妳喜歡。」

他頓了頓，怕明玉秀不明白，又淡淡補充了一句。「想要妳喜歡我。」

這算是在跟她表白嗎？明玉秀一愣，沒有想到慕汀嵐會這麼直接。她定了定心神，越是在這種容易頭腦發熱的時候，她反而越迅速地冷靜下來。

收起臉上的嬉笑，她複雜地看著慕汀嵐，面上帶了一絲認真。「慕汀嵐，我可能不能喜歡你，你還是不要在我身上浪費時間了。」

慕汀嵐歪了歪頭，疑惑地皺眉。「不能？為什麼？」

「寧做寒門妻，不做高門妾啊！」明玉秀一字一句堅定地表達著自己的想法。

她的話音剛落，慕汀嵐的嘴角咧開了一個大大的弧度，忍不住伸出手去揉了揉明玉秀的頭頂。「傻丫頭！我喜歡妳，因為妳讓我覺得安心，有家的感覺，就算這個家裡有什麼妻與妾，那也肯定都是妳。」

第三十章

令人怦然心動的甜言蜜語，就這麼落入了明玉秀的耳中，正當她小心臟開始怦怦亂跳的時候，一直坐在慕汀嵐懷裡乖巧地聽著他倆對話的明小山，忽然將自己的小嘴巴湊到了慕汀嵐的耳邊，軟軟糯糯地朝他吐出了兩個字。「姊夫。」

慕汀嵐抱著明小山，愉悅地笑出聲，見明玉秀曲起兩指就要給明小山來頓糖炒栗子，連忙抱緊懷裡的小人兒側身躲開。「山兒又沒喊錯，不要欺負他。」

明玉秀無語地瞪了兩人一眼，沒好氣地朝眸中含笑的慕汀嵐嗔道：「我可沒有答應你。」

「日子長著呢，我不著急。」慕汀嵐好脾氣地朝她笑笑，想要再次伸手去揉她的頭髮，見她直勾勾地盯著自己，眼神警惕得像隻靈敏的貓，忍不住覺得好笑，將手收了回來。

「其實我今天來，還有一件事情要告訴妳。」

慕汀嵐看了看天色，落日的餘暉已經灑滿了小院，他也差不多該回去了，便放下懷裡的明小山，將軍營裡發生的事情，一五一十地告訴明玉秀。

「這段時間你們就不要再到山上去了，山中的情況暫時還不明確，若真有疫源存在，青城山周圍大大小小的十數座村莊，都將面臨危險。」

「你是說，軍營裡的將士是在落峰崖感染瘟疫的？」

明玉秀皺緊了眉頭，踱步在院子裡走來走去。她總覺得這件事情似乎有哪裡不對勁。垂眸細細思索了片刻，她終於想到了問題的關鍵。「不對啊，這不可能吧！胡大叔剛剛還與我說過，他和我爹這段時間一直都在落峰崖那一處砍柴，但他們並沒有什麼異樣啊。」

說到這裡，明玉秀的心裡猛地一跳。不會她爹這次意外墜崖也跟這件事情有關吧？

落峰崖正是青城山上植被最繁茂的地帶，雖然取名為崖，但實際上，它的面積十分廣闊，地勢相較於其他山峰也算平坦。

落峰崖的最北面是一面高崖，崖下正好是大寧與南詔共同治理的天青湖，七萬五千多畝的面積，以落峰崖為界，天青湖有五分之三在大寧，另外的五分之二，地處南詔的滄瀾郡境內。

本來明大牛平時是不會去落峰崖這麼遠的地方砍柴，只是這段時間，村裡有人傳言，說隔壁村子有人在落峰崖上採到冷香草，還去漢中府賣了一兩金，這才引得附近的村民們一時趨之若鶩。

明玉秀之前還特意囑咐過父親不要深入青城山，她沒有忘記之前慕汀玨會去山上，就是因為西營的將士們在山上遇到了老虎，沒想到父親還是偷偷去了。

「妳說明大叔他們這段時間常常去落峰崖？」慕汀嵐意識到這件事可能存在各種陰謀，面上不由帶了幾分正色，將明大牛受傷之事又詳詳細細地問了一遍。

落峰崖不比其他地方，這裡雖無邊界之名，卻有邊界之實，他之所以沒有阻止士兵們去崖邊狩獵，也是想利用狩獵一事巡視一下邊防，但是目前看來，將士們的病症來得實在蹊蹺，這落峰崖也大有玄機。

如果明大牛和胡衛這段時間一直在落峰崖活動，沒有道理將士們染上了瘟疫，他們卻沒有被傳染。

而且明大牛這崖落得也甚是古怪。落峰崖下就是天青湖，按常理來說，明大牛掉下去後應該即刻就會沈入湖底，怎麼會那麼快就被胡衛找到了？據明玉秀所說，她見到明大牛的時候，他已經在胡衛的背上了，這又是怎麼一回事？

「秀兒，妳好好照顧妳爹，我再去胡家找胡衛問問當時的情況。」

慕汀嵐將明小山交到明玉秀的手裡，就在他低頭的瞬間，鼻間似乎嗅到了一絲香氣，目光落在明玉秀頭上那支小巧的沉香簪上，他的嘴角噙著一抹笑意。「我待會兒就直接回軍營，明天再來看妳，明晚記得給我和汀珏留飯。」

明玉秀目送慕汀嵐離去，心裡沈甸甸的。如果真的是南詔人在搞鬼，想要加害他們寧國的守衛軍，那眼下這太平的日子還能有多久呢？

明玉秀牽著明小山的手回到屋子裡，徐氏和周氏正在廚房裡生火、切菜，準備晚飯，而陸氏則在東屋裡給明大牛煎藥。

明玉秀輕輕走到父親榻前，將他的大手握在自己手中，眼中滿是複雜。不知道父親醒後，知道他們已經離開明家，心裡會作何感想？是會責怪母親擅自做出這樣的決定，還是會痛心傷懷祖母的絕情？

正在明玉秀胡思亂想之際，她忽然感覺到明大牛的手在她的掌心裡動了動，連忙撲到明大牛面前，欣喜焦急地朝他喊道：「爹！爹，您是不是醒了？」

「爹爹、爹爹！」明小山也睜大了眼睛盯著床上的明大牛喚了兩聲。

屋裡的陸氏聽到兒女的叫喊聲，連忙放下手中的藥碗，大步走到床前，緊張地看著明大牛。

只見明大牛的睫毛輕輕顫了幾顫，然後緩緩地睜開一條縫，複又閉上，這樣反覆了兩、三回才真正睜開了眼睛，定定地看著自己的妻兒，臉上扯出了一個蒼白的笑。

陸氏喜極而泣，掏出帕子抹了抹自己的眼淚，連忙走到桌前，將桌上的藥碗端過來，一直懸著的一顆心這才放下。雖然慕汀嵐說過丈夫很快就會醒，但是她沒有親眼見到他醒來，哪裡敢真正放心？

明玉秀和明小山也是欣喜不已，兩人一起將一個大大的靠枕放在明大牛身旁，然後扶著他，一點一點地將靠枕塞到他背後，好讓他躺得舒服一點。

陸氏端著藥碗，一勺一勺地吹涼，小口小口地餵給明大牛喝；明玉秀和明小山便像兩隻嗷嗷待哺的小鷹，一眨不眨地看著明大牛喝藥。

「爹，除了身上的外傷，您可還覺得哪裡不適？」明玉秀見明大牛藥喝得差不多了，不放心地問起他的身體。

「我、我頭有點疼，有些東西記不太清楚了……我是怎麼受傷的？我不記得了……」

明大牛虛弱地說完這幾句話，就陷入了冥思苦想之中。想了半晌，他還是什麼都想不起來。他只記得他和胡衛兩個人去落峰崖上砍柴，再來就是隱約聽到他母親和二弟要分家，自己的妻子怒而淨身出戶，其他的事情卻是一概沒有印象了。

「嘶，好痛！」明大牛伸出手想捂腦袋，一揚手，發現手比頭更疼，痛得他連連抽氣。

陸氏見丈夫如此莽撞，連忙一把按住他亂動的手，輕聲勸慰道：「想不起來就別想了，你身上傷了好幾處呢！至少得在床上躺三個月；好在你人醒了，那陶大夫還說你以後就是活死人呢！可嚇壞我了！」

明大牛心疼地看了一眼妻子，又掃視了一遍四周的環境，輕聲朝她吐出幾個字。「委屈妳了。」

見丈夫話中有話，又對這陌生的房間並沒有什麼疑慮，陸氏有些不確定地問道：「大牛，你……是不是知道了？」

「嗯，我昏迷的時候還有一些意識，娘和二牛的話我都聽到了。」

明大牛說完，輕聲嘆了口氣。他一向知道母親不太喜歡他，因為他跟他爹長得最像，臉面像、脾氣像，性子也像，他娘總嫌他爹沒有用，並不愛他爹，所以也不愛他。

從小到大不都是這樣的嗎？別人家都是大的將穿舊的衣服給小的穿，他家卻是小的穿舊了給大的穿。他沒有成婚的那些年，經常穿著短了一大截的衣褲上山下地。

直到娶了芸兒，才真正有個知冷知熱的人照看他；後來又有了懂事聽話的孩子，他才覺得自己真正有了家。

而現在，他只是摔傷了頭而已，母親就因為陶大夫的一句活死人，甚至連找人確認一下都沒有，就將他果斷分了出來，還是淨身出戶，讓他感到莫大的寒心。

無論他怎麼做，母親都不會從心底認可他這個兒子，那他這麼多年的恭敬孝順又算什麼？明大牛閉了閉眼睛。既然母親不需要，以後就罷了吧！許多事情想開後，也就雲開見日了。

陸氏見丈夫傷懷，沒有多說什麼，明玉秀無聲地握了握明大牛的手，將明小山的鞋子脫掉，抱起來放到床榻上陪著明大牛，然後轉身朝院外走去。

「秀兒，快吃飯了，做什麼去啊？」陸氏見明玉秀出門，連忙追出來詢問。

明玉秀擺擺手，朝陸氏晃了晃。「爹傷著骨頭了，我去屠戶家買點骨頭回來熬湯，馬上就回來。」

明大牛在屋裡聽見妻女的對話，心裡一道暖流緩緩淌過。

晚飯時，明玉秀親自掌勺給明大牛做了一道鯽魚湯、一道小魚小蝦，還有一道筒骨湯，都是些補血、補鈣的食療菜，配著許大夫留下的藥方吃個兩、三月，相信明大牛很快就能重新站起來。

徐氏和周氏見明大牛比預期中醒得還要早，紛紛感嘆他果然是年輕底子好。

因為明大牛現在還動不了，晚飯時，陸氏便將各種菜色都盛了一小碗，直接端到了榻前的矮几上，陪他在房裡吃完。

再回到廚房，徐氏已經將碗筷洗好，見陸氏進來，她連忙將溫在灶上的豆漿端出來給陸氏。「芸娘，這豆汁也拿去給大牛喝吧，我特地給你們溫著的。」

陸氏見徐氏的眼神如同一個慈母般看著自己，眼眶一熱，將心裡一直想說的話，脫口而出。「徐嬸子，我和大牛方才商量過了，想要認您做乾娘，以後咱們就是真正的一家人，不知道您願不願意？」

不是每個人都願意雪中送炭的，雖然徐氏之前給她的三兩銀子根本不算多，但是徐氏自己也是朝不保夕之人，能做到這樣已經很不錯。

俗話說：「家有一老，如有一寶。」他們已經與婁氏分家而居，現在與徐氏同住一個屋簷下，認她做乾親，既能讓她老有所依，不至於晚年悽苦，又能彌補兩個孩子缺失的祖孫之情，何樂而不為？

「你們……」徐氏的眼眶一紅，一時間心中感慨萬分。她只是個沒有福緣的孤寡之人，何其有幸能在有生之年有兒有媳、子孫繞膝呢？她心中的感動歸感動，理智卻並沒有叫她亂了方寸。

「芸兒，妳和大牛的心意我知道了，我也很喜歡你們一家子，但是現在卻不是認親的好時機啊。」徐氏拍了拍陸氏的手，眼裡閃著慈愛的光。

陸氏父母去世得早，是兄長一個人將她拉拔大的，對徐氏這種溫柔如水的目光，她完全抵抗不住。「這是為何啊，嬸子？」

「傻孩子，你們才剛與妳婆婆脫離關係，轉眼就要認別人做娘，這叫村裡人聽見了該怎麼看妳跟大牛？就是妳婆婆，怕也不會與你們善罷甘休。」

打斷骨頭還連著筋呢，若真要論，一紙文書哪裡真能斷得了明家幾人之間的血緣？依照婁氏的性子，要是叫她知道自己的兒子不僅沒事，還轉眼認了別人做娘，要去給別人家做牛做馬，她還不得急得跳起來？

「大牛還有傷在身，這事先不急，你們都是好孩子，有沒有那點虛名算不得什麼。」

徐氏將利弊一點一點地分析給陸氏聽，直勸到她暫時打消了這個念頭，兩人的關係卻因此一下子親密許多。

第二日早上，明玉秀去胡家找來了胡衛，拿出一張五十兩的銀票和三十兩碎銀交給他，託他在村裡大量收購黃豆。

去年村長在鄰郡弄回這批黃豆種子以後，村子裡各家各戶都響應了村長的號召，種上了這種方便打理，產量又高的農作物。

物以稀為貴，種的人太多，氾濫的黃豆自然就不值錢了。八十兩，除去給胡衛的五兩工錢，按照一文錢一斤來收，這些銀子足足能夠收回七千多斤黃豆。

「大丫頭，做什麼要收這麼多大豆？」胡衛捧著手裡的銀兩，有些瞠目結舌。大牛家才將將淨身出戶呢，哪裡來這麼多錢呀？

「自然是有用的，您就安心去收購吧！有多少收多少，錢不夠再來找我，裡面五兩是給您的工錢。」明玉秀神色淡淡，沒有過分和氣，也沒有過分疏離。

她爹這次落崖有些不同尋常，除了回來報信的胡小栓，胡衛是唯一的目擊者，然而她有一種直覺，就當天的情形，胡衛並沒有完全說實話。只是不知道他的隱瞞到底是為了什麼？

是有什麼顧慮，還是這件事別有隱情？

在尚未看清胡衛這個人之前，她決定先不與他太親近比較好。

「五兩工錢?!不不不，我不要銀子。明大哥平時沒少幫忙我，這次賣房子還多虧了你們，不然小栓還去不了學堂。我幫妳幹活，妳給我們爺兒倆管幾天飯就行了。」

胡衛一聽明玉秀還要給他工錢，連連擺手推拒。不管大牛家的錢從哪裡來，也都是人家的，他豈能因為幫點小忙就收他們工錢呢？

「胡大叔，您就拿著吧！這收大豆也不是一天、兩天就能忙完的，總不好一直耽誤您地裡的活不是？」

山兒在村裡最好的朋友就是胡小栓，這孩子心地好，也是真心喜歡山兒，雖說有些疑慮未釐清，但就衝著這一點，她幫幫胡衛也是應該的。

明玉秀見胡衛又要張口推辭，連忙伸手止住了他。「胡大叔現在就去村子裡收豆子吧！按照一文錢一斤的價格收，順便將我要招工的消息也告訴鄉親們，每人每天二十文，從巳時到酉時，都聽我指派。」

「還要招工啊？妳這是？」胡衛有些不明所以。這秀丫頭場子鋪得夠大啊，看樣子大牛哥家裡是要幹一番大事了！

「胡大叔別問了，人招回來您就會知道，您去招工的時候，順便將我的要求也一一告知他們。」

——未完，待續，請看文創風635《巧女出頭天》下

2018年5月出版

巧女出頭天

文創風634~635

她意外救了個將軍的弟弟，
卻是將軍親自來報恩，還想要以身相許？
不不不，給她點銀兩了事吧~~

佳餚佐溫情，最是動人心／織夢者

明玉秀一穿越就險些凍死，
原身的奇葩祖母，要逼她嫁給臭名昭彰的地主兒子，
竟然在大風雪夜裡將她捆在山上「教訓」。
多虧家裡的小狗機靈，不但帶著她脫離險境，
還救了個一樣受困的小倒楣蛋。
好不容易回到家，祖母的么蛾子卻層出不窮，
無奈爹娘受孝字束縛，而她自己又身為人孫，
為了安穩度日，她只得自立自強，畫了大餅暫時安撫祖母，
這才騰出精力，擬定長遠的擺脫大計。
只是規劃簡單，但沒錢可真是萬萬不能，
幸而老天開眼，赫赫有名的慕汀嵐將軍特地來訪，
領著他那小倒楣蛋弟弟，說要答謝她的救弟之恩。
不過，事情怎麼就發展成這樣的？
她瞧著被硬塞入懷中的銀釵發愣，這大將軍該不會是想追她吧？

2018年5月出版

晴竇初開

文創風 632～633

上一世懵懂無知也就罷了，現在秦晝晴有了自己的打算，
為了家人，她要巴緊魏大人的大腿！
她不管魏大人和父親水火不容，也不管他才德兼備，還風采過人……
停！她這樣根本是愛上人家的前奏呀～～

筆墨潤膚，情意入骨／水清如

悔不當初是何滋味，秦晝晴曾深刻體會。
身為當朝重臣的掌上明珠，與侯府聯姻本該無限風光，
怎知父親錯信同僚，娘家滿門抄斬，夫家流放千里，
如今得了重活一世的契機，她誓要阻止父親走上貪墨腐敗的歧途！
她記得前世關鍵，皆始於父親的政敵、日後將權傾朝野的魏正則，
他身為大理寺卿，敢諫言，重民生，百姓無不愛戴，
若欲扭轉乾坤，得先讓這位魏大人對秦家改觀──
她廣開粥棚，濟弱扶危，藉以挽救父親名聲；
聽聞魏正則被陷害入獄，她隱瞞自己是政敵之女，前往探視，
殊不知這男人玲瓏慧眼，幾句話就識破她的身分，
她怕他誤會她居心不良，說出磕頭賠禮她都願意，
豈料他、他只是要她罰抄《弟子規》?!

2018年4月出版

愛妻請賜罪

文創風 628～631

都說了今生不嫁給讀書人，
這傢伙還硬是要來挑戰，
既然這麼不知死活，就別怪她不客氣了～～

歲月靜好　良夫無雙／沐顏

她顧清婉別無所求，只盼與家人過著清貧卻溫馨的生活，
怎奈才剛要及笄，父親就遭人陷害，冤死獄中，
就連母親、弟弟也先後過世，從此家破人亡，
偏偏失了依靠的她，成親後竟又遇人不淑——
好不容易盼到夫君狀元及第，她也將誕下新生命，
孰料這薄情郎卻嫌棄糟糠，對她痛下毒手，一屍兩命！
所幸上天終於公平一回，竟讓她回到一切噩夢都未發生之前，
既然重活一世，就不要再扛著掃把星的名聲過日子，
哪怕她只是一介無錢無勢的弱女子，也要神擋殺神、佛擋滅佛，
無論是誰都不能阻擋她一家平安活下去的心願！

5月 PUPPY 輕鬆遇見愛

DoghouseXPUPPY

BOSS愛不愛

職場領域內，沒有犯錯的籌碼，
只有老闆說得是；
愛情國度裡，誰先愛上誰稱臣，
只有愛神說了算……

NO／519

我的惡魔老闆 著 溫芯

這次空降公司的新任總編輯徐東毅真是個狠角色！
笑起來溫文儒雅，出場不到十分鐘就收服人心，
只有她誤以為他是新來的助理，還熱心地要教導他……

NO／520

我的魔髮老闆 著 米琪

為了圓夢，舒琦真決定參加藍爵髮型的設計大賽，
誰知她居然抽到霸王籤，要幫藍爵大惡魔設計髮型 ?!
一想到得跟在他身邊兩個星期，她就忍不住心慌慌……

NO／521

搞定野蠻大老闆 著 夏喬恩

奉行「有錢當賺直須賺，莫待無錢空嘆息」的花內喬，
只要不犯法、不危險、不傷人害己的工作都難不倒她，
但眼前這個男人，無疑是她這輩子最大的挑戰……

NO／522

使喚小老闆 著 忻彤

為了當服裝設計師，他故意打混想逼父親放棄找他接班，
誰知父親居然找了能力超強、打扮古板的女特助來治他！
她不僅敢跟他大小聲，還敢使喚他做事，簡直造反啦！

5/20 到 **萊爾富** 大聲說「**520**」 **單本49元**

為流浪貓狗加油 和貓寶貝 狗寶貝 廝守終生(一定要終生喔！)的幸福機會

對人來說，貓寶貝狗寶貝只是生活的一部分，但妳（你）對牠們來說，卻是生活的全部，領養前請一定要考慮清楚——

▲ 相親相愛的三姊妹　太妃&踏雪&捏捏

性　　別：皆是女生
品　　種：米克斯
年　　紀：皆約七個月大，是同胎
個　　性：穩定乖巧、撒嬌功力高強、親人親貓
特　　徵：太妃及踏雪是三花貓，捏捏是虎斑貓
健康狀況：1.已驅蟲除蚤、已打兩劑預防針
　　　　　2.體型偏小，約2.5公斤
目前住所：新北市新莊區

第291期推薦寵物情人

『太妃＆踏雪＆捏捏』的故事：

中途是在一家貓旅館遇見太妃、踏雪和捏捏的。她長期擔任送養貓咪的中途，偶有忙不過來的時候，便會將其中幾隻送至貓旅館暫住。有天，有位高中女生救援了一隻懷孕的貓媽媽，將其送去貓旅館安胎及安置，沒幾天，貓媽媽就生下太妃、踏雪和捏捏。

然而，這位高中女生較無送養經驗，只能將牠們一直留在貓旅館。中途得知此事，便請貓旅館的店長轉達，她願意將三隻小貓帶回親訓，也很樂意幫牠們找新主人。

中途表示，這三隻是同胎姊妹，感情很好，常會看到牠們互相照顧的畫面；另外，由於牠們從小就接觸人，所以很親人、愛撒嬌，就連睡覺也都愛跟人膩在一起。

中途還特別提到她對太妃、踏雪和捏捏的觀察及感覺。她說，太妃是隻很有趣的貓，一開始是較怕生的，但熟悉後就十分黏人；喜歡跟前跟後，對人的舉動相當感興趣，很適合喜歡跟貓咪零距離的人。而踏雪乖巧懂事，個性穩定，不太會搗蛋，就連剪指甲都很乖，不會掙扎；也完全不怕生，能最快適應新環境。至於捏捏，中途覺得牠很有特色，若跟牠對上眼，就會大聲地請求摸摸，還會從遠處飛奔過來，像是要人「陪玩」（笑）。

中途表示，貓咪的心思細膩，換環境需要時間適應，且壽命可達十幾年，希望能為太妃、踏雪和捏捏找到願意承諾牠們一輩子的好主人！來信請寄toro4418@yahoo.com.tw（劉小姐）。

認養資格：

1. 認養者須年滿20歲，有穩定經濟能力，不管是否跟家人同住，須獲全家人同意。
2. 須同意簽認養寵物切結書、日後追蹤探訪，並提供照片讓中途瞭解貓咪未來的生活環境。
3. 會對待貓咪不離不棄，不會因生病、搬家、結婚、生子、長輩等因素退養。
4. 非必要不可長期關籠，不接受放養；若會遛貓，請告知訓練方式。
5. 為讓中途對您有更深入的瞭解，請先來信「詳介」自己，並提供住家門窗照片，中途會再與您聯繫。

注意事項：

1. 因貓咪們感情很好，認養兩隻為優先；但想為家中貓兒添同伴或認養單隻也都歡迎。
2. 不排斥新手認養，但請先了解、學習養貓的知識（飲食、基本醫療等）。

來信請說明：

a. 個人基本資料：姓名、性別、年齡、家庭狀況、職業與經濟來源等。
b. 想認養太妃、踏雪和捏捏的理由。
c. 過去養寵物的經驗，及簡介一下您的飼養環境。
d. 若未來有結婚、懷孕、出國或搬家等計劃，將如何安置太妃、踏雪和捏捏？

love.doghouse.com.tw 狗屋．果樹誠心企劃

文創風
634

巧女出頭天 上

國家圖書館出版品預行編目資料

巧女出頭天 / 織夢者著. --
初版. -- 臺北市 : 狗屋, 2018.05
冊 ; 公分. --（文創風）
ISBN 978-986-328-863-3（上冊：平裝）. --

857.7　　　　　107003872

著作者	織夢者
編輯	林俐君
校對	沈毓萍　簡郁珊
發行所	狗屋出版社有限公司
地址	台北市104中山區龍江路71巷15號1樓
電話	02-2776-5889～0
發行字號	局版台業字845號
法律顧問	蕭雄淋律師
總經銷	知遠文化事業有限公司
電話	02-2664-8800
初版	2018年5月
國際書碼	ISBN-13　978-986-328-863-3

本著作物由北京晉江原創網絡科技有限公司授權出版

定價250元
狗屋劃撥帳號：19001626
網址：love.doghouse.com.tw　E-mail：love@doghouse.com.tw
版權所有・翻印必究　倘有倒裝、缺頁、污損請寄回調換